咸叶草

陈本豪 著

人民东方出版传媒
東方出版社

图书在版编目（CIP）数据

咸叶草 / 陈本豪 著. —北京：东方出版社，2016.12
ISBN 978-7-5060-9415-3

Ⅰ.①咸…　Ⅱ.①陈…　Ⅲ.①散文集—中国—当代　Ⅳ.①I267

中国版本图书馆 CIP 数据核字（2016）第 305866 号

咸叶草
（XIANYECAO）

作　　者：陈本豪
责任编辑：辛春来　汪霁月
出　　版：东方出版社
发　　行：人民东方出版传媒有限公司
地　　址：北京市东城区东四十条 113 号
邮政编码：100007
印　　刷：北京楠萍印刷有限公司
版　　次：2017 年 2 月第 1 版
印　　次：2017 年 2 月第 1 次印刷
开　　本：787 毫米×1092 毫米　1/32
印　　张：10.875
字　　数：180 千字
书　　号：ISBN 978-7-5060-9415-3
定　　价：49.80 元
发行电话：（010）85924663　85924644　85924641

目　录

CONTENTS

五 星月

一　春语

小院春早

春天来得最早的还是我家小院。

晓色中大门一开，春风便扑面而来，入眼满地春光，心灵之曲像泉水一样涌动，一声真情的问候不知是说“春天你好!”还是说“春天你早!”，好里含着快慰与感激，早里却含着期待与惊动。无论是好还是早，都是一种心情——春天的心情。

当春天带着特有的新绿，海一般地漫来时，总会让人心醉；当春天携着她特有的温煦，潮一样地涌来时，总会让人断魂。春天绝对是一块浸染生命之色的画布，它让天地万物在鲜嫩的色彩间起舞。一切活力由此而生，一切创造由此而来，一切欢乐与幸福潮涌其间。这是一种魅力——春天的魅力。

今年的春天说来就来了，它来得那般的悄然，夜半里潜入，不知不觉中改换了季节。春天的第一缕阳光从阳台那边滑下来，轻轻地落在脚尖上。我慢慢地抬起脚，将身体一寸一寸地前移，唯恐惊动了它那还不健壮的身子，直至整个人都沐浴在阳光里。我笑了，笑出了一院子的温柔。小楼边上那盆迎春花开了，黄黄的，开出了灿灿的金色，我对它说："你真行，竟让春色在一瞬间富有，止不住的诗意竟在花间荡漾开来。"

半夜春色悄悄来，一盆黄花静静开。清风入笛自谱曲，小楼露滴雨阳台。

披着柔媚的春光在小院里漫步，任丝丝略带甜意的风从身边掠过，静静地领悟春的气息里那种令人感动的柔意，消受那种看不见摸不着而又实实在在的心律波动，无边又无尽。

踩在松软的泥土上，探测蛰伏在温床下的生命即将出世的消息，暗暗地为它们而鼓动。已然抢先破土的草尖，让一滴水珠晶莹着头顶上的光辉，装点春天的年少。

昨晚，接春的爆竹直响了一夜，从街这头到街那头，处处飘浮着烟香，几乎整个世界都被淹没在烟火的欢腾里。纸坊城区里最后的一丝冬寒，在满街此起彼伏的爆竹声中被炸得粉碎。然不知它粉碎得那么干净，在小院里的草坪上，找不见一丝半片碎裂的肌肤，连那潮湿的角落里也没有了一点踪影。昨天还那么顽强坚硬的气息，今晨，却已彻底地被漫天的新润绵软了。

春天的气息，像一个可人的少妇牛奶洗过的身子，触手光洁滑润，早被寒风吹涩的心灵，冰一样地融化溪暖。春天真好，好得让人暖洋洋中有些痒痒，体内似乎有一个潜藏的生命在呼唤，它期望破体而出，以一只鲜嫩的小手来握住这鲜嫩的世界。想来八分山也该是春了，那漫山的春色，总会给纸坊添来不尽的新意。

春天一味地滋长着人们前行的欲望，我情不自禁地用比脚步更快的目光与蔷薇打起了招呼。羞答答的蔷薇总是未花先叶，它不忍弄伤春色，迈着无声的步伐，一片、两片、三四片地将叶儿举在顶尖上舒缓地开着，比雾丝还轻盈。等到遍地春风将芳草吹出浪花的时候，它才终于禁不住长久积淀的热烈，千朵万朵地怒放开来，把春天燃烧得像姑娘们的脸庞一样地红。蝴蝶经不住色彩的诱惑，便成群结队地飞来花间。那些缤纷舞动的色彩，忙得画家们直慌了手笔，常将一两点墨汁错落在红黄之间，那些错落的美丽给人目不暇接的痴迷。蝴蝶在花丛里飞来飞去，不让春光有片刻的停留，一时间只见蝶花流动，分不清哪是花哪是蝶。这才知道，袭人的不仅仅是花动，而且是那种美丽间的模糊，它直美得不能再美了。

春天是一个生长的季节，一切都可在奇妙中无中生有。我怀着一片无尘的心情向春天祈求：为了天下苍生，远在财富之外，多多地生长些安泰与吉祥吧！

春暖故乡

2006年，一阵春雷过后，江夏区谭鑫培故居大院后，那棵枯萎的国槐，却奇迹般地绽开了新芽。谭家满门欢呼，惊喜必将降临！

虽不知喜从何来，它却说来就来了。京剧谭门第六代传人谭孝曾，站在那棵老槐树前饱含热泪地说："别离100多年的谭家子孙，回家看您来了。"乡亲们如雷的掌声润湿了飞扬的泪水。因战火阻隔和地名更改，谭鑫培自六岁随父进京唱名京剧之后，谭家几代人均未能实现还乡之愿，今天，谭孝曾踏上故土，抚平了先贤的遗憾。江夏人永远不忘外出未归的游子啊！

历经江夏与北京谭家几次往来与磋商，在省市乃至国家的支持下，2009年5月22日，令举国震动的"京剧谭门故乡武汉·江夏行"活动如期举行。继拜谒谭鑫培祖居、京剧谭门论坛、谭鑫培公园暨谭鑫培铜像揭幕之后，连续三天的京剧鼎盛专场，在湖北剧场上演。谭派第五代传人谭元寿率儿孙谭孝曾和谭正岩，全国众多京剧流派名家梅葆玖、马长礼、张学津、尚长荣、叶少兰等同台演出，刷新了京剧演出的盛况历史，卷起了一阵江城狂飙，让楚人饱尝了京剧大餐。一群小小谭鑫培，被京剧之光映得满面花红。武汉，中国四大古老戏窝之一，一代京剧宗师谭鑫培的故乡，万丈光芒啊！

2013 年和 2014 年，武汉市委宣传部，相继在江夏谭鑫培戏楼主办了戏曲达人秀活动，让华夏儿女不分老幼，不分剧种地同台献艺，让广大票友戏迷拥有了一个展示自我风采的舞台，给民众带来了一场别开生面的文化享受，让戏曲艺术绽开一朵朵璀璨的时代新花，让那些珍爱戏曲的达人们实至名归。2014 年，“江夏杯”第三届中华（海内外）京剧票友艺术节的举办，更是煮热了华人国际的深情。还有任贤齐和谭正岩春节期间的戏歌同唱，让老中青同处一堂共尝艺术，自是美不胜收。特别值得一提的是，江夏少儿京剧的发展蒸蒸日上，他们的演出，先后荣获了 2013 年武汉市金秋十月周边城市汇演二等奖、2013 年第四届全国京剧小票友“和平杯”邀请赛三等奖、2014 年海内外京剧票友大赛三等奖、2015 年武汉市少儿春晚节目表演奖。这些骄人的成绩，让我们深信明天的太阳更加灿烂！

今天，打造谭鑫培京剧品牌成了江夏五张文化名片之首，一条谭鑫培路，东西横贯江夏城区中心。一座三千亩的谭鑫培公园，一、二、三期陆续在建，即将成为全国京剧的圣地。一座位居全国之首的谭鑫培古戏楼，更是戏曲连台，艺术纷呈，让热爱戏曲的中华儿女，天天如愿地流淌在心怡的艺术长河之中。那种古色古香的庭园环境，那种韵味悠长的国粹经典，融合着时代艺术一同奔放，让五千年不谢的伟大文明在江夏的热土上竞发芬芳。在京剧文化的滋养下，江夏人对京剧的爱好已骤然升温，今天江夏的经济、江夏的环境、江夏的人文，已澎湃出惊涛拍岸的巨响。不愧于时代的江夏人，必将飞扬在历史的潮头之上。

清风吹野

清风入耳如诗如歌，有如天籁之曲；

清风拂面如丝如绸，有如母亲的手；

清风吹野如涛如浪，有如潮头花朵；

清风入怀呢？此中滋味诚请大家自去乡村体验吧。

清风在哪里？它就在那绿意层叠的山野，它就在那稻浪翻飞的田园，它就在那波光粼粼的湖边。

轻轻地推开那扇童年的小木窗，绚丽的阳光洒满一地，极目远眺，揽不尽的景色秀来满眼风光。那山丘、那梯田、那小河，还有那树上不静的蝉声……儿时根植的映象，花甲时光也未能将它没去，且愈来愈深，一经勾起，却是那般地不可抑止。假如偷得半日清闲，抑或有一个十足的理由，我定然结伴回乡去路餐野，去捉风……

人类的祖先从深山走向田园，今天的人们又从乡村集居城镇，但流淌在我们血液里的那一串串对大自然的情与爱却丝毫没有裂变。不管看过多少次日出日落，无论尝过多少次月缺月圆，我依然炽热地眷恋大地上开满野花天上飞转流云的那片故土，常常趁机溜回乡间去寻梦，别时一长，总能找个像样的理由回乡一趟。

理由用不着找，说来它就来了。侄儿娶亲请姑父喝酒，不管是甜是辣，这酒是喝定了。于是随妻带子，一路风吹杨柳地登上了回转她娘家的旅程。岳父家与我的湾村同属一个乡镇，远不出二三十里的路程，一样的丘陵地带，一样的种稻种麦，只不过我家近山，他家近湖，几十年的山水间往来，几乎把那条弯曲的乡路踏成了一首山水相连的诗篇。山高挡不住风，湖水淘不尽情，缕缕不问源头的清风，总把节日的喜庆与亲情的问候，在这山岗与湖泊之间吹来吹往。

初秋时节，气温还顽固着夏日的迷情，我开足了车窗，让清风满灌，阵阵芳香似乎带着远方的抚慰，凉爽间惬意顿生。好不容易坐完车程，一下车我便敞开胸怀，忍不住在路旁的小草上一溜小跑。仰望晴空，天际深得像大海一样蔚蓝，飘忽的白云像婚纱一样圣洁，林边的小鸟把欢乐洒满枝头，阳光也禁不住发出笑声。我伸手捉住一缕清风，双手捂住轻轻地揉搓，一阵解渴之后顺手撒向路旁，那朵小花竟轻轻地颤动，我亲切地问一声“你好！”

身后是远不去的山影，眼前是渐近的湖光，路旁是流淌的梯田，起伏的稻浪像水一样直上而下地倾泻，既亲且爱。假如我拿笔作画，必将在这大自然的底色中去丰富生命的内涵，用心去涂抹那份生生不息的气象。

乡村的秋夜像甜菜一样馨软，一弦新月从树隙中漏下点点滴滴的光辉，蝉声如歌，月光如舞，大地间一片柔和。远去了都市的喧嚣，我睡得像大海一样深沉，还没做完一个蓝色的梦，便被窗外的阳光弄醒，人却显得格外地精神。踏足户外，向屋前的那片橘园走去，阵阵微风梳过我一头刚洗的短发。那只油亮的公鸡伸着长长的脖子，还在一个劲地放歌它那唱响黎明的声带。几只母鸡争相飞上橘树，让满果的枝头弯得更像弓弦，一时诗意油然而生：

幸福农家好秋景，鸡飞橘树果枝沉。清风吹浪心作舟，大地长天任我行。

看屋旁的枣树越长越高，我不由得想起逝去多年的岳父，还是我们订亲的那年，岳父栽下了这两棵枣树。每逢枣熟的季节，岳父便举起长长的竹篙不住地在枣枝间敲打，片刻之间，红黄相间的枣儿便落满一地。他猫着腰将枣儿装进一大一小的两个布袋，从不出错地将大袋子递给我带回家，将小袋子留给自己的孙子。起初我确实在推让，他总是笑着指指枣树对我说，你看，树上还多。后来总是顺从地接过那双老手递过来的布袋，下意识地看看他那慈祥的目光，再也没有推让。

每来岳父家，只要时间允许，我总会留宿一夜，第二天再到湖滩上去转转，满滩的青草像足球场上一样绵密，无论是坐是睡都无比地舒坦。我蹲下身来，用手在沙滩里无序地扒着，拣几只并不漂亮的贝壳拿在手里沿着湖边溜达，吹点湖风，染点水气。满湖装着耀眼的日光，水中飘着欢乐的白云，光色在湖中荡漾，鱼儿在水中畅游，似天色又似水色，亦真亦幻，怎不叫人迷心？湖边的风惯以力道见长，波浪便是它的乐谱。人说无风三尺浪，有风浪头百丈高，一发起狂来，直把一座内湖变成了一片小海。今天的风虽说还不到四级，波涛却是劲头十足，浪尖上疑似欢舞着一只只白鹤。它们一浪高过一浪地向岸边涌来，前浪刚刚没入沙滩，后浪又紧追不舍，如此声声不息。面对这满湖不尽的波涛，突然想起一副有趣的楹联“绿水无忧因风皱面；青山不老为雪白头”。此刻不禁觉得这副联子像是专为故乡撰写的一样，太美了，太贴切了。

湖滩沿线是水草的世界，它茂密得几乎钻不进一丝清风，深褐色的蒿草在湖边织出一条闪光的赤带。不知是欢乐还是惊动，一对对青头鸭，时不时地突从草丛中扑出，双脚像风车般快速地拍打着波浪，溅起一路飞扬的珠花，它们直冲天空，声声发出带着磁性的嗓音。

最诱人的还是那丛藕花深处，棵棵绿荷裸露着胸脐，叠出一幅错落层鳞的画面。亭亭玉立的莲花，羞怯怯的直把脸儿在风色中舞得白里透着粉红。湖光闪烁，清风悠悠，缕缕清香映着镜明的水色，让人不觉有点忘情地痴迷。是妻子的一声呼唤，才让我随着她的手指望去，一只藕样的手臂在绿荷丛中向我们挥动，顺风吹来侄儿的招呼声。太阳一出山他就下了湖，独自撑着小船去为我们采摘莲蓬。我们逆风回应，出唇的喊声却被清风迅速地吹向脑后，只有那不住摇动的手势才没被清风遮挡。我蹲下身来，双手捧起湖水擦着脸庞，止不住的凉爽直向身体深处渗透。风爽水也爽，人爽心更爽。

秋天的湖水渐渐地向湖心缩去，湖边早已留下潮汛中冲出的一溜光勃勃的沙带。几条水牛发疯似地狂奔而去，一路沙滴飞溅，一阵疯狂过后自在草丛边安静下来，埋头啃吃那些永远也啃不尽的青草。几只牛背鹭悠闲地落在牛背上，它们缩着脖颈懒洋洋地望着天空，是思考？是打盹？一副怡然自得的模样像寄身在一片宽阔的土地上。

侄儿挑着两袋莲蓬上来了，就在那座弃置的鸭棚里，我们找来几块木头暂且垫着屁股。我斜靠着木栏，贪婪地咀嚼着鲜嫩的莲米，清香，甘甜，入口生津。我双手不停地剥着，一个、两个……不过一盏茶工夫，身边已摞起一小堆莲蓬壳，撑起的肚皮开始向我发出暂停的信息。我有点不甘地停了口，拍了拍崛起的中部，望着妻子笑出了点点久违的童真。

在惜别湖村的车上，我迷迷糊糊地沉浸在绵绵的思忆中。

那情，那景，那风……

无风不动景，无风不动情。

风之歌，风之曲，风之性，风之情。

我们是不是那景色中一缕舞动的风？

也许，人类永远都是风景中闪光的精灵。

美的永恒

江夏区摄影家协会成立的日子，一晃已过去三月，深刻的艺术印象却使人难以忘怀。我不是一个会摄影的人，但常常在一幅幅精美的摄影作品前驻足徜徉，以慰藉美的追求与痴爱。我试图走进作品，将自己化成一滴光点，与闪光灯下的美丽同辉而永恒。

2009年腊月二十六，诸事繁忙，触手可感新年的呼吸，被邀参加区摄影家协会成立大会，那天我依然到得很早。我一直不大爱照相，但摄影艺术之美对我的吸引从没减退过。经过多次接触，了解并熟悉了以王永更主席为首的我区一批摄影艺术家，深为他们执着的艺术追求而感动，为他们高超的摄影艺术而感叹，更为我区拥有如此人才而感慰。一进会场，举目即见室内摆放着二三十幅摄影作品，在鲜艳的光色影照下，心情骤然兴奋起来。

径直走向那幅画面并不太大的《我俩比一比》，也许少小可爱而情有独钟。两个小男孩，稍小的一个正被父亲抱着撒尿。稍大的一个小男孩对面立地而站，不知是被小孩的父亲所激，还是童心驱使，他叉开两腿，双手扶着小鸡鸡两人比起尿来。那种生命之力的冲击与比拼，给人无限的向往和回味。旁边的一幅《鱼儿别多多》中，又是一个半大的男孩，他赤裸着身子，在淹没膝盖的湖滩浅域中牵网起鱼。男孩双手将渔网抬起半人高，成排的餐子鱼挂在网上不停地弹动，洁白的鱼鳞在夕阳下晶莹闪烁。那男孩被溅得满脸的水花与笑容，好一片阳光照在面庞之上。面对那幅《月光之舞》，纤纤的舞姿和优美的舞动，隐约让人读出杨丽萍的身影。经王永更介绍，那月光之下的舞者，恰是杨丽萍的侄女。一时间，《云南映象》《孔雀开屏》和《母亲》的舞蹈形象骤然潮汛般奔来。

一幅《牧归》图深深地吸引着我，品读中不禁飘来大西北的回响。太阳西照，清风徐来，一位中年牧人，身着一件羊毛背心，手握鞭鞘向天而舞，温顺的羊群像白云一样从半山坡上往下流动。一路的山草，沉浮的脚步，将即近的黄昏踏得有声有色。不知是一声声鞭响，还是一曲曲歌唱，让空气也止不住轻快地飞扬。天边弥漫着绛红色的霞光，水平的射线，为整张画面涂上一层金粉般的光色，一丝归来的疲惫荡漾着栖息与安眠的期待。酣梦照亮了每一个漆黑的夜晚，深情的拥抱，总被那种神秘的温柔与欢乐溶化。任它狂风骤雨，任它电闪惊雷，也无法撕裂天地间绵延幸福的时光。

最让我震撼的还是那幅《国旗护卫队》，绿色的军装，火红的国旗，充满了威严与力量。看过去年的全国舞蹈大赛，一台《士兵与枪》的演绎，使我情不自禁为他们热烈而长久地鼓掌。一群年轻的军人，将出神入化的军事操练融入刚柔并济的舞美之中。列单队如一字长蛇，排双队即两线平伸，组方队则边角分明，尤其是各种阵图的灵活演变，整齐划一中令人拍案惊奇。沉甸甸的钢枪、亮闪闪的刺刀、雄赳赳的战士、气昂昂的队伍，横跨一步力如移山倒海，前行出击快如电光石火，在那种无坚不摧的穿越之下，还有什么旷世战功不能创立呢？国防需要守护，和平需要保卫，盛世太平的背景，永远抹不去军人血染的风采。

也许受现场作品的感染与启发，文联的蔡主席给我们讲述了一段与摄影有关的精彩回顾。那年春天的湘西凤凰旅游，一个美丽的流失，让他遗憾终生。在一溪碧水河边，一位年轻的少妇，坐在吊脚楼前的石阶上给儿子喂奶，和煦的阳光渐渐将母子俩送入梦乡。少妇微微地仰着身子，无遮挡地敞着前胸，含着乳头的小孩露出梦中的微笑。洁白的肌肤，红红的乳头，阳光映照，一团不散的光晕萦绕在少妇那片开阔的胸前。手里原本拿着相机的他，面对那一生难遇的动人奇景，却不由自主地迅速避开了。假如，蔡主席能扫除性别顾忌，假如，他能回复无邪童真，将相机对准神女般的胸前快门一按，将会是怎样的一幅稀世珍宝呢？大家不约而同地被一种悔之不及的情绪所垂眉。我并非单为蔡主席失去一幅问世佳作而惋惜，更为人类艺术中一次难以弥补的缺憾而哀叹。

会场中的作品虽不算很多，但幅幅都是精品，有《秋水遗痕》中的层层水幕、有《沙漠驼影》中远去的铃声、有出水荷花的清纯、有名山大川的胜景，还有老年舞蹈的风韵。摄影，一门美丽而神奇的艺术，它反映的是瞬间，记录的是光影，表达的是思想，留下的是永恒。

客家围屋

5 月上旬去赣州采风，既没入住星级宾馆，也没夜宿时尚农家，我们一直住在客家围屋里，使人收获一种稀有的文化亲和。龙庆围，一座脱胎于北方四合院的超大院落，屋垛高耸的烽火墙，使人忆起故乡在“文革”中被毁的那栋老屋。围屋院中两棵桂花的树杈上，各安着一个喇叭，播放的音乐中总飘流出一丝若有若无的木樨香气。清一色的灰色小方砖，白色的砖缝线条，古朴中辐射强烈的艺术感染。安静于上屋中的那顶红花大轿，均不知它曾接送过多少位客家新娘。我轻轻地掀开带花的轿帘，却是伊人不见，暗香残留。据说，龙庆围即仿照“关西新围”所建，尽力保留客家的文化特色。打开赣州五日游的行程单，第二天即有关西新围的景点安排，心中顿有一股热力上升。获批世界文化遗产的福建龙岩圆形围屋，只在央视银屏上浏览过，这次能从外延走近客家围屋的内涵，触摸围屋的奥秘，从抽象略知走向具象洞察令人愉悦。

赣州，95%以上的人口为客家人，素有“客家摇篮”之称。赣南更是客家文化的聚散地，它与广东的梅州、福建的龙岩被称为客家三大集居点，是客家文化的发祥圣地。据不完全统计，赣南籍的客家人，旅居港台及海外的有二十余万，众多的华侨广泛分布于东南亚、日本、加拿大、澳大利亚、美国等二十多个国家和地区。赣州境内，至今仍存留六百余幢客家围屋，但保存得最为完好的就数龙南关西新围，无论规模还是结构，关西新围最具客家文化的代表性。赣南籍客家名人辈出，有号称江南第一宰相的钟绍京、盛唐诗人綦毋潜、北宋名医陈恕、宋代诗人曾几，还有孙中山先生的先祖孙诩和近代经济学家郭大力……兴国县的54名共和国将军，他们大部分是客家儿女。

龙南离赣州城约三小时车程，从城市到乡村的穿越，沿途的建筑尽显现代风流，客家人的足迹，已在文化大同中与时俱进，老式的围屋注定成了历史标本而逐渐走向深远。三三两两散落在乡间瓦屋丛中的小型沙发围，让人随形猜想大围屋的扩展形象。时近中午，我们按时抵达关西新围。一处四面青山并不逼进的小小原野，平地凸起一座疑似城堡的围屋。大门并不中开，一副楹联谱写出令人对围屋的赞颂：沐经无数风雨仍存貌秀体坚古围屋；阅历几多朝代再现名扬誉满新关西。我仅以眼光丈量，围屋的长宽均等，大约 90 米左右，围墙高约 9 米，围屋四角均建有一座 15 米高的炮楼，墙体上布有许多个射击孔。新围呈正方形，整体结构极像一个巨大的“回”字，中间的“口”字部位，便是围屋的祠堂。围屋四周环境优美，绿竹与池塘相伴，农田与蓝天相映，好一派田园农家的清新气象。禁不住围屋之内的吸引，不管此地的风俗是何，依照男左女右的惯例起脚，我领先跨过了关西新围的门槛。

一进大门的左边，两块青石墙壁上，镌刻着关西新围的历史由来，我一边聆听导游的简洁讲解，一边用相机拍摄文字。据传清嘉庆年间，龙南关西的木材老板徐名钧（因他在兄弟中排行第四，人称徐老四），亲自带领十几个人沿江放排，当排至南昌码头时，突然听见江面上有人大呼：“有人落水了！”徐名钧闻声四顾，即见离自己木排数十米处，有一少年正在水中起伏挣扎，危在旦夕，因水深浪大，一时无人近前相救。徐名钧无暇他顾，心中只有一个念头“救人要紧”，他急忙指挥几个水性好的排工下水施救，自己操起长长的竹篙相助，那个被排工托起的落水少年抓住了竹篙，得以安全获救。问知少年自此离家不远，好心的徐名钧便上岸雇车，一直将少年送到家中，方才得知被救少年原是巡抚大人之子。巡抚大人遂感激不已，下令立即摆酒相谢，并亲自下席敬酒！酒过二巡，巡抚问及徐老板经营木材情况如何。徐名钧不禁轻叹一声说：“承蒙大人关心，徐某不敢有瞒，木排生意本大利小，数百里赣江又关多税重，一年辛苦赚得微薄之利，勉强养家糊口而已。”巡抚听后手捻长须沉吟不语，半晌方说：“恩公冒死救犬子一命，恩同再造。下官无以为报，今给恩公文书一道，准西昌号木排在赣江之内免税三年，聊表下官诚谢之意。”徐名钧闻言大喜，千恩万谢地走出巡抚衙门。很快，西昌号木排免税的消息不胫而走。一些精明的木材商纷纷上门，请求徐老板允许其木排挂靠西昌名号，将省下的赋税对半分成，徐铭钧因此获益甚丰。第三年春季，上千条木排被赣江洪水冲散，后来官家收集木排后却无法分还归主，但见木材上的印记，一并归入西昌名号，徐名钧为此真发了一笔“洪财”。徐老四延请名匠设计，利用此笔钱财建造了一座规模宏大的围屋，即今天大家所见的这座关西新围。

随着导游的引领，我们走进了围屋内的核心——祠堂。祠堂是围屋的“圣殿”，是围内建筑档次最高、装饰最为华丽的地方，整栋围屋皆以祠堂为中轴线，围内建筑均以对称而布局。祠堂正中牌匾高悬，“赏戴花翎”四字，荣耀非常，来不及查阅与询问，居不知是徐家哪辈儿郎所取得的何种官品与佳绩。祠堂里，分上、中、下三厅，高大的空间和精美的装饰，营造出一种庄严的氛围。祠堂里工艺精细考究，并有大量的木雕石刻，是围内人们过年、过节、赶集、祭祀等举行各项集体活动的公共场所。我们分别坐在祠堂中的两条老式木板长凳上，一边休息，一边品尝屋里所散发的文化艺术。一架约有二十来米的木制楼梯（约莫是为围屋搭上高墙而备用），静静地横靠在木凳的下方，嫉妒木凳依然不失价值给游客供坐，它却被冷在一边而无人问津。主房结构在“三进三开”特征的基础上扩大为“三进六开”，形成了九幢十八厅的典型建筑，共有主房 124 间。房屋布局科学、结构严谨，采光、通风、排污考虑十分周到。在安全防卫的基础上，兼有防风抗震、阴阳调节、冬暖夏凉等功能。丰富的客家文化内涵，使每一幢围屋都有一个动人的故事，每一厅室都有一个美好的传说。整座围屋里以廊、墙、甬道相连，通行复杂，但序列分明。关西新围里，不仅处处体现着巧妙构思的建筑美，而且绘画、装饰也不无令人赞叹之处。

客家围屋也称围龙屋、围屋等，特色的民居建筑，著名的客家文化经典。打开历史的黄页，远自唐宋开始，便有了围屋的记述，到了明清时期，即呈鼎盛之象。围屋是一种典型的土木结构的群体建筑，虽说它难以突破一个围字，但其间的结构和外形也具多样性变化。有龙式围屋、圆形围屋、方形围屋、八卦形围屋、五角形围屋、交椅形围屋、畚箕形围屋等。单指圆形围屋而论，就有同心圆、椭圆、半圆、前方后半圆等多种形体。围屋内间结构演变更为繁复，有两进、三进、六进，或由此推进的不尽连接。围屋将中原的古朴遗风和南部山区的文化特色巧妙融合，形成了独具客家风格的建筑群体，是中国五大民居特色建筑之一。只要有客家人聚居的地方，都有围屋的踪迹。客家人是中国一个偌大的族群，他们主要聚居在中国大陆的南部，如广东、江西、福建等省。在台湾的屏东、云林、台中等地，不乏客家人的足迹。

关西新围中最后一排房屋，它与后面的围墙共成一体，门前的结构风格独特，有点土家吊脚楼的味道。房屋门前筑有一条供人行走的台式长廊，长廊上方具有阳台式檐口，遮风挡雨中可供人出门稍息，思索中一观高墙上空的星月呈辉或云海飞渡。檐口前下垂着一根根红色木雕的倒葫芦半截柱子，上面分别镌刻着一个个倒写的“福”字。屋前有一条较宽的甬道与围里所有建筑隔开，唯有外墙相连，地面由清一色的鹅卵石铺砌。据说，这排房屋专为仆人和丫鬟们居住，剩余的便作仓库之用。一长排房间大小均等，一间挨一间的连接，直至与外围墙体相连。在围屋里的中部，有几位年高的大妈在摆摊经营，许多可即取即食的地方土产，油炸的、沙炒的、蒸煮的都有。大家都没伸手荷包，唯我一人将一位大妈摊上的干菜悉数购买，她笑着赠我十几个勒门的小塑料袋，赠我回家送人之用。在几间房屋的内间走廊里，一串串晾干的大蒜坨，给围屋里平添一丝生活气息，让人少去了一分游览的考究，多了一分在烟火中走动的感觉，心中萌生一分客家人的亲近。

在两晋至唐宋时期，因频繁的战乱和灾年饥荒，黄河流域的中原汉人，历经中国著名的五次大迁徙，先后流入江南诸地扎根。由于南方各地早有人居，不易在现住区里插足，于是，他们均选择人迹较少的丘陵地带或山区驻足，故有“逢山必有客，无客不住山”的说法。在当地官员的移民登记中，将迁入者暂立为“客籍”，被称“客户”，即广被后来人呼为“客家”，这就是客家人称谓的由来。为了防止外敌、盗贼和野兽侵扰，客家人均聚族而居，逐渐形成了围龙屋、走马楼、五凤楼、土围楼、四角楼等群居建筑，其中，围龙屋最多也最为著名，这是客家建筑文化的集中体现。客家人保持了中原汉族建筑工艺的精髓，采用先进的抬梁式与穿斗式相结合的艺术建造围龙屋，主体结构基本为“一进三厅两厢一围”。他们在土中掺入石灰，用糯米饭和鸡蛋清作黏稠剂，以竹片和木条作筋骨，夯筑起1—2米的厚墙，高度在15米以上的土楼，既坚固耐用，又具防守功能，通常的土炮均难以轰塌。一般的围龙屋占地8亩左右，大型的围龙屋有的超过30亩。建造围龙屋，对客家人来说是一件十分艰巨的工程，从开基到竣工，往往需要五至十年时间。一间围龙屋就是一座堡垒，是客家人寓内流通的世界。众多的卧室、厨房、大小厅堂及水井、猪圈、鸡窝、厕所、仓库等生活设施齐全，形成一个自给自足而自得其乐的客家社会群体。

客家人除了常常遭遇民风强悍的土著袭击之外，还有先后迁徙的不同姓氏家族之间，也曾发生过殊死的械斗。那时的南疆之地，可谓天高皇帝远，国家的治安维护鞭长莫及，客家人为此极重防御，他们将住宅建成一座易守难攻的设防城市。土楼内水井、粮仓、畜圈等一应俱全，保持初级的生活，几个月乃至半年可以不外出，围屋使客家人获得了一定的生活与安全保障。在客家人中间，至今流传着很多在敌人久攻不下的处境中“大楼安然无恙”的故事。据说，如到极致危厄之时，屋内由糯米和鸡蛋清混合的墙体，也可以挖下来水煮充饥。

关西新围，建造于清嘉庆年间，至今已有220多年历史，它始建于清嘉庆三年（公元1798年），竣工于道光七年（公元1827年），历时29年。因规模宏大、保存完整，是迄今国内外发现保存最为完好的，在赣南现存的五百多座客家围屋中，面积规模最大、结构功能最全的一处围屋。在关西新围的西门外，另辟有一处占地1600平方米的单体建筑，是专供外来客人休闲的场所，取名“小花洲”，美丽动听，颇具小雅之风。洲内亭台楼榭诸多，洲里有一口人工开挖的680平方米的湖泊，湖中建有一小岛，岛上设有假山、塔石、石桌、石椅，并有小桥连接。岛上四季鸟语花香，湖内鱼虾嬉戏，是休闲、品茗的好去处。由于年代久远，岛上建筑被毁不全，处于初级旅游阶段的赣州，暂无修缮复原计划，游人不得登洲，是为一点美中不足的遗憾。

龙南关西新围，已被列为国家重点文物保护单位，并已申报世界文化遗产，它作为全人类共享的文化资源，是客家人一份闪光的睿智，是中华文明一份醉人的骄傲。

又是一个春天

又是一年春风来，又有一季桃花开，虎年的春天又来了。绵绵的春雨从那声春雷中纷纷而下，一直下过了月半，使今年的春天别有一番湿润。不知故乡石桥下那条小河是否开始流淌，也不知老屋堂中那对燕子是否又会衔泥而来……春天总是让我充满憧憬与遐想。

与时光有约，与大地情深，春天像一位信守承诺的恋人，每当望春花开出笑声的时候，她就从一个遥远的天外踏歌而来。她带着温婉和笑颜走近身旁，牵手之间，一股暖流从脚底直升心头，是那般的舒泰与解惑。也许是耳旁，也许是心底，确有歌声流动，柔软的音律使小溪的冰雪开始歌唱，一路叮咚直入江海，去书写浪花的诗意。

自信江河千万里，小溪却是它的源头。世上有无数气势磅礴的图腾，却没有一个无根的生命。试问春天是否是万物的源头？就是这般的生生长长，天地间顿有了一派蓬勃的气象。我是一个多梦的人，但唯有春天的梦最让我流连，那漫山遍野的芳香，那一串串开满枝头的槐花，还有那位远方的姑娘，不知她是否又穿起那件长满小花的棉袄从桃花下走过，不禁使人想起崔护的那首诗。虽说花落花开春去春来，但崔护的那首诗常常开着桃花入梦，每当醒来总想再回到梦里。于是，我喜欢桃花，于是，我感谢春天！

窗外自有歌声飘来“亲爱的，你慢慢飞，小心前面带刺的玫瑰……”不知是谁唱起了庞龙的《两只蝴蝶》。我爱蝴蝶，也爱这首歌，尤其是那句“爱的春天不会有天黑”，它总能将我的心照亮。每当闻听这首歌，我便忍不住地哼唱，一遍、两遍……直到尽情尽性。歌声停了，心中的旋律依然回响。我知道，早春的蝴蝶还睡在隔壁的花园里未醒，只待大地间姹紫嫣红的时候，她才会翩翩而来。但愿我的歌声将她唤醒，早些给人间添来一抹灵动的风景。

漫步在故乡的河边，细雨霏霏，微风轻拂，薄薄的寒意却让人备感欣慰，柳树的枝头毕竟识破了冬天的阴谋，即使缩瑟在沟壑中的冰团也经不住温柔的化解，天地间一切都富有诗意。

春光枝头醒，细雨河柳新。百鸟园中嬉，惊了蝴蝶梦。

春天来了，生命的细胞又得到一轮新的分裂，浑身都有蚁动，心中澎湃不已。纵然昨天所有的辉煌都化为乌有，我也要努力耕耘今天，以万般的激情去拥抱整个春季。我手握春天触摸乾坤，带着万般的祝福给大地播种，愿世间多生些好人，愿好人天天都有好梦！

挥不去的记忆

时光总是渐行渐远，它将曾经的条码在水磨如镜中让人难以复原。记不起是哪一年，反正那时年轻。美丽的映象，青春的涌动，的确忘不了那种刻骨铭心的浸染。

一个夏日的清晨，西边的老龙角泛起几朵乌云，果然，转眼送来一场风雨，持续半月的高温消退了。雨后的风却没停，一个劲地在人群中疯来疯去，将女人的裙子吹得遍地花开。沿着解放大道东走，正好路过长酒（长江大酒店），驻足片刻，想看看它改装后的格调。那时的武汉，刚在改革中起步，据说，长酒是江城第一家中外合资的酒店，多少总该有点洋味吧。

在长酒门口抬首仰望，仿佛间似有一道柔软的绿影飘近身前，我下意识地将眼光收拢，还是晚了一点点，一个绝色女人，仅以半秒之差掠过眼前。她像雾中的花朵，不！比花更美。模糊中说不出她是否“貂蝉”复生，我一时竟被那少见的美影惊呆了。我轻轻地叹了口气，遗憾中默默地责怪自己，真有点傻，长酒有什么看头？

她迈着悠闲的步伐，离去才不过两米，机敏中我用力地咳了一声，却没有赢得美人回眸，她依然像一朵云彩般慢慢地飘向前方。不知是羞怯之惧还是勇气不足，我没有撵过她的身前而一睹芳容。

她套着一件绿底中映着蓝色的宽松型上装，使她纤细的身材像在重叠的花瓣中独有一角丰满。一头披肩的长发，荡着似有似无的浪花，在漆黑的光亮中散发着淡淡的诗意。修长的双腿像只丹顶鹤，步步舞出飘逸的韵律。双腿之间似乎没有一丝缝隙，一来一往的触肤摩擦，给男人洒下万千遐思。

看着那团渐渐远去的绿影，我不知站了多久，拭不净美的回顾，更有冲不净的懊悔与痛楚。传统的文化熏陶像一把隐形的枷锁，我一直把对女人的倾慕与爱当作一条美丽的金鱼，将它喂养在心灵的深潭之中，任其飞花浪起而自我彭湃，却从不让水滴溅出潭外。漫步了很多个花季，被人忍不住叫美的女人也见过不少，妖冶的、清纯的都曾饱过眼福，更见多了惊艳登场的明星，我实在弄不懂那天为什么如此般失常。

大街上的人流总像一江永不止息的浪潮，虽说能逃过别人的眼光，却永远也逃不掉自己的思想。走吧，几次在心中对自己说，脚步虽有点沉重，却终究没有回头地离开了长酒，转身于那片早已被人潮淹没的身影。

那天晚上，我还是睡着了，一夜的梦中雨季在花落花开中，思绪悉数被那个还来不及看清面容的女人俘虏了。那种挥之不去的思绪像一支支响箭，将夜网穿出无数个小孔，我变成一条向往大海的小鱼，机敏地从那一隙隙网眼中逃生，企图在网外获取疆域的自由。但那一个个网眼一会儿又被迅速地织补，依然囚禁着那颗渴望飞翔的灵魂。

她没有在我的咳声中回头，轻轻地远去，却把美留下了。那次邂逅像一场大火，席卷了我灵魂的荒原，劫后的荒蛮之地，雨后的春芽向天呼喊，一天一天地生长……

二　煦暖

母亲的电视

母亲酷爱看电视，晚年几乎天天泡在电视里。早晨八点一过，她就端坐在电视机前，熟练地搜索与衔接她心向的频道与节目。假如我是评委，定然给她一顶“超级电视迷”的桂冠。给她“超级”头衔，并非仅凭母亲爱看电视的缘故，而是她对电视取向的文化性和欣赏水准，可与当今世界无缝接轨，大不同于一般老人，更超越了一个从未跨过学堂门槛的人。她特别喜爱看足球世界杯，并能点出各大明星的名字与特性。面对足球大赛，她竟敢当场评说或赛前预言，且常常出人意料的精准，小孙子们常将一根根拇指竖到她的面前，给老太太长出一片屋里的森林。

母亲喜爱的电视节目比较丰富，大约可分如下三类。

第一类是古装武打片，无论金庸还是古龙，抑或梁羽生的，她都看。一部《射雕英雄传》，她也记不起看过多少遍了，现在，依然能一集不落地从开场看到结尾。她喜欢黄蓉，更喜欢郭靖。她很欣赏东邪黄药师，也不排斥西毒欧阳锋。她为剧中人的悲而悲，也为剧中人的乐而乐。当然，母亲还是钟情于那部首映的老版。记得第一次收看《射雕英雄传》，应该是20世纪的80年代。一部14寸的黑白电视机前，每天晚上都聚满了邻居（那时并非家家有电视）。为了方便大家收看，我索性将电视机搬到门口，密布的雪花点让我不得不时常去调节转换器。

第二类是文艺节目，母亲和我一样爱看《星光大道》，节目里主持风格全家人都赞赏，一个李玉刚竟拴牢了老人家的心。李玉刚的扮相，漂亮得竟让女人也在嫉妒与醉美中混淆不清。一曲《贵妃醉酒》，就像梅兰芳再世而风靡华夏，剧中的一举一动，一颦一笑，播下万种风情。大凡李玉刚的演出，母亲必看，悉尼大剧院的专场，定然逃不出母亲的遥控。《还珠格格》和《青青河边草》，虽说曾经一度将母亲锁在电视情节里，但看过就看过了，她再不提起或追索琼瑶的其他作品。但母亲意外地不太看“春晚”，从来就没看满过一场，这点与我的取向不同。自从有了“春晚”以来，我唯有一年因停电而错过，那晚，我依然守坐在堂屋里，熬守着传统的三十夜。母亲爱看的第三类就是大家不曾想到的体育节目，这是一个漫长的话题，容我细细地搜索。

母亲一生不打牌，也不爱串门，看电视是她唯一的文化生活。她甘愿将自己融入在电视的情节里，没有丁点打发时光的无奈。只要一走进电视里，母亲就忘却了岁月，时光便一寸一寸地从她身后悄悄地溜走。一天早晨，家中的电灯突然熄灭了，母亲试着拉了几个开关都没亮，于是赶快与三弟通话，得知并非全城停电，为了她的电视节目，不惜从城东赶往城西。如突遇客人来访，抑或身体偶感风寒，母亲才暂时与她预定的电视节目剥离，但绝不放过任何一场重播补课。母亲是一个具有超常智慧的东方女性，但生活却给她留下了诸多遗憾，我知道，那不是母亲的所能和所愿。电视里是一个丰富的世界，那些超越生活的提炼与演绎，总让母亲情不自禁，一次次养眼的清明，一次次养心的冲击，使她的精神细胞在热烈的分裂中鲜活。

母亲钟爱的体育节目，还得先从国球说起，无论是国家级还是世界性大赛，每次都不会漏过。她注重中国的每一场结局，关注是否又诞生了新的大满冠得主。一个小小的银色乒乓，无论规则怎样改变，中国人总会从一段封闭训练中走出来，重新打出震撼国际的难风，母亲长此感到自信与自豪！她愿世界乒乓水平普遍提高，又坚守着中国的霸主地位，只要中国输了关键性的一场，她总会叨念许久。在 2004 年雅典奥运会上，夺冠热门的王皓竟意外地输给了柳承敏，母亲为此一夜无眠。三弟的儿子安慰她说，奶奶，中国人应该大度地输他一回，否则，就没有人跟你玩了。母亲喜欢王皓，说他的反手技术居世界巅峰，技术也较全面，唯一欠缺的是狠劲不足，尤其在逆境中取胜的意志不坚。那年，刘国正力挽狂澜于既倒，凭着底盘拼杀，几路峰回，为中国力保斯韦思林杯求得了生机。于是，母亲永远记住了这个武汉伢。她赞赏刘国梁的应对多变，称颂孔令辉的处事不惊，叹服张怡宁的永不言败，为在乒乓拍下打出的邓亚平时代而骄傲不已。王励勤的重、马琳的活、张继科的狠、马龙的稳，还有外国人梅兹的高球、波尔的攻防、萨姆索诺夫的长打、瓦尔德内尔的弧圈结合快攻、朱世赫与金景娥的削球艺术……即使是近年日本与韩国崛起的几位年轻新手，一出场，她也可直呼其名。

母亲不太看游泳节目，即使是中国选手近年有些进步，但中国的梦之队总会将她的目光盯在跳水池前。从跳水皇后高敏开始，到后来的伏明霞、郭晶晶，还有男队的田亮和林跃，一个个优美的身姿从空而下，在极小的水花里开出母亲的笑容。母亲原来从不看台球，自从中国出了丁俊晖，在她的心中就迅速地生长斯诺克情结。她知道斯诺克每场的最高得分是多少，更知道击球的顺序和色彩定位，她从不会弄错。她知道母球入袋意味着什么，每逢击球前，她大致能估摸出选手是选择进攻还是选择防守，有时还对大师们的选择有所保留。击球的角度，是否架杆，母亲都有自己的看法。在一次斯诺克比赛中，母亲突然说，你们看，要罚点球了。我们听后都感到惊讶，脑海里从来没有储存如此信息，只知道足球有点球，怕是母亲一时犯了糊涂。但她却断然地说，你们看呐！结果真如她老人家所料。为此，我还专程查过相关资料。台球中的点球跟足球的点球有很多相似之处，队员在罚点球前先规定好上场次序，然后依次进行击球。罚球时，母球还摆在开球的点位，而目标球则被摆在了开球点另一端第一颗星两点连线的中点位置。队员们出杆前都要向裁判指袋，球进且母球没有落袋积一分，其他情况均不得分。点球采取抢6，如果比分来到5：5平，就必须超出2分才能取胜。母亲说，中国的台球要想集体进入世界前列，一个丁俊晖太少了，必须尽快培养出一支技战术过硬的队伍，没有超一流的选手，就难以取得超常的成就。有一次我对母亲笑着说，假如她能进入体坛领导层的话，一定会给中国体育管理带来福音。

如果有人说，母亲爱好的体育节目均与中国的强弱有关，抑或说有些打鼓随众（振），其实并不然，个性选择才是关键。比如说令世人疯狂的黄金联赛，母亲对此没有丝毫兴趣。中国足球这么多年走不出低谷，不说搏击世界，连亚洲也难建立强势地位，既打不过韩国，也打不过小日本。但足球却是母亲体育节目的至爱，她的爱好早已打破国界，地球村的概念于她并不陌生。不管她多么爱足球，只是常在德甲、意甲等几个强国的联赛中徜徉，却从不看中超。为此我曾问她为什么，她说，他们都“瞎踢”。为中国足球，母亲感谢米卢，只有他将中国带进世界杯逛了一回，起码参与过。一场世界杯，中国始终难圆进球一粒的期盼之梦。在一次很有进球希望的射门中失利，母亲竟情不自禁地拍案而起，只听“砰”的一声碎响，一只和田玉的镯子断送在对中国球员的失望之中。那只玉镯来之不易，是我一位新华社的记者朋友专程给母亲选购的。心爱的镯子断了，母亲并不痛惜，只是中国足球的黑夜究竟还有多长，有生之年能否看到黎明的曙光，她长此而忧虑。

看足球，母亲并非看热闹，确实有些在行，她不仅熟悉明星，还熟悉球路。面对奥尔特加灵蛇般的带球，母亲常笑着预言，即使是三人围堵，也未必拦得住他的前进；对于贝克汉姆，母亲总相信他绝不会射向门柱，在他那只神脚之下，总会开出理想的花朵；齐拉韦特的守门，就像一条磐石筑起的长堤，任你洪潮冲击，也万难让它溃口；“罗辣耳多”的明星光环，总让母亲的眼睛发亮。她弄不懂，也不想弄懂“外星人”的概念，只是一厢情愿地将胜利的希望与高潮迭起寄托在他身上；她忘不了马拉多纳那只上帝之手；还有早已退役的戴维斯，近年红得发紫的C罗，连续捧起几届桂冠的梅西，母亲都熟悉他们的身影，更叫得出他们的名字，只是外国字母常让她念出谐音。她习惯地把球王“贝利”说成“笔里”，把“C罗”叫成“希罗”。

只要是世界杯，母亲准看，几次她不惜夜半起床，坐在沙发里，用被窝把自己紧紧地围住，双手拢在热水袋中，与寒夜对抗。她爱看进球，又不想过早地看到结局，最好有加时赛，唯有势均力敌，才让人看得带劲。突然死亡和点球虽说有些残酷，但母亲总不尽地激动在精彩的过程中。胜利后的蜂拥狂欢，球员们古怪的庆祝动作，无异于一剂剂燃烧灵魂的兴奋剂，让生命之舟颠簸于滔天巨浪之上。面对足球赛场，母亲也有沉静，她看球员是否心急越位，裁判是否漏判，更担心弱队的明星被红牌罚下。什么叫犯规，什么时候该判定位球，出了底线肯定是角球。受伤的球员，只要担架进了球场，即使不下火线，也得出场后再进，不得直接参与战斗，这些规则母亲都熟记于心。

一位耄耋老人，喜爱看足球，不仅沉迷于场面，且能看出道道，似乎有些不可思议，但我则习以为常。只要母亲高兴，做儿女的尽量依她，更想尽心陪陪她，不仅做电视的观众，也做母亲的观众。不论斗转星移，母亲的电视情结都不会沧海桑田，她期待未完的结局，她关注新的档期。只要预告临近，她无须预热地端坐在电视机前的沙发上，习惯地掌控着那只冷暖连心的遥控器。

母亲的凤仪

母亲静静地站在故乡的屋顶头（地名），像一尊神像。她凝眸村前的门口山，一任岁月回望，心河里浪花不止。几十个春去春回，一群儿女相继出世与成长……

她轻扶额头，一道道皱褶越来越深，无法磨平时光印痕。

一轮黑色的发箍，卡着略带霜花的头发，山风自前至后梳过，没有一根发丝飘起。面对一切灾难与苦楚，她心静如水。“乱中出错，静中生慧”，这是母亲的格言。她深信，时光总会改变一切。日月常新，今非昔比，朝来朝去不间断刷新与书写世事变迁，人生重在活好当下。今日天气真好！一片晴空，几缕白云，冬日暖阳之下，寒风略具几分别样轻柔。从进弟家出来，想扶老娘进屋歇息，唯恐久站负累。远望她女神般卓立，周身被团团光晕环绕，一派倪芳凤影。我不忍侵扰，止步于数丈之外，禁不住默默地呐喊：“母亲万岁！”

母亲天性沉静婉柔，遇事而激发的内在刚强却从不让须眉。不畏苦，不屈难，不慌事，任无数条弯道从脚下后延，常常走出独有的柳暗花明，细细地咀嚼苦瓜长留口腔的沁凉。以柔克刚，广种德，多获缘，母亲教我们学会在隐忍中坚持，在坚持中锻造人生之志。苦难的黑夜再长，也挡不住东方启明星升起，在勤劳善良中播种，秧苗总会长成金色的谷穗。困难和灾难，是上天给人设置的路障，强者前行，弱者止步，遇雨而退的人绝看不到雨后的彩虹。不经九九八十一难，唐僧便取不回真经。任你多弯曲的河流，任你风吹潮涌，依然没不去行舟搏浪的江上往来人。哪怕惊天的意外降临，她自有内在主张，睿智之门似乎与母亲的生命密码同号。

天下人办天下事，生活中没有跨不过的坎。

一条麻褐夹灰白的兔毛大围脖披肩而下，又宽又厚如同半件外套，母亲双手插在围脖的袋子里，心中回放当初进城惜别山村的情景，享受如今凤还巢的感念。人生如梦，岁月如歌。面对脚下这个半月形的村落，听一溪清流自村前涓涓流淌，怎么也流不去这缕缕古老乡情。鱼虾戏水，蛙报清明，秋蝉唱月，雪眠青松，如影的流光，怎能让人忘怀。就在她此刻站立的脚下，曾经两棵十数丈高的大栎树，在香火中被供为湾村的风水，却喂不饱大办钢铁的红炉。在大栎树轰然倒塌的瞬间，一团紫红色的烟雾渐渐向西天飘去，年长者躲在家中流泪，口中竟念念有词。树倒了，故事不朽，它常被湾里的老人提起。

每逢孙辈们婚事，母亲必定亲自登门，送出鼓鼓的红包，热烈之中沾沾喜气。娶媳妇，为陈门添员加口，这是她最高兴的事。坐在高高的红木靠背椅上，亲手接过那杯新人递上的热茶，细细品尝那甜甜的幸福。伯父的孙子团圆，母亲与我几兄妹一道乘车回陈家老屋庆贺。现在的村湾公路全线贯通，自 107 下线全程硬化，车辆可抵达各家的前门或后院。我们将车速稍稍放缓，没有颠簸，没有劳顿，一路的欢声笑语直扑窗外。小弟将车泊在伯父家后门的竹园边，母亲没待我们伸手，竟第一个打开车门。她不让二姐搀扶，竟然一路走得出手携风，父老乡亲们都为她的硬朗击掌而呼。

生活几乎剥夺了母亲的个人爱好，除了晚年的电视对她略有补偿之外，一生只问付出，不求索取，心中满装着儿女和他人，只要能力所及，乐意帮人解危，深受父老乡亲爱戴。即使是在那段非人的政治年代，过高的家庭成分，也无法动摇母亲在村人心中的地位。多次站在父亲身边陪斗，从来就没有一个人对她提问或诉说，更没有人对她吆三喝四，只是无助地看着一支支无情之箭将倔强的父亲射成刺猬。回到家里，母亲用紫药水润湿父亲周身的肿块，以至暖的温柔让一张几近弯折的灵魂之弓渐渐舒缓。兄妹们无声地围在一起，父亲用手向我们频频示意，切莫让泪水流出眶外。一双双小手轻轻地替父亲揉搓麻木的肌肉，在轻轻的敲打中使僵硬的筋骨回弹松弛，直至他像一头睡狮般进入梦中舔舐伤口。

来者都是客，一个不能怠慢，管茶管烟管坐，这是不变的家规。父亲一生爱酒，尤其是稀客来访，再穷也要去隔壁借几个鸡蛋，炒几盘新鲜菜下酒。从小母亲就对我们说“一个天天有客来的人家穷不了，一个常年不来客的人家富不了”。无论贫穷还是稍宽的日子，我家的烟囱冬天也是热的。不管是茅房还是瓦屋，母亲总将地扫得点尘不染，泥巴灶台与锅盖被抹得透出光亮，瓷碗上不沾一点茶垢，破衣也要补出个样来，母亲总将儿女收拾得干干净净。生活难避穷日子，但绝不容许邋遢。祖母说，父亲年轻时有些不修边幅，自从受了母亲的影响，出门时也不忘抚平衣角。大半生以来，广交流不负友，收获多多，人缘多多，几兄妹亦如此。

侄孙子团圆之庆，母亲回乡很早，暨祝贺之外，不舍的故土之情使她期盼黎明的到来。湾家的人都奶奶前太太后地招呼着，年长的老妈妈们争着上前，牵手之间尽话家长里短。转眼三十年过去了，城乡之隔让思念的小苗长成大树，每每回来总想多问候些人，句句乡音饱含亲切。那个昔日被母亲从水井里救起的小男孩，怀抱着孙子前来问候，一双不谙世事的小手任意抓握，咿咿呀呀地叫个不停，真逗人。

母亲是湾子里最高的寿星，是老人们的一旗标杆。见老娘满面容光回来，进弟带着独子成婚的窃喜，麻利地搬来一条檀木长条板凳，双手扶着婶娘坐下，他喊来儿子，将一杯喷香的花茶恭恭敬敬地放在奶奶面前的方椅墩上。母亲用手抚摸着新郎官俯身的头说，长高了，结婚了，好，好，好！一连三个好字，道不尽的人间喜悦。母亲不禁拍起了巴掌，大门口前顿时响起一片热烈的掌声。

经历了太多的曲折，操持着一个偌大的家，不管是黄沙飞舞，还是迷雾漫天，在母亲的心里永远都是清明的，沉着应对，不尽思索。人生不仅要出力更要用智，母亲没有理论，却有实践。小时候，她曾跟我讲过一个故事。有一天，四个人各抱一个猪头前去土地庙进香，甲请求土地爷今天放晴、乙却请求今天下雨、丙请求今天要刮东南风，丁却请求今天要刮西北风。面对如此截然相反的请求，土地公公一时无计可施。看土地公公愁容满面，土地婆婆即附耳过来授计于他：白天放晴，夜晚下雨；早起东南，晚起西北，四个猪头一齐得。土地公公即刻收下四个猪头，露出丰厚的笑容。母亲是儿女们一生的智库，转眼我已是六十出头的人，凡遇不解之愁，还时常问计于九十高龄的娘亲。也许习惯成自然，也许是一份依赖吧。

能把弯路走直，是一种智慧；善把直路走弯，是一种谋略。

母亲的前半辈子，几乎都泡在苦水里，却从不抱怨，她爱劳动，且会劳动，在劳动中付出，在劳动中收获，在劳动中品尝。无论是手头针线，还是田里插秧，她是全村公认的第一快手。母亲说，能吃苦的人，生存力强，像松竹一样四季常青；一心贪图享乐的人，往往如昙花一现，走不到寒冷的季节。人生一切不要过于求取，是你的跑不了，心安理得地收取；不是你的，切莫强求，否则就为自己种下祸根。

与冬季挥手，自来满目春光，把苦难当作财富，将幸福汇聚能量。母亲走到哪里都是一道风景，母亲活到哪天自然光辉不灭！

母亲的寿缘

九十岁的老人，眼不瞎，耳不聋，每餐还能吃上两块家常红烧肉，精神焕发时竟抱起四岁的曾孙，在堂屋里转上几圈，一边轻轻地拍打孙子的背部，一边哼着儿歌“豌豆开花藤对藤，我跟我幺姑斜对门，幺姑那边好大雨，我家门口起灰尘……”母亲身体的唯一缺陷是牙齿不全，我们早给她装了义齿，总说不习惯，终究被取下了。

曾有人私下请教过长寿秘诀，母亲沉吟片刻，苦苦地摇头一笑，真不保守，实在觉得无秘可传。在她的人生辞海里没有锻炼一词，半生的困苦都为果腹而劳顿，更谈不上营养搭配。母亲一生且甚喜荤食，又口味偏重，这点与科学均有些不对口径。唯有一条不变，任凭喜好，想吃就吃。

母亲坦然面对生死，尤其是在病魔加身的时候，她在梦中与阎王对话，无惧那条陌生的通冥之路。她常对我们说“人是先注死，后注生”，天庭和地狱是相通的，玉皇注生，阎王注死。自从过了八十大关，母亲开始有些变化，越来越关注未来还有多少日子，却苦于无人告知，于是她去问菩萨。八十三岁那年，阴姑告诉她还有一年好活，母亲相信这句话，“七十三、八十四，阎王不接自己去”。但母亲没有在郁郁寡欢中数着岁月，依然吃她的红烧肉，喝她的排骨汤，在电视中搜索她喜爱的频道与节目。

满过八十四岁的第二天早晨，母亲起得特别早，她背着双手站在大门口，直让朝霞沐浴全身，她觉得那天的太阳格外明丽。早饭后她拎着那个蓝色的手提袋，带着那把晴雨随身的红花油纸伞，又去了阴姑那里。菩萨说，因为你一生行善积德，阎王特意给你加了寿，最低能活过九十。母亲回家，带着满身的光彩，给曾孙们买了好多时髦的名贵零食。外出归来，妻子早早将此相告。得知内情，我故意装不知而用话探母亲，她用全程的笑声回答。我为母亲祝福，更为老人祈祷，无论还有多少日子，只要她活得快乐就是儿女的期盼。我相信，只要母亲在世一天，就能活出风采，活出气质，活出品味，活出雍容与大度，活出陈门满堂的光辉！

假如有人探问母亲的长寿秘诀，我也想不出有什么特别之处。母亲一生不锻炼，晚年也如此，甚至走动都不多了，几乎整天坐在电视机前。劳动就是她的运动，自己能做的事，从来不求别人，虽说已是向百岁大关冲刺的人，依然自己洗衣，常常自己做饭，针线活从不用媳妇代劳。母亲一生清贫，儿女多，那时家庭成分又高，被双层的苦难纠缠，丰衣足食的日子还是在儿女们事业有成之后，时光不到她人生的四分之一。母亲的食好确有点与众不同，不吃海鲜，更不沾野味，即使在凭票称肉的日子，也从不改变。母亲爱养鸡却不吃鸡和蛋(唯独喝点蒸鸡蛋)，连她惯常爱喝的核桃粉或藕粉，都选择不带鸡蛋成分的。她的口味比一般人稍重一些，现在亦然如此。她不听孙辈们现代养生学的劝诫，我也不听。虽说我现在尽量吃淡一点，但依然比别人要重，否则就食难下咽，这点也许得自母亲的遗传吧。

自从来到陈家，上孝公婆，下育儿女，丈夫外出(父亲常年在外包做木匠活)，一人持家，独自承担七个儿女的饮食起居，从不误农活，生活从没有半点轻松过。母亲常对我们说“只有病死的人，没有累死的人”，这是家训。二姐未满周岁夭折、大哥五十岁早亡，两次重创都没能将她击倒，几次昏死又活了过来。逝者已矣，生者依依，没有文化，却深明大理，将先她而去的儿女活在心中，母亲要把所有的爱给予围绕在膝下的子孙。尤其是在那段“与天斗其乐无穷，与地斗其乐无穷，与人斗其乐无穷”的岁月里，因受父亲牵连，母亲一同被划入挨斗之列，虽说她在湾家享有至高无上的人缘，也不能给予一分政治优裕。那时，母亲的笑容失去了活力，心中没有阳光普照与春雨滋养，唯有月光下的沉静与希冀。“走过长长的阴雨，前面总有阳光。上天给人磨难，挺得住是人，挺不住就是鬼。”这是母亲的教诲。

曾经几十年苦难的岁月，母亲餐餐唯有咸菜下饭。那时，家中的饭桌上也许是一碗酱豆、酸菜或腐乳，有两三碗菜的时候极少。酱豆拌稀饭，是我儿时的营养记忆。吃肉喝汤一年难得两三回，还不能敞开量吃。日子一久，苦难也磨出了情结，母亲口味偏重，也许与几十年的咸菜生活不无关系。现在早已衣食无忧，在母亲的餐桌上依然减不去她亲手制作的咸菜。只要一动筷子，她得先尝一两口咸菜，要不然，再丰盛的菜肴，她也吃不开口味，就连几岁的重孙们，也常常吵着要给他一两筷咸菜，否则就端着饭碗哭闹。也许受母亲的影响，也许对苦难的刻骨铭心，我像母亲一样，每餐爱吃一点咸菜，即使出游东南亚或欧洲，也不忘带上一两瓶腐乳或榨菜。那天在香港的迪士尼公园入口检查，我提包中的一瓶腐乳，因属玻璃制品，被拒绝带入，妻子劝我上交，但我真的不忍。于是，拿着腐乳走到远离售票口的花园中，将腐乳藏在一蓬茂密的树杈之间，出园时又找回了。近年来，每逢外出旅游，母亲便早早地给我装上一瓶腐乳，临走前还查问忘记没有。

母亲一生不沾野味、海鲜和牛肉，只吃猪肉和淡水鱼，哪怕避着她将生爆牛肉丝当猪肉呈上，一米之外，她就敏感地闻出那种被嗅觉自然排斥的异味，对野味和海鲜则更加强烈。母亲的口福几乎没有奢侈，高档的山珍海味天生无法享受，红苕和南瓜她总不嫌弃。每次回老屋，她总不忘带回一点红苕或南瓜，用小电饭煲煮苕稀饭，一个人吃得有滋有味。我爱吃稀饭和红苕，但从不吃红苕煮稀饭，真对不起，这点我真的没有传承母亲的基因。幸好，妻子还能吃上一两碗，母亲很高兴，总算有人与她共享。不知妻子是爱吃，还是为了陪陪母亲，我从来没问过，唯有支持与感激。

我们湾子里300多人，在当地算得上一个较大的村庄，母亲虽说排不上全湾最长的辈分，如今却是全湾最年长的人，据大家回忆，好像还刷新了家族历史，这是母亲今生最大的荣耀。蛇年的油菜花一谢，母亲就满九十了，但她依然保持着一副完全可以独立生存的状态，只要略加努力，跨过百岁门槛并不难。很多人闹着要给母亲做九十大寿，但被我婉谢了。经过几兄弟商议，肯定不做，亲戚朋友们似乎对此很有歧义。依照常理，老娘九十大寿给她一个祝福，也是儿女该尽的孝道，热闹一次并无不可。只是经验告诉我，大凡做大寿的人，多数做出了名堂，寿筵一过健康便走下坡，有些人竟过不去当年。为了母亲的百年计划而共同努力，我只有愧对亲友的热情了。

母亲信佛，天天早晨不忘在观音菩萨座前净手进香，行善积德的观念常存心间。大半生的苦难没有将她压垮，竟然每每走过风雨笑对人生，除了儿女的平安与进步，她没有任何奢求，更无刻意的保养与锻炼，一切淡然面对。母亲为什么长寿九十，身体康健，我真想不出有哪些值得别人借鉴之处。母亲晚年酷爱电视，也许可算是一剂延年益寿的秘方吧！

一碗蒸鸡蛋

鸡蛋既普通又高档，土鸡蛋更为时下的绿色食品，不论贫富贵贱，没有人否认鸡蛋的营养。在我的生活里，如今的鸡蛋早已不再奢侈，想吃就吃。鸡蛋的吃法很多，任炒、任蒸、任煎、任煮，但蒸鸡蛋依然是我不旧的喜好，既经济又简单，口感很好，一匙一匙地入口滑嫩、爽心。我还特别喜欢将蒸蛋和米饭拌着吃，那种饭菜同体的综合味道，让人口口滋美，尤其是那份儿时情结想忘也忘不了。每每看着舀在汤匙中颤颤巍巍的鸡蛋羹，食欲感便猛然上窜。

1960 年，那是一段让肚皮最不充实的日子，甜美的生计只能在梦中得到圆满。时年七岁，因家中拮据，迟迟走不进私塾学堂的大门，喂猪、放牛、割野菜是我每天必做的功课，很少偷着时间去玩，是父母最放心的孩子。那天早晨，看东方日出，心仪又是一个好天气。早饭后，提着竹篮，拿着窖豆刀，去后山的麦地里割野菜，不用半天，一大竹篮就满了。看见游家海那天开塘挖藕，满塘的人潮，勾动我不由自主的脚步。游家海的藕又大又白，远近知名，但生产队管得紧，平日不准人挖，一年仅开塘一次，一家只准派一人，不准村外人下塘。

我不敢走近深塘的水边（越到深处藕越大），只在藕塘里的半坡上转悠，小孩下塘，幸好无人喝止。看见脚下一只刚出泥的粗大藕箭，实在止不住心痒。我拿出小小的窖豆刀，开始一坨一坨地锹开塘泥，伴着藕箭直往下挖，时不时地抬头望望，怕有人撵我。随着泥巴下的藕箭越来越白的颜色，我越发起劲。大约挖有半米来深，洁白的莲藕终于露了出来，抚摸着粗壮的藕筒，心跳骤然加快。我想用窖豆刀将那节藕两头斩断拿起来，却又心有不甘。便沿着莲藕延伸的方向两头下刀，迅速挖开一条小沟，一支大莲藕便完完全全地呈现在眼前，兴奋中却不忘担心被人发现前来制止或没收。我赶紧将那支莲藕按节掰断，一节一节地藏进竹篮中的野菜里转身上岸，一路哼着儿歌回家。

走近门前的清水沟，在竹篮里拿出莲藕清洗。回到家里，我将纯白色的莲藕一节一节地排在锅盖上，想让走进厨房的母亲，一眼看到惊喜。那支莲藕粗过我的手臂，长短共五节，每节均在五至七寸之间，可炒一大面盆，足够全家人饱食一餐。我安静地坐在厨房门口的小板凳上，母亲一进厨房便转身出来望着我，从我娇羞的脸色中，她用不着发问。母亲什么话也没说，一把将我揽进她的怀里。待我细说缘由之后，知道不是偷挖的，便嘱咐我以后一定要远离水边。

那天，母亲破例地蒸了一碗鸡蛋，锅盖一揭，幸福的滋味盈满了整间屋子。那时，家里只养几只母鸡，每当鸡窝一冷，母亲便轻轻地将鸡蛋捡起，扣装在一个蓝花瓷坛里（奶奶说，捡热蛋会影响母鸡离窝生野）。除了四时八节，没有稀客上门，家里从不蒸鸡蛋。那年月的鸡蛋就像元宝，是我家换取油盐的主要财源。

兄妹们都端着饭碗围坐在餐桌前，无语地往口里扒着饭粒，咽着麦酱。面对那碗像豆腐脑一样漾人的蒸蛋，大家都尽力地忍着，不待烧煮锅巴粥的母亲上桌，没有人伸手拿那把早就放在蒸蛋碗里的汤匙。母亲满意地看了儿女们一眼，她拿起汤匙，却将第一瓢鸡蛋舀到了我的碗里，而不是通常的小弟，让我真有点受宠若惊。

平日，小弟就像家里的皇帝，凡是沾着吃喝的边，我们早学会了谦让。那天，小弟却超乎寻常地乖巧，没有往常的争抢与哭闹，连小嘴都没噘一下，他满脸羡慕地看着我，让人尴尬不已。母亲说，喝吧，一人一汤匙。虽说我一味地回推，兄妹们还是将蒸蛋硬推到我面前，他们知道今天得奖的正主是谁。尤其是小弟，他搅了几筷麦酱，索性端着饭碗走进了堂屋里。我双手捧着还有小半碗的蒸蛋跟进堂屋，轻手轻脚地走近小弟的背后，在他还来不及转头的时候，便将蒸蛋全部倒进了他的碗里。小弟猝不及防地望着我，晶莹的泪花润湿了微笑，我用手抚摸着他的头，心里热乎乎的。

一丝风袭的歉疚

那是一个有风的晚上，奶奶突然走了，在曙光还来不及亮透窗台的竹影中撒手尘寰，将日出留给了我们。几近五十年的风雨，依然洗不尽那份伤痛的回流，无力的时光更带不走那丝风袭的歉疚。今年清明节，我照旧将一书罪己焚烧在奶奶墓碑前的纸烛中，盈眶的泪水祈求在烟雾弥漫中得到抚慰。

1966 年秋末，应生产队安排，小学就读的我负责湾村墙壁上的大幅标语书写。学着别人的样子，拿着扫帚般的排笔，醮上石灰水，在点横竖撇中写出一个个斗大的宋体字，得到了大家赞赏，队长每天给我头等劳力的工分。经过几天书写，村里的墙面所剩无几，队长却又给我布置了一项新任务，要在村头和显眼的墙头上画几幅毛泽东主席和雷锋的画像，这下真让我着难了。画画不比写字，何况又没人教过，但队长说，大家都说你聪明，我们队里只有你能画，笑容里堆满了鼓励的目光。不敢贸然接受，又找不出有力的语言推辞，虽说知道困难，但心里却潜生一分甜美。望着队长远去的脚步，我原地不动地陷入了久久的沉思。

晚上，我翻出小学的图画本，坐在床边，在一张陈旧得辨认不出油漆颜色的三屉桌上铺开牛皮纸，尝试着毛主席头像的画作。我找来一张毛主席单色线条画像，用铅笔隐隐地打上横竖方格，然后放大几倍将方格移到画纸上，照着画格的图像位置依样复制，眼看一幅画像即将成功，心中的激情开始有了浪花涌动。正当这时，睡在地铺上的奶奶突然喊我，说是对面土窗里的风冷，让我给她堵上。因为沉浸在即将收笔的凝神之中，轻轻地回奶奶说："等一下，我画完了就给你塞。"无语中奶奶没再强调。

手拿着一幅刚刚脱稿的线条型画像，在灯光下横看竖看，自我欣赏在新作成功的兴奋中。突然，耳边似乎传来奶奶的打嗝声，我忙回头一声强似一声地呼唤，奶奶却始终没有回应。奶奶一生常做噩梦，在一声声模糊的恐吓声中深受折磨，每当这时，我即将奶奶从梦中喊醒，解脱苦痛的奶奶在顿然安静中说我真乖。然以为奶奶又在做噩梦，但声声呼唤不应让我感到异样，便走近床边用手轻轻地摇着奶奶的头，依然没能让她醒来，一股莫名的惧怕瞬间袭来。我迅速打开房门，摸黑走向上堂屋带着哭丧的声音呼喊伯父“奶奶喊不应了”！伯父和睡在下堂屋厢房的父母都一呼起床，直往奶奶的屋里奔来。当印证了奶奶即将仙逝的到来，整个屋里一时静得比外边的黑夜还深。

那时，家中只有父母和小弟睡的一张木床，我和其他几个弟妹都和奶奶一起，睡在一个硕宽的地铺上，横排着一个挨一个地躺下。那是一间靠近西边的外厢房，在阳沟后面的墙左边，有一个由许多小方格相拼的木窗户，室里光线严重不足，尤其是阴雨天，又暗又潮。奶奶叫我拿起父亲做木工的钉锤，用钢钎在对着地铺的青砖墙壁上，凿开一个长约 50 公分、宽约 20 公分的孔，因为赤裸裸的没有木框趁格，我们都叫它土窗。有了土窗，屋里就多出一分光明，如遇风冷或飘雨，我们就去灶门口拿一个草把子塞上。那天晚上，奶奶感到冷却的西风，就是从那扇土窗吹进来的。

父辈们都忙着料理奶奶的后事，让我去窑场叫回二姐，问我怕不怕，要不就叫上一个弟弟给我做伴，我无声地摇摇头，打开巷门，一脚脚踏进微光的夜色中。洋码头窑场，离家直线距离约五公里（如走大道则在八公里以上），为抄近路，我沿着一路的湖坡往前走。平时并不胆大的我，那天晚上却没有一丝畏惧，心中一直在为没有及时为奶奶堵上土窗而伤痛，泪水像泉眼一样不断线地外流，在我的思维空间里，根本没有湖坡鬼怪的插足之地，脑海里只有奶奶的影像一个接一个地回放。

很小的时候就听大人讲，后屋湾村里的一个财主，位尊而体弱，常年在家养息，很少出门。一天外出主持盛典，金丝绒的轿帘，却挡不住外面三月的春光诱惑，他忍不住用手掀开轿帘一角，想让花香灌满轿中。那天回家，财主即病倒在床，经先生号脉诊断为“一指风寒”。业经药补齐攻，半月方才痊愈。想到此处，我的心似乎一寸寸地碎裂开来。奶奶在生命垂危之时，于风冷的抵抗力，也许还不敌那位财主，我怎么就没能给她堵上土窗之风呢？举手之劳啊！假如及时堵上了那扇土窗，奶奶一定会晚走些时日。

回想童年岁月，没有奶奶抚养，我们真难长大成人，尤其是被饿得坐不稳板凳的妹妹，如不是身高力大的奶奶挖藕熬汤，她早就跟两个小姑姑一样躺在茅草山上的黄土堆下了。想起土窗之风因我未塞，终生的隐痛无法根治，人子之孝未尽啊！

老师哥你在哪里

近来空气质量不好，自北而南的沙尘暴将天空搅得昏昏黄黄的；近来心情更不好，老师哥走了……

每当清明节到来，总让人陷入沉思，不知那棵复活的柳树，是否越过千年时空，给今天带来一枝枝鲜活苍天与大地的绿？

今年的春雨特别多，它不问南北干旱地下着、下着……过几天清明就来了，它没有任何迟缓地向我逼近。但愿今年的清明真正地清明几天，让暖暖的阳光，晒一晒潮湿的心情；让遍地的油菜花，给人带来金色般的照耀。

2010 年 3 月 21 日早上 7 点 30 分，几位文友相约去殡仪馆向老师哥的遗体告别，看他停留人间的最后一眼，期盼常日那份心与心碰撞的火花再现。虽说不到十分钟的车程，但我和高荣、炳阳、剑平六点钟就驱车前往，沿路飘落的樟叶，恍惚让人误入秋末初冬的凋零。

告别厅前聚满了人，一朵朵小花将大家的脸色开出纯洁中的苍白。我们难耐集体告别的到来，一下车就直入大厅。老师哥静静地躺着，面色十分安详，他将那份对生和情的强烈眷念，藏得很深很深，我似乎听见他在对我说“本豪，不哭，不哭”。我真的没哭，一贯禁不住泪水流淌的我，今天变得似乎有了几分坚强。我试图摘下一分笑意让老师哥带走，不知为什么竟是那样艰难。

老师哥一生待人像火一般的热情，更难得的是多才多艺，且行行出色。正如王新民老师所总结的那样：他拼命工作、拼命画画、拼命写字、拼命喝酒、拼命抽烟，最后将自己拼没了。《水浒》中有个拼命三郎石秀，但他拼的只是一份血性，而老师哥比他拼得更多。对生命来说，虽说“拼干了”是一个无可挽回的悲剧，但对精神而言，他燃烧了，他奉献了，所以，他无愧，也可以无悔。

3 月 19 日 9 点 25 分，吴松林同志（最后称他一声同志，与世人同声，给他一份响亮的震撼，给生命一份深情地挥手）紧握的双手散开了，他放下了一切，永远不再“拼命”，他终于学会了安静。

在灵堂前向老师哥的遗像叩拜之后，他的弟弟对我说，哥哥临行前尽了最大的力气对他说“朋友们对我太好了，我这一生亏欠他们的太多太多，这份情只有来生再续。但一定要代我向他们一一转告，最后以我的名义请他们坐一坐，敬一杯酒”。怪不得江都酒宴那天，大家接到的电话，依然来自老师哥的手机。

自从肺癌晚期开刀之后，一待身体略有好转，老师哥便开始自我忙碌起来。他忙着编辑出版区志和画册，他忙着整理出版自己的《人人都是太阳》文集，他忙着编辑《江夏民间故事续集》，他忙着帮朋友们校对书稿……有一次他竟然对我说，他三天三夜没有睡觉。我听后十分震惊，既关切又责备地加重了口气劝他下不为例，他淡淡地一笑，并表示接受。

春雨含悲大地痛，白云戴孝九天巡。

假如老师哥能稍闲一点，假如他能自我珍惜一点，绝不会走得那么早……那天，老师哥的弟弟对我说，他哥哥在患病期间曾私下对他说过“我要跟癌症抢时间”。听了这句话，我明白了。老师哥心里永远是亮堂的，他对生命与最后的时间早有预料和安排。面对水晶棺中那副爽朗与洒脱的面容，我突有所悟，原来那是老师哥奉献给大家的一份安慰。

在死亡的恐惧中开启记忆之门

恐惧往往来自危险的袭击，一种莫名的裹挟，让人无法掌控油然而生的惊悚与惶惑。尤其是在极度的恐惧中，本能的警惕无止境地直升至顶，所有的潜能瞬间被激活。无论是危险的事实凸现，还是一丝虚无缥缈的幻觉感受，都是一次身于实景的历险，它能给勇者带来一次急中生智的磁场充电，但愿人们不去收获弱者临危的颓废吧。

人生万般恐惧莫过于死亡，这是一道解不开的千古难题。每当那种无形的危险带着死亡的信息袭来时，没有人不顿生恐惧，在刹那间的毛骨悚然中，大多数人自觉或不自觉地浑身鼓足劲道，随时准备在有效的一击中取胜，抑或在以守为攻中伺机退避，以求博取或抵达安全境地。是进攻，是防守，是以静制动，还是以攻为守？万千差别则在人为。恐惧时而来自生活，时而来自梦中，而我第一次对死亡的恐惧，却意外地来自于混沌未开的年幼之时，它像一场巨大的电击，奇迹般地开启了我生命最初的记忆之门。从那天开始，人生的记事簿再也没能合上。

“甘家湾好大塘，陈档网好仙娘。”（在我老屋的祖堂里供奉着一位仙娘菩萨，因祈福灵验，香火鼎盛，远近闻名）这是故乡里一句学堂前的孩子们都会随口呀呀的民谣。在我儿时走过的十里村域周围，记得共有三口大水塘，一是故乡的西边海，二是高桥蔡的六角湫，三是甘家湾的荷叶塘，相比之下，还数甘家湾的水塘最大。甘家湾的水塘，位于湾村的西面，呈西高东低势地一字形流淌。因塘底逐渐下降，西半截长满了荷花，东半截才显清波荡漾。因于荷花的美丽和莲蓬的香甜，小伙伴们都称它为荷叶塘。

也许来自生命的本源，小孩天生具有一分对水的喜爱与亲和，尤其是热天，个个都像鸭子见水就想下。我常懵懵懂懂地跟随大孩子们一起往水塘边跑，但不敢贸然试水，那种无知的畏缩总让人自觉止步。独自坐在水塘边，小心翼翼地浸湿小手涂抹脸颊，任清风拂来好不畅快。眼馋小伙伴们于水中自由嬉戏，五花八门的泳姿令人目不暇接，在与水花一起飞扬的欢叫声里，陶醉在无限的向往中，强烈的渴望在心中燃烧，猜不准离自己能亲自下水的那一天还有多远。为此，父母不忘常叮嘱，莫玩水啊！虽说那时还不曾记事，但短暂而间歇的家训真还当管时下。

那天，大哥答应带我到甘家湾水塘去玩，一时满心欢喜，有大哥带便无所顾忌。正值莲米刚满的季节，虽说生产队里有人监管，大哥还是偷摘了两个莲蓬，让我躲在塘坑边的树荫下慢慢吃，嘱我千万莫下水，他便一头扎进了水塘里游开了。新鲜的莲籽真好吃，嫩鲜甜润，入口生津，我打心里感谢大哥。过了好大一会儿，大哥浑身挂着水珠上来了，他不经意地用手抹去脸上的水滴，猫身问我好吃吗？我轻轻地向他点了点头，大哥竟笑得比莲米的味道还甜。

大哥扯了一把青草，将我剥开的莲蓬壳盖住，用他的湿衣服将我的脸与手都抹干净。也许是一时兴起，我求大哥带我下水玩玩。望着我两道闪光的眼光，大哥不忍拒绝，便将我脱得精光抱着下水，由浅入深地往水中探行。大哥用双手托住我的身子半浮于水间，教我手脚并用地拍打，一时水花飞溅，我止不住地发出快乐的尖叫。不知是失手，还是大哥有心一试，突然间，我从他的双手间滑落。没入水中的身子直往下沉，天地间混然不见，耳边传来一片咕噜咕噜的声响，气息闭塞不通，几口水便呛喉入肚。本能的挣扎，手脚并用，却怎么也撑不出头来仰看蓝天。在歇斯底里的号啕中止不住焦急的思绪，我完了，这回死定了！顷刻间萌生对亲人、对小伙伴、对家乡一切熟悉的环境依恋与不舍。那种冰冷的死亡绝望，是我人生最初也是最深的黑洞记忆。不知道大哥是看得见还是摸得着，他双手抓住我抱出水面贴紧胸前，一边用手帮我拂去脸上的水，一边用手在我的背后拍打安慰："不要紧，不要紧，有大哥在，不怕。"我听不进大哥的安慰，半哭半叫中伸手直指岸边，切望逃离水域之险。大哥没有勉强我再玩，一路紧抱着我回家。坐在堂屋中那条心爱的米黄色小板凳上，半天才逐渐平息了心跳。虽说惊魂终会散去，但经历的印象是永久的。

我记事较晚，5 岁之前的事，哪怕一丝模糊的印迹也没有。我敢肯定，就是在甘家湾大塘水泊生命之险的那次历练中，我开始认识到了恐惧，近距离感受死亡是什么滋味，那种强烈而鲜明的记忆，像老子生下来就长胡子一样落地皆熟。就从那天起，我记事了。初尝了恐惧的滋味，倍增了对生命的珍惜。对那次没水的死亡恐惧，我从未抱怨过，更铭记了大哥的痛爱之情。早一天历练，早一天成熟，驱散了年幼的迷蒙，清化了脑膜中的活字印刷。

我天生不是一个胆大的人，从小唯父母之命而行，惹是生非历来与我无关，是一个从不让大人担心的孩子，男人本色里的刚强，得益于岁月的磨砺与知识浇灌。我不畏人，更不畏事，只畏举头三尺的神明，一切恐惧都不能让我倒下。该做的做，该闯的闯，只要认准的目标便一往无前，但从不做无谓的抗击与争斗。英雄并非出自莽撞，理智避让，或牺牲小我而成全大我，那是一种崇高的德养与修为。

三　光泽

勇不掩谋

——樊哙的谋略与智慧

樊哙，一个中国人耳熟能详的历史人物，只要略懂汉史的人绝不会不知道他的名字。假如有人遗憾地从未读过《史记》也未涉足汉史，那么对“鸿门宴”总会有所耳闻，这是中国一个尽人皆知的历史典故。如果没有樊哙，“鸿门宴”必定索然乏味。虽说《史记》中的“鸿门宴”并非为樊哙而写，但无论是历史选择，还是太史公刻意着墨，樊哙都是“鸿门宴”中不可或缺的经典角色，他身入其间的勇猛担当和睿智思辨，让人想忘也忘不了。

每当提起樊哙，总让人不自觉地想起那副楹联：“两舟并行，橹速（鲁肃）不如帆快（樊哙）；八音齐奏，笛清（狄青）难比箫和（萧何）。”这副楹联不禁引人深思，联中富含对樊哙的评价之高并非一人笔下的偶然之作，千年不朽的传颂，证明樊哙足以荣膺此誉。

由于人们对历史的平面解读，特别是旧时说书人绘声绘色的演说脍炙人口，将樊哙勇武潇洒的此面无限放大，淹没了他超人的谋略与智慧的彼面，于是，人们常常将樊哙与张飞和李逵并列归类，这种定论，笔者实不敢苟同。大家知道，即使张飞也并非有勇无谋之士，长坂坡前漫天而起的马尾尘沙，不也骗过了天下第一奸雄曹操吗？今天，不妨在此浪费一点笔墨，让我们翻开历史书页的背面，去沐浴樊哙勇武之下的智慧光芒。

首先，还得从樊哙的出身和功德说起。

樊哙出身贫寒，早年曾以屠狗为业，很早就与刘邦相识。他与刘邦交往甚密，两人曾一起隐身于芒砀山泽间（今河南永城东北），与萧何、曹参共同拥戴刘邦起兵反秦。待刘邦做了沛公之后，即让樊哙做了他的随从副官，从此，樊哙跟随刘邦为大汉江山的建立而征战不止。他们先打胡陵、方与，在丰县一带打败了泗水郡监和郡守的军队，后又平定了沛县。樊哙与司马枿在砀东作战时，表现英勇，独斩十五首级，成功击败了敌军，被封为国大夫。在尔后一系列的战斗中，樊哙身先士卒，冲锋陷阵，战功赫赫，屡次被加封提级。在攻打武关至霸上的战斗中，樊哙率军斩杀都尉一人，首级十个，俘获一百四十人，降二千九百人。项羽兵败汉王于彭城后，樊哙暂时屯守荥阳户武。一年后，又随高祖追击项羽，攻取阳夏，虏获楚将周将军士卒四千余人，乃至将项羽包围于陈县之中，率领众军将士大胜而归。

项羽死后，刘邦称帝，史称汉高祖，樊哙被赐加食邑八百户。汉朝初期，异姓诸侯王均反叛不断，樊哙便成了征讨叛军主将的不二人选。先攻打反叛的燕王臧荼，结果俘了臧荼，平定燕地；后来楚王韩信造反，樊哙随高帝御驾亲征于陈，最终活捉楚王韩信，平定了楚地。据史料不完全统计，樊哙历年战场的总计战功为：跟随高祖作战，共斩首一百七十六级，俘虏二百八十八人；自己单独领兵作战，打败过七支军队，攻下了五个城邑，平定六郡五十二县，虏获丞相一人，将军十二人，将官十一人。樊哙得高祖赐封舞阳之地，封号舞阳侯。这些赐封理应是樊哙该得的，并非因为他跟高祖的近亲或近友关系而得徇私情。

鉴于上述所说，我们不难得出一个结论，樊哙常年征战于疆场，屡次冲锋在前，杀敌无数，战功卓著，难道仅凭他的勇猛过人就能取得吗？樊哙与他人一样都是肉体凡胎，并非刀枪不入，炮火不摧，除了战场经验之外，没有对战场战局的灵活处置和智慧应变，不具备对敌手实力的现场洞察和正确估量，恐怕死一百次都不足为数。更重要的是，樊哙并非如张飞和李逵一样勇猛的独立战将，仅凭个人的血性所为在战事中建功，他且是一位善于统率三军、驾驭千军万马的指挥统帅。虽说他算不上百战百胜的将军，但历史的战功证明，他确是汉高祖麾下不可多得的军事将才。不然，刘邦也不会轻易地将那些事关大汉伟业的非常战争委托于他，樊哙更不可能每次都凭天意而侥幸取胜。大凡指挥千军万马的每一次战争，统军之将必具超人的指挥天才和军事常识，包括对战略的英明部署和战术的正确应对。否则，光凭英勇和威武，也许只能博得一时的快意拼杀而徒送将士性命。对战局中每一点细微变化的把握和应对，都事关胜败存亡，这是一个猛将绝对不可能运筹帷幄到的。指挥一次战争并取得胜利，必须拥有卓越的指挥才能和超常的智慧，谋略在战争中的作用有时甚至比实力更加重要。大凡世间以少胜多，以弱胜强的战争，关键都在于统帅与指挥。由此，说樊哙有勇无谋，既不符合历史也违背了事实。

再说刘邦先入咸阳而后退，拱手将复地送给项羽，此事确与樊哙有着非常的关联。

当年刘邦率军入关灭秦，胜后封关自守，若依楚怀王“先入定关中者王之”的旧约，刘邦理所当然可称汉王于关中，但事实上却引起了项羽的不满。鉴于时局，霸王只得先派当阳君英布速速攻下函谷关。待项羽入关后，驻军于戏西（今陕西临潼东北新丰镇东南戏水西岸），即欲转击而消灭刘邦的军队于咸阳。事于汉元年（前206）十二月，项羽率军至函谷关，见关门禁闭，一时难有攻关之策，又听说刘邦已经平定关中，顿即大怒。于是命令英布必须尽快攻破函谷关，随时准备挥师讨伐刘邦。此时的项羽拥兵40万，号称百万，驻扎新丰鸿门（今陕西临潼东的项王营）。刘邦则仅有兵士10万人，号称20万，安营霸上。军事实力的悬殊和项羽锋芒正盛的气势，如果两军开战，刘邦的胜算几乎为零。

谋士范增劝说项羽立即攻击刘邦，以夺取咸阳之地，消灭刘邦的势力于摇篮之中，为霸王之业剔除潜在的危险对手。因项羽的叔父项伯与张良素有交情，于当夜策马暗至刘邦军中，将范增的计谋密告张良。其实，他并非有心协助刘邦，只是想劝张良赶快逃避，免遭杀身之祸。得知项伯传信，张良瞬即报告刘邦，给当时的刘邦敲响了一记胜后忘乎所以的警钟。也许是天意，项伯的这次告密，却给了大汉日后成就江山的缓冲之机，刘邦也因项伯的告密而坚定了对樊哙劝其暂退咸阳，还军霸上之策，因而避免了一场灭顶之灾。刘邦请项伯从中调解，项伯示意刘邦第二天到鸿门面见项羽。面见张良后，项伯连夜赶回鸿门，回头再劝说项羽。当时项羽兵临城下，刘邦乃与张良商议后，不得不率一百多随从亲赴鸿门谢罪，特令樊哙亲随前往。由于项伯的告密和樊哙的事前劝导，才有了后来“鸿门宴”的精彩典故，也因此保全了刘邦成就大汉帝业的七尺之躯。虽说“鸿门宴”上惊险万分，刘邦几度命悬一线，毕竟化险为夷。假如没有咸阳的暂时退守，当然就没有“鸿门宴”的危厄，更没有大汉基业的创立。

刘邦率兵攻克咸阳后，一时竟沉迷于对宫中珍奇宝物的欣赏和酒色的贪恋，无半点退兵咸阳之意。此时的樊哙却出人的冷静，没有一丝幸灾乐祸的武士习性，他认为项羽绝不甘心让刘邦得取咸阳，更不会信守楚怀王之约，他不得不担心刘邦和众军的安危，当下之策只宜退守，绝不能跟项羽对峙与开战。于是，他于张良之先便劝导刘邦退出咸阳，绝不能为珍宝与美色所惑，万事要以大局为重，务必避开项羽的锋芒以图后业。暂时以咸阳城委之，满足项羽的贪婪之念，减少他的敌意，怠懈他的斗志，为自己赢得养息的机会，只要大业有成，天下都是你的，还愁拥有吗？虽说刘邦当时犹豫不定，事至项伯告密之后才猛醒而断，但樊哙的事前提示，不失为一个重要的前因。加之樊哙与刘邦的私交甚密，他的话一贯在刘邦心中颇具分量，采纳也在情理之中。

劝刘邦退出经过奋战而得手的咸阳，可想是何等的艰难。只要是人，包括帝王将相，都容易陷入胜后的骄奢与享乐之中，刘邦也难，樊哙更难。但樊哙在咸阳之战胜利之后，却能清楚地认清形势，冷静地分析对手，不仅做到了自我约束，还能即时提醒刘邦，提出退出咸阳的高明之策，实属难能可贵。大凡武将，均属快意人生之士，拼死杀敌胜而享乐，在他们的心中可谓天经地义，仅就樊哙的自身约束而言，当属万中难一，他还能提示刘邦，就更显不易。咸阳取胜后，众军都处于战后的愉悦松弛之中，对整体形势的分析和前景的谋划，应该属于政治范畴，怎样应对与防范，那是谋略家的事。假如樊哙为世人所认定的一介武夫，他根本不可能具备如上所述的认识和思想，更没有那种超前估量的能力和冷静沉思的睿智。即使是一个将军，他们也只乐意与忠于对战争的应对与付出，胜利是他们的追求，失败是他们的耻辱，更不谈将战果拱手送之于对手。尚武是一个将军的本能与天性，在他们的血液里流淌的只是拼杀和夺取，在他们的信念里闪耀着胜利的光辉和杀身成仁的光荣。更不说世上诸多以少胜多以弱胜强的战例，无不激荡着每一位好战的武将与军士，在他们的眼里没有打不垮的强敌，示弱只是军事家与政治家们的韬略，非武夫与勇士所能具备的谋略思维。为此，可说樊哙理应是一个文武全才之士，即使是一个军事天才，对战争韬略的把握甚至可以做到游刃有余，但于政治韬略而言，就难以拥有超人的意识了。

“鸿门宴”对于樊哙来说，无论是历史功德的评定，还是智慧谋略的品评都是不可遗漏的一环，在此不得不赘述于下。

让我们再次摆出鸿门宴来，看看樊哙与项羽的那段精彩绝伦的对话，其论辩技巧与水平之高实让人咋舌，于是，又有人说，那一定是张良事前所授。足见此言差矣。即使是张良事前有所引导抑或设计好语言套式，要完美地演绎好“鸿门宴”上的台词，樊哙必须具备精确的记忆和语言表演能力，基于这一点，我相信樊哙绝不是一个上乘的演员。即使是汉文化发达的今天，一次照着秘书文本作报告和即席演说的会场效果，任何一个听众都会有所识别。再说张良的设计，也不可能让项羽照着剧本逐格行进，现场千变万化的细节是任何一个预言家都难以全面窥测的，充其量只是整体把握。而整体把握，只能做到自我进击的行为主动，且难做到其现场应战语言对答的文本构划。只有成竹在胸和敏锐的反应，才能表现出语言的真情与张力。除开语言之外，项庄舞剑一节，纯属范增依据情势变化的临场安排，并非事前布局，这也不在张良的预测之内。于是说，樊哙在“鸿门宴”上的对话属张良所教，实不可信。

鸿门宴上，云谲波诡，风浪迭起。由于范增亡刘心切，先行“数目项王”，继而“举所佩玉玦以示之者三”，敦促项王诛杀刘邦，清除心腹大患。然而刚愎自用而又优柔寡断的西楚霸王则“默然不应”，令范增如鲠骨在喉。无奈之下，范增只得授计项庄，假以舞剑助酒兴为题，伺机击杀沛公于座。一时间，宴会上乍现刀光剑影，风云突变，沛公性命一发系于千钧，雏汉根基势比击石之卵。于是，一个身系刘汉集团祸福安危与生死存亡的小人物卓立而出——樊哙闯帐。

刘邦危在旦夕，张良趋出告急。然而张良话未及出口，樊哙便从其匆匆之步履中察觉鸿门宴上必是剑拔弩张、杀机四伏，焦虑关切之情不由冲口而出：“今日之事何如？”一句话单刀直入。没有寒暄，没有客套，有的是一种机警、一份责任、一颗赤胆忠心。此间我们不难看出，樊哙在善于洞察战场情势之外，并具备对人物察言观色的细微考量，这不是一介武夫所具备的素质。当得知“项庄舞剑，其意在沛公”时，樊哙迫不及待地请命：“此迫矣！臣请入，与之同命。”寥寥十字，说得斩钉截铁、掷地有声。其性急、其情切、其心忠，跃然字里行间，充分显示了樊哙与刘邦生死与共的手足之情和君臣之谊。这句语言，确是对樊哙豪气与勇武性格一面的真情书写，也正因如此，诸于这样的快意之情，往往激起人们对樊哙武将之风的赞赏而淹没了对其睿智的解读。人物出场的两句话看似起势平淡，细嚼之下却能体味太史公谋篇之匠心：原来这里先写樊哙之“忠”，不能说不是为故事情节的发展和人物“智勇双全”的性格铺垫基础。细读《史记》，在司马迁的字里行间不难读出，樊哙绝不仅仅是一个其忠可嘉的勇士，且是一个机警干练而能言善辩的智者。

樊哙持剑盾闯入项羽营帐，用盾撞倒拿戟的士兵。进入帐后“西向立，凝视项羽，目眦尽裂，头发上指。”项羽握剑坐直身子问：“此人是谁？”张良说：“他是沛公的参乘樊哙。”项羽欣赏道：“是位壮士。”于是赐酒一杯和猪腿一条。樊哙举杯一饮而尽，随之拔剑切肉而食。片刻就将那条半生不熟的猪腿吃得精光。樊哙一系列置之死地而后生的言行，竟博得生性率直坦荡而又胸无城府的西楚霸王无端喜爱，项羽问：“樊将军还能再喝吗？”樊哙面斥项羽道：“臣死且不辞，岂特卮酒乎！”樊哙瞅准时机，借着酒性发挥，一番慷慨陈词，替刘邦说出了想说而又不便说抑或不敢说的话。樊哙先数暴秦之死，“杀人如不能举”“刑人如恐不胜”，意谓天人共愤；接着大赞刘邦之功，“怀王与诸将约曰：先破秦入咸阳者王之。今沛公先破秦入关”，暗指项羽无能；再表沛公之德，“毫毛不敢有所近，封闭宫室，还军灞上，以待大王”，映射小人之心；然后假以推心置腹之语，前硬后软，引君入瓮。最终满足了项羽沽名钓誉之心、刚愎自用之志，彻底摧毁了他“旦日飨士卒，为击破沛公军”的那份怒火和霸气。事此，拙于言辞的项羽“未有以应”。一场潮头没顶的白热化斗争，至此已是意兴阑珊了。项王放虎归山而养痈遗患，刘邦则转危为安而化险为夷，这一切都利益于樊哙舍生忘死的斗争和机智巧妙的应变。其实，樊哙心中比谁都清楚，刘邦并非真心拥戴项羽进入咸阳，此处，他不惜以假说真，且达到“真到假时假亦真”的境界，一副大义凛然之气，真让人为樊哙的睿智选题和精湛演说而击掌直呼。

再看看刘邦借口如厕叫出樊哙，犹豫于不辞而别的决断时，樊哙的一段话那才称得上是雨后阳光。“大行不顾细谨，大礼不辞小让。如今人方为刀俎，我为鱼肉，何辞为?”樊哙的这句话，给中国历史创造了一个不朽的成语，成了千古名言，这样充满思辨智慧的语言，颇具艰深的哲学理论和创新，谁能说这是一个没有文化之人的即兴发挥呢？如没有樊哙那句话，刘邦难以做到迅即的思想转换而随樊哙毅然绝尘而去，于是，留下了他们双双书写大汉历史的辉煌机遇与广漠时空。如不然，后期的中华文明还不知道怎样去续写。坦率地说，樊哙在鸿门宴上的功劳仅次于张良，试问一个目不识丁的大老粗，能用自己的智慧书写出这样的历史华章吗？刘邦被项羽封为汉王后，赐樊哙为列侯，号武侯，升为郎中，随汉王同入汉中。

在中国的楚汉时期，众所公认项羽为第一猛将，樊哙不得不屈居第二。看看《史记》中樊哙的赫赫战功，让人肃然起敬，张飞和李逵实难与其相提并论。世人对樊哙之勇印象最深的莫过于“鸿门宴”，试问拔山扛鼎的项羽曾经怕过谁，但他在鸿门宴中见到樊哙时，竟然紧张得一时握紧剑柄，如不是饱经风霜的内心镇定，差点有失常态。

为了樊哙的智慧谋略论，笔者还得提到樊哙当年闯宫直谏一事。虽说篇幅可能不长，但不吐不快。

当年英布造反，高祖不幸身染重病，他讨厌政事，更讨厌见人，于是，诏令守宫侍卫，无论文武大臣一律不予觐见。群臣中就连周勃、灌婴那样的重臣都不敢入内。时过十几天后，樊哙终于按捺不住，他带领群臣“排闼直入”——推门径直闯进宫中。高祖这时正枕着一个宦官睡卧，一副不为所动的姿态。樊哙见高帝如此，不禁悲从中来，顿时痛哭流涕不止，他不顾谏君之险，竟而脱口而出：“始陛下与臣等起丰沛，定天下，何其壮也！今天下已定，又何惫也！且陛下病甚，大臣震恐，不见臣等计时，顾独与一宦者绝乎？且陛下独不见赵高之事乎？”竟说动高祖笑着起来了。由于樊哙闯宫的一席话，唤醒了高祖的斗志，挽社稷于既倒，还群臣以安慰，可谓功德无量。

虽说樊哙忠心于高祖，在他的性格中铸就不畏生死，平面地看，樊哙闯宫理属当然，于情于理也应该。但我们不能不想到的一点是，樊哙虽是高祖的亲信，也是重臣，他却不是言官，也不是丞相，犯险上谏并非他的职责，他完全可以鼓励那些言官们闯宫直谏，避免自身卷入。更重要的一点是，樊哙必须理清思路，根据刘邦的性格，恰到好处地拿捏到他的软肋所在，组织好一套极具轰炸力的语言，只能是一矢中的。否则，他死不足惜（也许他早有准备，因为君无常态），如不收理想之效，那就是一次无谓的悲哀之举。樊哙冒死闯宫的勇气和忠心我们可以忽略不论，但对成功的估算和语言的功效是需要智慧支撑的。但凡武将，言辞均不是他们的强项，更不说一个已被世人视为莽夫的樊哙了。仅凭一股血性和忠心是不够的，如果一味地指责与哭诉，很容易刺伤君王之面而被激怒，招来杀身之祸就不足为奇了。虽说樊哙和刘邦亦亲亦友，但作为敢于直谏的骨鲠之臣，勇气之下，他的一番智慧语言绝对是出色的。萧何虽是一代贤相，却摆脱不了知识分子胆小怕事智圆而不能行方的毛病。当初沛县起义，萧主吏害怕事败而退缩，强推刘邦为沛公，尔后诛及家族，不仅令人惋惜，更令人看不起。萧何萧主吏自不能与樊哙相提并论。

要说樊哙无谋，单凭对史料的平面解读，是可以理解的，因为所有涉及其人的本纪、列传、世家都没有一处着笔彰显其“谋略”的章节。但如果将“无谋”定论化，甚至将樊哙理解成李逵式的鲁莽无慧就大错而特错了，我相信司马迁也不会认同。其他文本暂且不论，单说《史记》，在司马迁的笔下，确实也无一处对樊哙文才与谋略的正面展述，有的只是对事件经过与场面的纪实。正因为有了这些纪实，才让人不尽思想。究竟是超天才的司马迁对樊哙文武全才的忽略，还是他极高明的隐晦手法而留给后世探究的空间与话题，任凭今人千家千言地去评说？我毫不置疑地相信是后者。一个能统率千军万马战无不胜的大将军没有文化，一点“智慧谋略”都没有，即使是一个纵论文坛的人，恐怕也难以自圆其说。樊哙的谋略只是跟张良、陈平那样的“大谋略家”相比，并非他自身的强项而已。

不仅言说樊哙无谋的大有人在，且还有人竟说刘邦没文化，这显然是一个历史冤案。《大风歌》在帝王诗中的地位极高，其磅礴的气势至今恐怕只有毛泽东的诗词可以超越。刘邦少年曾读过书，做皇帝后还能自己写圣旨，从狭义上讲，只是他并不以学问见长。从广义讲，刘邦开创了四百年的大汉之风，其文化之高几乎无人企及。对樊哙的认定，同样存在这样的误会，有人甚至认为他就是一个“没文化的大老粗”，从《史记》中确实也找不到樊哙受过教育的记载，人们产生上述想法也并非无稽之谈，只是对樊哙缺乏背面的潜入和深度的思考而已。一个人的智慧谋略，并非完全取决于他的学历，应该来自于他的天赋和阅读积累的综合，而阅读也不单一拘泥于文本，生活与履历理应是最大的一本书。刘邦和樊哙诞生于风云乍起的冷兵器时代，他们在推翻秦朝暴政和诛杀西楚霸王的累累白骨上构筑汉室大厦，武力征服的历程将他们置身于时光也洗不净的腥风血雨之中，使得世俗过多地沉迷于对他们勇武盖世的功德颂扬，忽视了对其谋略和智慧的赏析与探究，所以，武彰其形谋敛其内的人物刻画也较自然。

由于樊哙的屠狗出身，拉开了他刀头舔血的人生序幕，铸就了世人对其鲁夫的第一印象。再则，爹娘给了他一副浓眉大眼和满脸鼓足劲道的肌肉，无论哪一位相面大师，也难将他列入文臣之道。最重要的一点是刘邦创建大汉江山而知人善用的需要，迎合了樊哙乐意从武的性格，历史与命运过多地赋予了他呈现疆场骁勇冲杀的使命。鉴于以上几点，世人对樊哙勇武过人谋略不足的定论便事出有因。本文只想提请读者，在阅读樊哙之时，不妨打破惯常的思维，尝试着从另外一个角度切入，剔除那些吸引人的勇武表现，去触摸樊哙在点滴谋略中裸露的慧根，平添一分可爱与亲近，收获一分阅读的快感。

樊哙不仅勇武之下兼具谋略，而且还是一个颇具修养而十分可爱的人。樊哙的可爱，表现在他粗蛮的外形之下隐藏着一颗善良、纯真的恻隐之心。韩信被贬淮阴侯后，整日精神萎靡不振。一日闲来无事，无意中转悠到樊哙府上，樊哙因为敬重和同情韩信，所以屈身以王礼而待。韩信因误解了樊哙，在他心中一向性格开朗而爽直的樊哙，没想到也是一个阿谀奉承之人。他匆匆出门而哀叹，责问自己竟然与这样人的为伍。韩信在误读樊哙人格的同时，也像世人一样，将樊哙的智慧浅显化。依此而论，樊哙不仅为人谦逊，且深具品德修养。相比之下，韩信的气度却较之逊色。

樊哙统率千军万马，纵横疆场，杀敌无数，战功显赫，为大汉江山的创建，立下了不朽的功勋，得封舞阳侯，既顺天意又合民心。樊哙，一个勇猛可爱的西汉大将军，最终魂归楚地，墓葬江夏龙泉山的天马峰下（至于樊哙墓葬的多地说，江夏之墓的来由与考证，恕我不便列入本章内容，笔者将另文注述）。作为一个江夏人，站在樊哙墓前凭吊大汉先贤，翻开历史书页的背面，走进漫长的时空隧道，去追索与品评樊哙勇武之下的智慧谋略，使人物得到立体的展示，以与国人共赏，该属情理之中吧。如果读者得闲，大可重读《史记》，应该不难看出，樊哙的智慧谋略无不隐洒于司马迁着笔的字里行间。所以说，樊哙勇不掩谋，诚如瑕不掩瑜一样。

亚洲车神

一　源上

这不是小说虚构的创作，也不是民间惊艳的传奇，更不是千年古老的神话。这是一个真实的故事，是一位能让人近闻呼吸而悟测体温的人。他是香港功夫巨星成龙的御用替身，是四大天王黎明的好友，是一位为江夏父老带来惊喜与骄傲的英俊儿郎，他就是早被世人誉为“亚洲车神”的曾凡仁。

一个农民的儿子，读了三年小学，他带着童年的梦想，走出乡村，走出中国，走出亚洲，径直走进好莱坞，成为国际型赛车表演高手，是迄今唯一的一位亚洲人。

每当你打开电影镜头，倾情于喜爱的悬疑惊险或功夫动作片时，常常会情不自禁地为那些汽车在连续碰撞翻滚中依然健身奔驰，继续书写极速追逐与绝情逃逸的故事情节；摩托车在水中激起蛟龙般的水花，在坎坷场地中蹦极般跳舞，抑或突然在一阵轻烟里凌空飞起，它却能平稳着地或于几个摔跌中立身，瞬息抚平你一时还来不及转折的提心吊胆。在那种短暂而令人沸腾的欣赏快感中，也许你以为那些都是高科技的虚拟剪接，其实并不然。笔者将为你驱散长久萦绕心中的迷雾，摘取亚洲车神的几段经历，让你在简短的阅读中全然释怀，引领你走近车神的身边，沐浴明星的光环。

曾凡仁，1962 年出生于湖北省武昌县河垴乡（现武汉市江夏区山坡街）一派风光的斧头湖畔，母亲因病早逝，父亲却因“右派”牵累而挨整。家中兄弟姊妹众多，从小由哥哥姐姐带大，童年的他遭遇了家庭政治地位与经济窘迫的双层夹击，几乎与美丽和幸福隔院而居。他是家中的老七，一向喜欢读书，却不得不辍学于三年级而外出帮人拉板车，赚取微薄酬劳以维持家计。为了生活，曾凡仁在拉车之外，还常常拎着蛇皮袋在街头巷尾捡些破铜烂铁卖。

曾凡仁爱车而走上赛车之路，最终成为世界一流赛车手，并非兴趣的偶然激发，而是潜藏于灵魂深处的长久渴望。也许是生命本原的依附，也许是钟爱的与时春来，曾凡仁从小特别喜欢车。一个穷家子弟，原本与车辆较远，他却在无缘拥有车辆的童年生活中与其结缘，且深不可拔，奇妙得令自己也无法圆说。

曾凡仁常在放学途中，独自站在穿镇而过的107国道边，痴迷地望着一辆辆南来北往的汽车与摩托自面前疾驰而过，穷极目光追逐于远方逝去的车影而不弃，忘我地沉浸在那种虚无缥缈的炫光幻影中。一场场突兀光顾的夜梦，总将他卷进车辆奔驰的世界里。他骑着摩托或驾着汽车朝着理想的目标前进，在声音与速度的混交中体验那种驾驭的快感。他不甘平静，更不守清规，令座下的车辆不断地跳跃、腾飞、飘移、舞蹈……一丝醒来的不舍让他再度闭目催眠，极欲将深情的羽翼带回那种冲刺飞扬的梦中，让滚烫的生命狂放出硕大无朋的花朵，让脱壳的魂灵冲浪在百米潮头之顶。

二　集训

1972年中日建交，1980年，历尽劫难而复兴的中国，开始孕育诸多“大计划”，培养赛车运动员就是其中之一。为了与全球同步，中国必须迅速崛起，无论政治、经济、科技、体育等方面都得均衡发展。伟大的中华民族，历经多少兴衰成败，黄河、长江依然澎湃东流。今天的中国，要争取从无到有，从弱到强，要有赶超世界的志气与决心，以壮中华民族的气势与声威。长久处于积贫积弱中的中国，太需要强大起来了。所以，我们不能没有赛车，更不能没有赛车手。为了组织与选拔优秀运动人才，国家体委决定向解放军部队要人，曾凡仁就这样又一次撞上了幸运之神，与他的赛车之路又近了一步。经过精心的组织与挑选，国家体委一行七人受命飞到了富士山下的日本。

曾凡仁他们在北京接受短暂的训练后，即被送往日本深造。18 岁的他第一次踏出国界线，光显了曾家门第，心中有股说不出的高兴。身在日本，曾凡仁却忘不了部队和战友，更忘不了受国家派遣的重托，他仍然以军人的标准严格要求自己，天刚拂晓就起床跑步，自制了每天都不准落下的双杠锻炼项目。他要提高臂力增强体质，没有一副强健的体魄，怎能应考赛车这种超强运动呢？更不谈出成绩了。他原本是个很要强的人，不论做什么，从来不甘人后。

在日本集训，曾凡仁第一次得以系统地学习了摩托车理论、性能和维修，也掌握了一套较为先进的赛车技术。因受经济条件影响，中国一时还买不起那种昂贵的赛车（一辆顶级的越野赛摩托车，能从 30 层楼上摔下来不坏，价值几十万美金），更办不起那种极度豪华的赛事，历经两年的集训，只得终止而收队回国。

回到部队后，曾凡仁应邀为战友们表演，这是一件令人十分乐意而应该的事，他毫不推迟，即刻披挂上马，驾驶着摩托车便飞扬开来，一个接一个的特技表演动作既熟练又潇洒。目睹眼前这场让人惊诧的车技，战友们似乎不敢相信，这就是他们所熟悉的曾凡仁，两年分别，如此脱胎换骨，唯有在小说与戏台上才有过。战友们一个个直看得目瞪口呆，打心里为曾凡仁点赞！

从贫苦的湖北老家走进雪域高原，曾凡仁历验了缺氧的身体反应，使自己在百炼金刚的里程中向前迈进。尔后又来到繁华的日本，浸淫了东瀛文化的奇妙熏陶。那次日本集训，他不仅仅学习了赛车技术，真正称得上收获满满。他一接触到日本茶道，便疯狂地迷恋终生。艳遇中又与一位法国女郎邂逅，异国风情让他情不自已跌入万丈红尘。曾凡仁说："那时，她父母亲住在日本。她不仅美丽聪明，还能讲一口流利的中文，常来基地看我们训练。频繁的往来，不禁暗生情愫，她邀我去法国被我婉拒，那时，我不能告诉她我是现役军人。"军队的纪律严明，曾凡仁还不敢公开恋爱。

虽说时光远去了三十多年，曾凡仁却常常拿出那张令他终生留恋的照片，无论是阳光还是雨季，照片依然焕发出不谢的光彩。那张照片上的曾凡仁，俨然一位成功商人，他站在一辆德国坦克前面，一位高个的金发女郎笑嘻嘻地搂着他。“这是我退伍后去法国拍的。她叫丝薇达，曾跟我一起到过湖北老家，我老婆和孩子都认识她。我计划把我的孩子送到法国去留学，好托她照顾。”在曾凡仁的眼光里，怎么也掩不住千年楚人的浪漫。

三　行伍

曾凡仁常在镇上出没，小小年纪既帮人拉车，还带捡废品，确实让人感动与怜悯。乡政府的领导看他身体结实，头脑灵光，是一块可打磨的好料，他们不忍心糟蹋一个好伢的前程。于是，在领导们的关怀下，曾凡仁得以报名参军并顺利通过体检。1977 年 11 月 20 日，虚年 16 岁的他穿上了梦寐以求的军装，告别家乡走进军营，被分到青藏兵站，由此迈开了他不凡人生的第一步。

出身农民家庭，天生劳动本色，在新兵连里，曾凡仁从来不让自己闲下来，总是抢着事做，连长特别喜欢他。那天早餐后，连长要他即刻打背包出发，这时才知道首长安排他去学开汽车。童年的梦想顷刻间来到眼前，他怕又是一个梦，便用力在脸上拧了一把，生生着痛间让他觉察到这次是真的，那种喜悦，像是有生以来的初恋。部队里的湖北兵一共205人，除他一人之外，其余204个战友都在从事卸车皮的工作，每天都很辛苦，他却莫名地成了其中最幸运的一个。那时在部队开汽车，被大家称为快乐的汽车兵，令每一个战士羡慕。

当时的训练共有十多个科目，每天都排得满满的。由于高度的智力集中和时间饱和，每当训练结束，战友们几乎都累得瘫了下来，曾凡仁却还不愿停下，他似乎储备了一身使不完的劲，自个儿拿起洗脸盆当着汽车方向盘，继续模拟开车练习，余兴未尽地自我着迷。他每天无须分配地把教练车擦得干干净净，面对一排排整齐发亮的汽车，他觉得浑身舒坦，就像儿时哥哥姐姐给他洗澡后一样爽快。第一次上车，曾凡仁觉得有些头晕，他却不敢也不愿对人言说，怕首长知悉后取消他开车的资格，便一直强忍着，相信自己一定能挺住，曾凡仁绝不是孬种。几天后，他渐渐地习惯了汽油味，晕车的感觉也消失了。

三个月的训练转眼就结束了，曾凡仁在三步一回头的依恋中离开训练营，被分到一个兵站开车，从此与车结下了不解之缘。他感谢首长的关怀，感谢生活的眷顾，感谢艰难的命运终于没有抛弃他。高原运输兵确实"幸运"，每个哨卡兵站天天都盼望他们满载物资归来。在中国海拔最高的那片国土上，平均每天均有三名运输兵劳累得在途中睡着了，却永远再没有醒来。

曾凡仁的一位战友，在一次行车途中，车子意外地坏在雪山下，他不能擅自离开车载的军用物资，只好拜托途经的考察队到附近兵站求援。不料考察队误期，那位战友便活活地冻死在汽车里。还有一位战友，车至五道梁时头痛突然发作（俗话说“五道梁得了病，唐古拉要你的命”），那位战友不敢贸然开车上唐古拉，暂且窝在食堂里休息，当晚却无声地离别了他心爱的部队和战友，一滴晶莹的泪珠凝固在眼角上，成了他生命最后的底色。曾凡仁也不能幸免地遭遇过险情。那回，他拉一车盐走在冰路上，因汽车打滑而栽到了路旁的沟槽里，一车盐的重量压下来，连驾驶室都变了形，他的胸部也因此受伤，后被闻讯赶来的战友所救而康复。

曾凡仁钢骨般的体质和铁汉精神，与部队的熔炼是分不开的，汽车兵的岁月令他终生难忘，那正是他人生播种的季节。20 世纪 70 年代，汽车班里那种大卡车，很多人都没见过。每天晚上五点钟之前，他们必须把车里的水全部放光，否则，第二天车子肯定会被冻坏。早上起来，先要用手摇，等太阳升起之后，再把暖水慢慢灌进去热车，一个多小时才能把温度提上来。每天早上五点多钟起床，八点钟才能把车开出去……

四　穿越

结束了日本集训，曾凡仁按规定回到青藏高原，继续运输兵的历程。不过，那时的他，已经在帮人做替身中赚取了几桶金，又初学了日语和茶道，更掌握了一流的赛车技术。在离开日本的时候，他们特地举办了一次全亚洲比赛，初次出赛的曾凡仁便拿了第六。回到高原部队，战友们都新奇地追问他这两年去了哪儿，说走就走，一点音信都没有。因那次日本集训，受纪律所限不能公开，他只能告诉战友，这两年被调往北京开车去了。

1984 年，因饱受思乡的煎熬，曾凡仁终于鼓足勇气申请复员，在享受久别重逢的故土抚摸中，却又忘不去对战友和汽车的眷恋。复员后的曾凡仁，时刻留恋高原上蓝得要命的天，那一望无际得可以让人闭眼驾驶摩托车的大草原。尤其是那晒得让人起皮的阳光，它将一缕缕美丽的高原红，像蒙娜丽莎肖像上的画色一样，一层又一层地涂抹在藏家儿女的面庞上。于是，1986 年年底，他请了长假，开着摩托车上路，决心只身穿越令死神青睐的可可西里到西藏。可可西里，一片生命的禁区，不知多少人为了实现理想和突破而长眠在那片沙漠里。

可可西里，中国最大的无人区，排位世界第三，是最后一块保留原始状态的自然之地，自 20 世纪 60 年代之后，人类的足迹才初次抵达这片神秘的区域。可可西里位于青藏高原西北部，夹在唐古拉山和昆仑山之间，是长江的主要源区之一，面积达 8.3 万平方公里，大大超过了海南全省境域。可可西里平均海拔高度在 5000 米以上，气候寒冷，常年大风，年平均气温在 -4℃以下，极点可达 -40℃以下。由于空气稀薄，气压偏低，烧开水的沸点只能达到 80℃多一点。

1981 年，部队的战士和当地的一些老百姓，开始试用皮筏艇漂流。因为初次尝试，缺乏经验，又没有任何保护设施，很多人不幸在漂流中牺牲，甚至连尸骨都没能找到，其中就有一位湖北籍战友。日本集训回国后，曾凡仁几经参与漂游，命运之神却一次又一次地眷顾了他。那些在漂流中牺牲的人，甘以生命的代价，为填补中国未来事业的空白而献身，这件事带给了曾凡仁巨大的震撼，触动他萌发了冒险穿越可可西里的思考，他不愿让外国人为此在华夏土地上抢先。为此，他准备了几年的时间，决心抢在外国人前头，实现三江源可可西里的穿越，书写中华儿郎的壮丽诗篇。

1986 年春，曾凡仁不顾家人和朋友劝阻，开启了单骑横穿可可西里的壮举。他带了四桶汽油、四个工具箱、一大包衣服、两个闹钟、一把猎枪和几袋压缩饼干及饮用水，满负荷地启程上路。穿越可可西里并非仅凭一腔热血和勇气就行，曾凡仁必须谋划周密，储备充足的能量，坚实的基础供给便是胜利的保障。按照他的计算，一桶油可供 500 公里运行，4 桶油足够保障穿越全境，只要不迷失方向，车辆不出故障，他相信自己定能穿越，奇迹总是人创造的。

可可西里无人区海拔挺高，氧气稀薄，车子不能熄火时间太长，否则难以启动，尤其在缺氧的境况下，车子显得超倍地沉重，一旦倒下，仅凭一人之力，很难扶起。在经过一个沼泽地时，摩托车却出人意料地倒下熄火，曾凡仁一时陷入危险之中。他尽力调匀呼吸，养足精气，一定要将摩托车扶起来。暂时的原地休养，他得预防草原狼或野熊等诸多动物的突袭危险。第一个晚上，他真有点害怕，不敢睡得太长，极度缺氧中长睡，常常就永远地睡过去了。困了即打一会儿盹，自我规定 20 分钟，他用两个闹钟定时，确保在剧烈的声响中唤醒他。

经过六天五夜的艰难穿越，他终于到达了可可西里的出口。望着远处人间的烟火，他拥抱着重生的喜悦，一时忍不住地仰天高呼：我实现了中国第一，我成功了！兴奋的泪水像江河一样倾泻而下。在出口处，曾凡仁受到了青海当地媒体记者们的热烈欢迎，庞大的队伍使他品尝到壮士凯旋的荣耀，十三亿分之一的他，终于用智慧和勇敢大写了中国人！铁血男儿，顶天立地的担当啊！

五　征途

曾凡仁不惧风险，不懈追求，他头戴宇宙，足踏乾坤，任日月呼啸而来，让旋风卷起狂飙，与大地摩擦出一束追赶音速的神光，载着生命崇高的理想，无国界无洲地域前冲，一直冲进世界影坛的殿堂——好莱坞，成为光环加身的亚洲车神。他以惊人的绝技一次又一次刷新纪录，一次又一次给世人带来力量与美的享受，使自己的灵魂，在一阵阵惊呼与赞叹中，放射炽热的光芒。他为车而生，他为车而活，他为车而与历史共存。

曾凡仁说："我要用智慧与勇气征服挑战。在我的眼里没有障碍，在我的心中更没有障碍，一切为了实现梦想而奋斗。别人能做到的，我也能做到；外国人能做到的，中国人也能做到。"这番话对曾凡仁来说，并非豪言壮语的举手宣誓，而是源自内心的田园春种，他甘愿用生命的血汗和智慧的汁液，浇灌出土的幼苗，直至苗壮成参天的大树！

曾凡仁今年已五十有二，跟他同龄的赛车手早已转行或退休，可他依然还常常参赛。曾凡仁说："从事赛车活动，天生是个年轻活，年纪一大，身体和肢体的柔软度不够，急中应变能力逐渐下降，防患风险的系数肯定低一些，受伤或遇难的可能性大大提高，这一切我都知道。说真话，谁不怕死呢？我也一样怕。可是我非常热爱赛车运动，想放也放不下来，也许终身不改吧！"家人对他的坚持不予反对，因为他们知道反对也无益。现在的曾凡仁可说一身是伤，他的左手握力不紧，身上的肋骨每一根都曾断过，每逢下雨天就隐隐作痛，但只要一玩上赛车就全忘了。他一直坚信，任何极限运动，中国人一定不会输给外国人，只能比他们做得更好！这也是他爱上赛车的原动力之一。

有一次，央视摄制组来汉为曾凡仁拍摄赛车专题，不料在准备开机的前一周，曾凡仁突然在表演中摔伤，断了两根肋骨！摄制组的人赶来看他，担心活动被取消，面对这么久的前期准备实在令人遗憾！谁知曾凡仁却反过来安慰摄制组的人："你们放心吧，没事的，到时候我多吃几片止疼药就能上阵！""曾大哥，如果实在拍不了，我们就再等等，要以身体为重！""真的没关系，我是个从来不失约的人！"由于曾凡仁带伤出演，观众们如期看到了精彩无比的汽车特技表演，摄制组的工作得以照常推进。

摩托车和汽车越野赛都非常专业，尤其是大型赛事，曾凡仁总是融指挥与统筹于一身，尽管有很多朋友帮他，但大部分事情还得他亲力亲为，为了顺利和出彩，他必须于一丝不苟中思为，不允许有半点疏忽！有时竟忙得顾不上吃饭，更难保证充足的睡眠，极度疲惫带来的发烧与不适，只能临时在医院的滴注中缓解！他经常在与采访人的讲述中不知不觉地睡着了，对方不忍惊扰他那股沉醉的酣甜，轻轻地替他盖上衣物，踏着无声的脚步远远地守护着他醒来！睁开眼睛的他，总是腼腆地与人表达歉意！在淡然的微笑中，阵阵清风又吹皱了他话语的池塘。

开机拍摄的头一天晚上，大家在一起讨论飞车时摄像机的位置安排，由于没有飞车的影视资料参照，又考虑到成本和安全，还有无法预知的距离和翻滚范围，摄制组只能在曾凡仁的描述和想象中，完成机位定点。天色还没亮透，所有人员都起床准备，8 点钟准时开始表演录制。令摄制组没想到的是，初冬的湖北，早晨也很冷，凌晨 5 点，天还是黑漆漆的一片，微风不问去处地随身吹过，让人禁不住打几个寒战。值得庆幸的是，现场非常顺利。几天的车场拍摄，一路追着尘头涌动，因为尘土飞扬才是镜头成像之处，原本黑色的工作服却变成了灰色。往往一场拍摄下来，头上、脸上、鼻子里、嘴巴里都是灰。结束了五天的全程拍摄，央视摄制组满载回京。

六　车神

曾凡仁，不足一米七的个头，远不比施瓦辛格魁梧。他一身劲装，满贯英武，像一块才出炉的精钢，储足了内在的热能。每当骑上摩托或坐进汽车里，瞬息便与车辆融为一体，在一声马达的轰鸣之后，一阵轻烟伴着一团迷离的光影即飘然在你的视线里。如果他愿意，在一连串的绝技表演中，让你惊呼得张口难合，什么绝地高难动作，什么世界顶尖技术，顷刻之间便成了令人一时难以相信的现实。无论是眼前，还是在远方，眼中只有一团伸手难捉的幻影，人车合一，二者无法剥离，车是他的载体，他便是车辆的灵魂。在曾凡仁的半生时光里，除了睡觉上床之外（他经常也会睡在车里），他将大部分时间都赋予了他的爱车，车辆是他理想寄居的巢穴，速度是他生命追逐的光芒。

回想当初，美国好莱坞特技表演队来中国上海和武汉表演的场面，像磁铁一样紧紧地吸住了曾凡仁。处于强烈向往中的他，似乎被一场飓风刮到了上海，近距离地观看了这支特技表演队在中国的首场表演，曾凡仁精心估量他们的惊险与难度。看完表演之后，他暗自揣度，不觉自信满满，因为现场所有的表演动作几乎没有一项是他不会的，这时，更加止不住内心的痒痒，试图加入这支国际化的表演团队。他鼓励自己大胆地闯一闯，于是，摒弃了所有的中间环节，便单刀直入地找到经纪人沟通。

当时的经纪人，真有点被曾凡仁的突然主动所震撼，看他满脸不容撼动的自信，带着几分质疑地让其当场表演几个飘移和一串特技动作，最后表演了人车分离的顶尖飘移技术，出人意料地让全场惊诧！好莱坞特技表演队的在场队员们，均为曾凡仁的精湛车技表演而拍手叫绝，他们不由自主地帮着向经纪人竖起了拇指，惜才之心骤生难舍之情。2006 年，曾凡仁与好莱坞正式签约十年，从此加入了这支能照亮世人眼球的特技表演团队。因为在当时这支团队中，曾凡仁是唯一的亚洲人，所以，大家都昵称他为“亚洲车神”！

“美国好莱坞特技表演队”不仅是特技表演，其中一项重要任务就是为各种好莱坞大片中的火爆场面做替身，预拍专业的场面镜头，以备影片挑选。包括飞车、穿越、碰撞等一系列惊险刺激的镜头。有人曾问过曾凡仁，你还记得曾经参演过哪些影片拍摄吗？他憨憨地一笑说，不瞒你说，我真的不太清楚，一般都听经纪人安排，他们设定什么样的镜头，我就去作什么样的表演，到时候，那些好莱坞的导演们究竟采用了哪些镜头，用于了哪些影片，我从不过问。

七　赛事

骑上摩托，开上赛车，风靡赛场，这是曾凡仁最乐意参与而终生放不下的钟爱。几十年来，他究竟参加和举办了多少场赛事，为此获得过多少荣耀，地区级的、国家级的、世界级的，曾凡仁说不清，我也写不尽，一个亚洲车神的头衔足以冠盖全局。广义地讲，大凡国内的重大赛事，只要有邀请，只要与他有关，曾凡仁从不缺席；从狭义上讲，他每年参赛少说几十次，多说近百次，但他从不为参赛而记录，只重付出，不问收成，只求博得车迷们快乐，不担心自己冒险的安全系数。鉴于多不繁述，本文只能随手采摘几个简短的片段，以飨读者。

早在1989年，曾凡仁应邀为成龙搭档，在《尖峰时刻3》中表演汽车斜侧飞驰，人与地面呈现出45度的镜头。当时，成龙坐在右侧着地、左侧腾空的面包车中和对手对打互搏，即由曾凡仁替身表演。其实，他为香港诸多明星做过替身，表演高难度的特技飞车，只是他不愿宣扬罢了。于曾凡仁来说，演就演了，没什么值得炫耀的，尤其替身著名演员，不必借他人的名气来为自己装门面。人生必须依靠自己，踩着别人的肩膀上升，基础永远都不牢固。

十年前，曾凡仁在武汉发起并组织了日喀则汽车集结赛，借此重回西藏那片令他无法忘怀的军旅生活之地。曾凡仁驾驶的为领队一号车，因为西藏那边他跑得多，路径特别熟，每一条路、每一座山，都清晰地刻在心里。雪域高原，一块神奇的地方，那里的牦牛浑身是宝，它是牧民最具价值的产品，世世代代的藏民全身心地养育牦牛，牦牛也无语地反哺藏家儿女，如此轮回，春光总是那么美丽。西藏是一个高海拔的地区，在那里驾驶赛车不同于内地，在强健的体质和高超的技术之外，还得拥有无坚不摧的意志，那里确是一块印证车手的试金石。只要能驾车驰骋西藏的车手，便无惧于天下。曾凡仁曾说过，如果有机会，他会考虑开车去俄罗斯，领略一下西伯利亚大草原的风月，使自己得到更好的充实与完善。

8 月的柴达木盆地铺金叠翠，风光无限。第五届“激情穿越·中国柴达木汽车摩托车集结赛”在柴达木最美好的时节举行。6日揭幕的大赛共吸引了国内专业赛车60台、摩托车51台前来参赛。柴达木盆地当处世界屋脊，深居内陆腹地长江的源头，千年冰川、雅丹地貌、可可西里等自然景观遍布州域全境，这里一直是猎奇探险者的眷恋之地，是汽车摩托车和自驾游爱好者的神往之地，戈壁大漠即是赛车手的激情乐园。每一次的极地穿越，都使曾凡仁澎湃不已。冒险是一种胆量与意志的考验，人类唯有冒险精神，才创造出一个又一个奇迹。在那种惊天动地中博取成功，绝非常人能及。

2010年2月14日—16日，美国好莱坞特技表演队，在国家奥林匹克体育中心，进行主题为“驾驶未来、超越梦想”的汽车摩托车特技表演，给人留下了精彩的瞬间。正当人们沉浸在春节的忙碌与热闹中时，曾凡仁却不得不与传统节日告假，急匆匆地从武汉赶往北京热身训练。正月初一至初三，他将在北京国家奥林匹克体育中心，与好莱坞特技表演队的队员们一起，为首都观众和游客进行精彩的赛车表演。更值得一提的是，曾凡仁与他的队友们，曾多次应邀为北京市民表演汽车和摩托车特技，只要是看过现场表演的人，一个个慨然而歌，深觉大慰平生之愿，都不曾忘记这位来自武汉江夏的国际级赛车手。

八　趣味

趣味与人而言，具有千差万别的味道，它是人的品行折射，在有意或无意中散发，一任他人品评。任何人都是独一无二的，这就像世界上没有完全相同的两片叶子一样，你、我、他相互并存，但无法替代。曾凡仁为成龙的御用替身，但无论他演绎得多真乃至化境，却依然替代不了被替身的成龙。是人都有共性与个性，唯有共性与个性的双性兼营，才完善了一个人的立面存在。共性使其与众同流，个性则使其与众不同，于此构成了多彩的世界。比如勤劳与善良，自私与懒惰，或多或少地继承，孰重孰轻地显现，它却不以意志为转移地顽固于每一个人的基因之中。惠与蠢、美与丑、刚与柔，则是完全不同的个体加身，尤其是那些难以分别的缺陷或优点，它像磁铁一样使人难以抗拒。如要区别浓与淡的划分，曾凡仁无疑归于强烈的一类。曾凡仁并不单是一个喜欢冒险的人，他更是一个善于在冒险中博取生命愉悦与成功的人，常于他人不能或不敢涉足的境域去历练与收获，这是勇气与智慧的双层价值。

有一件鲜为人知而有趣的事是，在曾凡仁大脑中的汉语字库里，内容似乎并不太丰富，他的手机电话簿储存的全是数字，翻不出一个人的名字，这有点让人迷惑。是名字疑难不易操作，还是数字符号特有的高度保密？早在手机电话储存的当初，那时还没有手写输入，曾凡仁原本不会拼音，又难耐学习笔画输入的烦琐，便自我归纳地创造出一套唯己解读的数字系统，以此来替代人名，久而久之，便习惯了以数字代名存储，他从不为此而忧心怪诞，有时还暗怀一份乐趣和骄傲。只因为不熟练文字输入，所以，他从来不回短信，唯用手机通联或回复。曾凡仁的自我解说，半信半疑中难以让人释怀。

曾凡仁的朋友很多，只要与他一起喝茶，或参与摄影，那种儒雅、随和、可爱和认真，在他身上均得到全真的体现，没有一点伪善。他蓄过长发，穿过大花的衣服，有时也追逐生活时尚，但只要一上车，他立马就回身到一个职业性的车手，他的特异表现，甚至能让你在瞠目结舌中一时蔽气难舒。一个朋友曾私下悄悄地告诉我，曾凡仁在他眼里就是一个“疯子”。有一次，他骑摩托车行驶长江二桥，突遇前面一辆菲亚特急刹，他的摩托车被撞而腾空飞越了轿车再摔下，人甩出去十几米远，被抛到大桥的栏杆上又反弹回来，肋骨断了好几根，如果换了他人，恐怕一辈子也不敢再碰摩托车了。可他只休养了短短几天，依然照常飞车、飙车。昨天的伤痛像过往的云烟一样，从来不进入他今天的记忆。也许，当一个人对一事或一物达到痴迷至极的境界之时，就什么也可以不顾了吧。

成龙对曾凡仁颇具好感，并十分惊叹他的车技，特地赠送一辆价值两百多万的法拉利跑车，在当时的湖北境地，可能还是面世的第一辆，在曾凡仁青春怀梦的追妻恋爱中，这辆法拉利可没少给他加分。可如今请你再去看看这辆车，早已被他改得“面目全非”。不仅由“红”变“黄”，而且车身上还加固了很多奇怪的铁杠子，后面还挂着一辆装饰的微小摩托。喷气管高高地悬在车顶上，最终他将这辆车改成了“水陆两用”。改装车辆，一为赛事表演需要，却也不失为他的一大爱好，他要将自己的智慧融入车辆的结构中。他不从考虑法拉利在世人眼中的昂贵价值，也不顾忌赠品的原装保存，只在乎利我的琢磨与改进。

在旁人看来，经曾凡仁改装过的法拉利，再无漂亮可言，奇怪丑陋中让人看着就别扭。对于曾凡仁来说，改装之后的车，无疑是他的得意之作，毕竟，他能把一辆跑车改成了“水陆两用”。坐进曾凡仁的越野赛车里，你即刻就会发现与常规截然不同的构架，车里焊满了拳头般粗的铁杠子！为赛车在满地打滚中不变形，大凡越野赛车必须加强安全措施！司机告知，曾凡仁的赛车唯有两扇门能打开，其余全被锁死。

九　科考

可可西里，在蒙语里被译为“美丽的少女”。虽说这里气候恶劣，天生却是野生动物的天堂。野牦牛、藏羚羊、野驴、白唇鹿、棕熊等青藏高原上特有的野生动物，使这位少女更加妩媚动人。藏羚羊，被称为“可可西里的骄傲”，属我国特产稀有物种，它们喜群居，为国家一级保护动物，是世界严禁贸易的濒危物种。藏羚羊不比大熊猫，它是一种优势动物，它们常常成群结队地涌现在雪后初晴的地平线上，精灵一般的身材，飞翔一样的跑姿。藏羚羊能在可可西里生存数千万年，这并不稀奇，因为它天生就属于这里。

2008年，奥运会在北京举行，这是国人长久的期待，是中华民族的荣耀。举目世界，唯一没有断层的五千年古老文明，泱泱华夏，一个体育大国，怎能没有奥运呢？2006年，北京奥运会正式征集运动会吉祥物。青海省人民政府为了抢占先机，便提早一年行动，争取拿到吉祥物的征集认定。他们要寻找第一个穿越可可西里的人，请其带队为雪域圣灵藏羚羊拍照，在几经转折中才找到曾凡仁。由他牵头带领境内外媒体七十多名记者的豪华阵营，浩浩荡荡地开进了可可西里。晚上，媒体记者们拍摄藏羚羊，曾凡仁便不离左右地站在记者们的周边巡视，以确保他们的安全。19 天的可可西里拍摄活动之后，他又全程负责把记者们安全地送出来。

曾凡仁不会忘记，2005 年 6 月 19 日，13 辆经过特殊改装的赛车，载着科考队伍及各界媒体代表，包括中央电视台、新华社、北京电视台、凤凰卫视、阳光卫视、青海电视台、湖北电视台、新浪网等记者，他们一行齐聚武汉，从洪山广场出发，途经西宁，于 6 月 23 日前往喀尔木，第二天便进入海拔 4500 米的可可西里第一站不冻泉保护站。进行短期的气候适应后，6 月 27 日早晨七点，向可可西里腹地卓乃湖进发，经过 13 个小时的长途奔袭，顺利抵达海拔约 5000 米的无人区目的地。长期以来，卓乃湖是藏羚羊迁徙产羔的主要温床。本次大型科考的目的，在于促进藏羚羊保护，宣传青海，特别是对申请藏羚羊成为 2008 年北京奥运会吉祥物，意义十分重大。湖北奇迹车队光荣参与并担纲该次科考的车辆交通运输任务，为整个活动顺利进行立下了汗马功劳。

可可西里的恶劣气候世人皆知，有一个民谚：不冻泉、不冻泉，气候一日三变化；朝砸冰雹暮落雨，照着太阳飘雪花。这就是可可西里一天气候的真实写照。由于海拔极高，空气稀薄，环境极度恶劣，常年气温在0℃以下，最低温可达零下46℃。正当盛夏季节，不冻泉保护站脚下的冰层却有两三米厚。6月27日20点，车队开进享有无人区、死亡区并称的卓乃湖，大多数人出现了强烈的高原反应，脸色发青，呼吸急促。有的人站立不稳，行动迟缓，不想说话，连嚼口香糖和翻杂志的力气都没有。当时已有三人（两位媒体人、一位车手）出现了危险体征，因为晚上，到处漆黑一片，又冷又饿。作为领队，曾凡仁只有一个信念，在圆满完成任务之外，一定要把整个团队平平安安地带回去。于是，他决定亲自驾车，连夜将三位重患者送回大本营。风嗖嗖地从耳边刮过，严重的高原反应让人头痛欲裂，幸好曾凡仁是故地重游，曾经的穿越给他筑就了深厚的功底，稍稍的不适无碍其行动。

无人区里四处皆有野生动物出没，且一路地势险恶，随时均有陷入沼泽地的危险，方向盘下掌握着六个人的生命，不允许有半点马虎，曾凡仁在高度集中精力的同时，还得保持与同人们的大声交流，绝不能让他们"睡过去了"。凌晨五点，终于安全返回不冻泉保护站，使重患者们得到及时救治。曾凡仁稍作休息调整，即驱车返程，争取尽快与大部队会合。下午五点，当他返回卓乃湖时，一群热血男儿不禁与他抱头痛哭，心情难以言表。青海省省长，省政府秘书长亲临现场慰问，并给大家鼓劲加油!

由于沿途身体消耗非常大，一日三餐都是干硬的饼干和稀粥，他们饱受恶劣气候和简单饮食的双层煎熬，艰难的考验需要坚强的意志支撑，否则，绝对拿不到合格的答卷。为“发现青海”，申报藏羚羊吉祥物，为大型科考之旅担任运输任务的湖北奇迹车队，在领队曾凡仁、队长胡巍、副队长余刚萍的带领下，顺利完成任务，圆满结束为期一个月的行程。于 7 月 19 日下午，安全抵达武汉。

十　爱好

曾凡仁与人与事，一向率性而为，从不勉强自己，更不愿虚假示人，是一个喜形于色的人。他精于职业可极致疯狂，他专于爱好可由动而静，他献于爱心可表里如一，是一个可在多层性格中相互转换的人。他追求价值与快乐，他任性、随缘，他为幸福与愉悦而活，但对名利却看得较淡，从不刻意制造与虚假包装。对于一位名人，很多朋友批评过他不太注重宣传。自从签约好莱坞，曾凡仁的事业和声名更是一日千里，面对诸多记者的追访，他总是抱歉地笑笑“真不好意思，太忙了，下次吧……”亚洲车神就像一颗当空的太阳，那种冒险与刺激的精神，那种精湛的车技炫光，难以掩饰地被大众所知而所闻。但曾凡仁在赛车之外极于爱好茶道与摄影却鲜为人知，如果没有亲眼目睹，都不愿相信，一个惯于在极速中运动的人，怎能心于处子般由动而静？

曾凡仁兴趣广泛，人生之路的景色四季轮回，并非唯有令他发狂的赛车之光。在极限运动之外，出人意料的是，曾凡仁怎样入迷茶道与爱好摄影，让一些自认了解他的人，一时难以对接与转轨思路。茶道，一种极柔极静的情趣；摄影，一种在潜心捕捉中定格的艺术。从表象上说，这两点均归属于雅致的文化艺术，很难与铁骨铮铮的硬汉联系在一起。其实并不然，曾凡仁的这两种爱好，恰恰都结缘于他的赛车之旅。

曾凡仁说：“我与茶道结缘，起源于日本受训。在一次训练之后，应邀随一位日本朋友去喝茶，眼见茶道师傅极其娴熟从容地泡好一壶茶，又极其优雅地教我学习闻与品，一下就让我入迷了。”茶原来还可以这样喝？在他的心灵云水间，瞬即掀起了圈圈涟漪。茶叶原产于中国，茶道却精于日本，这是一种传统发扬还是一种文化飘移，曾凡仁弄不明白，也无意去穷究，只是不由自主地入迷于那种远离尘嚣与杂念的境况中。不论高官和平民，也不论富豪与穷酸，他们都身穿木屐与和服弓身入门，安静地坐于茶海前，伴着曲曲比烟还轻的音乐醉心于满室香茗，享受心灵的超然洁静。专业的茶艺师在一整套礼仪中循循善诱，使人在一闻三品中逐渐升华。

自从在日本被茶道所吸引之后，曾凡仁再也抛不开那份醉心的爱好，在这种可静听落叶之声的境况中品茗享受，与他疯狂的赛车生涯与冒险的性格似乎有点难以令人置信，也许是一种天然的矛盾统一吧。无论在他的赛场办公室还是在家中的客厅里，都设有一间茶室，一整套高雅齐全的茶具，且一律选择为中国红的色彩。只要有人来访，他便儒雅地请人先坐下来品几樽茶。如果时间充裕或爱好相同，他总会在对茶的论道中相互探讨，一边畅叙交流，一边精心地展示他的泡茶手法。他深刻领会品茶的妙处与快乐，即使是一个不懂茶的人，也会陶醉在他所诠释的茶道之中，静听、点头、微笑，一路在思索与快感中同行，茶室就成了一座蒸煮生活与文化的熔炉。

曾凡仁品茶早已上瘾，一天不喝都不成，他把与车共处之外的很多时光都赋予了茶道，每天至少要静下来喝两次。无论赛事多大或多忙，他都能在把握茶具的瞬间里静下来，早上起床的第一件事就是泡茶。一团团压制成圆饼状的普洱茶，却被他当成了家里的装饰品，随心所欲地四处摆放。曾凡仁不惜出手百万选购紫砂壶和极具精美的景德镇细瓷，他对茶与水、茶与器、茶与人的研究极深，于茶道早已超越了初级阶段的涉猎，从渴饮到品尝的修为至达大师境界，并非一个庙外听经的在家和尚。当你第一次坐在曾凡仁的茶室里，无声地端起小杯，在闻与品中倾听他滔滔不绝地论述茶道，你真会怀疑眼前的他即是叱咤赛场的曾凡仁。

在悠闲的茶道之外，曾凡仁还具有一分对摄影的嗜好，不过，他只喜欢拍摄一个固定不变的内容——车模风姿。他的车模都是来自大学的学生，大多习学于服装设计与表演专业。每次筹办赛事，曾凡仁少不了要请一些漂亮的女学生来捧场，他喜欢自拿摄影机，按照自己选择的角度去捕捉定格，把那些美丽的瞬间锁定在永不消逝的照片上，他从不拒绝地满足那些车模们的拍照要求。这些照片统统挂在他的赛场里，但从不带回家中，这是他自定的原则。

事业与家庭，在曾凡仁的心里各处一块领域，两相融合而互不侵扰，他要给家人一分安静与爱的温馨，不愿让赛车的温度寒冷或燃烧家庭生活的季节。不管你指向哪张照片，曾凡仁总能详细地讲述它的背景、时间、地点、场次和照片中的人，他如数家珍地为你播放他脑海中储存的记忆，没有停顿，也没有紊乱。他说这是美的艺术，从不愿接受那些不健康的眼神和低俗的解读，那是对高雅艺术的亵渎。

十一　烦人

曾凡仁与“真烦人”后两个字同音，哪怕是第一次与人提起曾凡仁的名字，诸多时候也让人立马想起“真烦人”来。为什么要起一个容易让人产生诧异联想的名字呢？是无意疏忽，还是刻意为之？只要你与曾凡仁有过些微的接触与了解，便不难破解其中的奥秘。对于与人初识的贬义误解，曾凡仁却从不以为然，他还特意以此命名了“真烦人赛车俱乐部”，并组织了一次名为“真烦人”的拉力车队穿越中国，还多次以“真烦人”杯的名义开展赛车表演活动。无论是“真烦人”还是“假烦人”，他却在争做凡人的历程上全力进击，宁可烦己，绝不愿烦人。如换位思考地说，能公然承认自己烦人的人还真不多。别人烦，自己却不烦，他一心在烦中执意追求，在烦中呈现价值，烦与不烦，并非全在人的主观认可，而重于科学的客观存在，这就是“真烦人”创造的超级理论观。

或许很多人不知道，曾凡仁原名曾凡兵，直至2002年，他才自己改名为曾凡仁。那次，他略带几分思索和淡淡的伤感对好奇来访的记者说，“我本是个平凡的人，却致力于干出一些不平凡的事。其实，曾凡仁的谐音为‘真烦人’，我早已意识到。别人为此而笑我，我早就认了。在我还没成名时，也有因赛车常受伤的事，不知多少次给家人带来忧虑与担心，在所有爱我的人心中，我真是一位不折不扣的‘真烦人’。放着诸多生意和上好的工作不做，偏要去冒险，家人与朋友屡屡的不解与劝阻，都没能令我倾情于对车的改变。想遂家人与朋友所愿，唯有来生吧”！说完这句话，在他一贯洒脱的脸上，不由隐约凸现几分伤感。聪明的记者，速将话题引入一片阳光的对白之中。

走进江夏区“真烦人赛车俱乐部”，看着展示柜上摆满的各种奖杯，让人深深地感到荣誉背后饱含的艰辛。曾凡仁的爱车情结无与伦比，在他的心中宁可放弃一切，也绝不会放弃赛车，即使是褪去所有的光环与收获，他也愿活在令自己疯狂而麻木的赛车活动中。无论阴晴雨雪，阻隔不了他驾车上场的奔驰，无论喜怒哀乐，都改变不了他的赛车愿望，只要一上赛车，他就驰骋在一片狂热的世界里，那种感受，那种愉悦，不是局外人所能品尝。其实他也说不清楚，自己为什么那样爱赛车，在他的生命里可不可以重新选择？他不想思考，更不想成为一个哲学海洋里的泅渡者。无论成功还是失败，他都愿将命运做赌注，无论什么结局他都能面对。

如果失败了自己承受，绝不会怨天尤人。假如成功了，他更愿将喜悦带给所有爱他的人。

曾凡仁的妻子原是舞蹈演员，身材娇美，人也漂亮，尽管儿子二十多岁了，依旧保持青春的容颜，待人接物十分谦和。她喜欢恋爱当初的曾凡仁，更爱婚后的老公。但每当曾凡仁受伤的时候，她就止不住泪流，真想让他从此放下赛车，平平安安地过几天令人舒心的日子。伤痛之时，她也曾大胆地反对过曾凡仁继续赛车，但她知道无益，除了心烦与心痛之外，总是在老公那副无言的笑脸下自我退却，如真的离开赛车，曾凡仁就绝对不是现在的曾凡仁了，对此，她不敢想象。凡在曾凡仁的所到之处，都能找到车辆的痕迹，在他的住宅楼下，就堆放着十多个还来不及清运的轮胎，连他老婆的手机都是汽车造型的。曾凡仁不无解释地笑着对人说："这可是她自己买的啊，绝不是我为她挑选的。"

十二　锤炼

美酒是酿出来的，快刀是磨出来的，一个好车手，没有成千上万次的历练就别想成功，没有人能在三五天里取巧速成，更何况曾凡仁这样的超级大师呢？多少次的摸爬滚打多少次的伤筋断骨，多少次在跌倒后英雄再起？多少次骑着摩托，开着赛车，远程奔袭，独闯天涯，多少个寒来暑往？曾凡仁早已记不清了，他只知道受命运之神的眷顾，一次又一次从阎王殿里将他抢了回来。他只知道自己成功了，他只知道自己还活着，他只知道自己还与他的爱车在一起。

自从曾凡仁坐进部队的驾驶室之后，他的双手再也没有离开过方向盘，一路开花结果地向季节的深处走来。一个车手的成长，并非一年半载的栽培与磨炼，爱好、机缘、智慧、胆量、意志、时间，这些都是成功旅途上缺一不可的元素。比如在金庸和古龙的笔下，无论武功多强的邪派速成高手，即使是打遍半个天下，终将惨败在内功深厚的大师手下。几十年来，曾凡仁究竟受过多少次伤，几次在鬼门关上折转，开坏了多少辆摩托与汽车？他确实说不清楚。

三弟和曾凡仁是年轻时的好友，我与他相识于 20 世纪 80 年代中叶。那时，他从部队转业不久，还是一位刚过双十年华的小伙子，但车技早已冠盖武汉全城。我一共坐过他两次车，一次摩托，一次吉普。无情的时光早已带走我的青春岁月，却带不去那两次坐车的历险记忆。那天，三弟约我一起去武昌曾凡仁的家里玩，因时间充足，又无要事相缠，他硬要开车送我去东湖，陪在养病期间的我于风景处散散心。80 年代末的 750 摩托车，在武汉还极为少见，车子大，速度快，在曾凡仁的手下，更是像飞机一样，轰的一声就冲出去几十米远。我坐在他的身后，双手用力抱住他的腰，侧脸紧贴他的背后，一直不敢睁开眼睛，只听到一路的狂风从耳旁疾掠而过。当车子转弯时，我能感觉到倾斜的角度几乎是人身擦地了。那年头，还没有交通电子眼，他的摩托又是省公安厅的牌照，于是，一路畅通无阻。我们途经大东门、水果湖，好不容易到了东湖，摩托车终于停了下来。站在地上，感叹中我惊魂未定地望着他，一句话也说不出来。他却从容地笑了笑，陪我在东湖转了一大圈。返程时，我想舍弃摩托，自坐公汽回来，他坚决不依。因顾及我的担心，回程时他几乎将车速减了一半，这才让我坐得安稳。

那年春末夏初的一天，因弟弟事前电话联络，曾凡仁帮我购买了几张去宣化的火车卧铺票，约我过去拿。中午，他在招待所请我吃饭，并找来几个人热情相陪，几杯酒下肚后，顿有头重脚轻之感。那天风雨交加，他担心我路上不安全，执意开吉普车送我回纸坊，实在拗不过只好领情。当汽车开至武泰闸时，正遇火车道口堵车，长龙般的车队，不知等待何时，他急了，连忙将车开至路旁的地下人行涵道的入口。正当我不知所措时，吉普车直向地道下冲，在一坎坎的阶梯上蹦跶颠簸。我一时酒醒，惊愕不已。突然一声轰鸣，吉普车冒起一阵黑烟，曾凡仁脚踏油门，开足马力直向数级踏步猛冲而上，我怎么也坐不稳身子，只好双手将椅背死死地抱住，真担心车子仰翻下来。平生第一回，也是唯一的一次这样坐车。车上平路半天，我还抚不平突突突的心跳。曾凡仁却轻轻地一笑对我说，没事，我经常这样开，还有比这更险的呢！我相信他的轻巧，但自问真不敢再坐第二回了。

那还是在 1992 年，湖南里县的一个朋友结婚，曾凡仁带着友情前往祝贺，独自骑着一辆崭新的雅马哈 400 摩托，途经荆州直向湖南挺进。正值盛夏季节，天高云淡，无风无雨，是一个真正属于他和摩托的日子。他戴着头盔，双手紧握把手加足油门，一路狂飙风行，那种刺激与快感，正是他生命燃烧的追求。正当拐过一个较急的弯道时，突见路旁一个骑手横冲出来，似乎来不及避让对向驶来的轿车，危险瞬即而来，顿时传来双方急刹车的巨响和冒起的黑烟。为了留给他们足够的安全路面，曾凡仁只好将摩托尽量往路边的草丛里开，没想到的是，一个隐蔽于草丛中的石块将他的摩托车放倒了，人被甩出去近百米远，像陀螺一样翻滚，当即不省人事。当他在病床上醒来时，已是第四天的晚上，这才强迫自己回忆起当初的情景。断了几根肋骨，浑身疼痛不已，但他打足精神，没听医生劝告，硬从病床上撑起。第七天，也就是他醒来的第三天，医生却没能阻止他出院。他们说，真是铁汉，从来就没见过这样不要命的人。曾凡仁微笑着对医生们说，像这样的伤，他已不知受过多少次了，不要紧，他身体硬朗，过几天就好了。曾凡仁就是曾凡仁，正是他与众不同的超强意志与历练，才成就他有幸攀摘“亚洲车神”的桂冠。

十三　乐善

曾凡仁一向乐善好施，这一点不难被人理解，那种源于人性的美质，是中华文明不变的本色。身为部队汽车班出来的雷锋，曾凡仁和卢宁军诸多战士，同具一种助人为乐的精神。记得在当年的新疆环塔拉力赛中，曾凡仁和卢宁军两驾齐驱一起并肩战斗，本来他俩的名位靠前，战绩很不错，确有问鼎前三甲的机会，却不料在半途中意外地遇到一个陷车于沙漠的赛车手，两人二话没说，即下车帮忙。足足耗费了两个多小时，才帮那位车手将赛车从陷坑里推出来。如此一折腾，时间便无情地溜走了，赛事也耽误了，再赶也追不到前面，成绩肯定上不去。但他俩均无半点悔意地两手一握，启车回程，预约与祝福下一次吧！

特别令人难忘的是，1996 年的那次水塘救人，至今还给被救者留下一份施恩难报的遗憾。那是一个北风呼啸的冬天，曾凡仁开着崭新的桑塔纳携妻回河垴探亲，好久没回故土，那份眷恋与热烈，像醉酒一样涌动心头。他着意穿上那双心爱的棕色皮鞋，妻子围上那条价格不菲的意大利围巾，从武昌一路穿越纸坊，沿着纸贺公路向前进发。当接近山坡路段时，在妻子的一声惊呼中，曾凡仁看见一辆同向行驶的小车，突然翻进了路边的水塘，车底朝天地仰在还未没顶的水中。他一脚急刹便推门而出，一路小跑地纵身入水，快速拉出在车门里奋力外突的司机。曾凡仁知道车里还有人，便拉着死里逃生的司机，一同用力拖出那位压在车下的人，他们却无力掀起深陷泥潭中的轿车，当时还有一人全身被压在车身下。

曾凡仁的妻子早已拨通了 110 和 120，车辆来得很快，人多力量大地掀翻了水中的轿车，这才救出压在车下的那人。不幸的是，她却没能逃脱死神的魔掌。在大家忙于善后中，已经被冻得发抖的曾凡仁，连忙钻进桑塔纳里，他将空调开到顶位，依然驾车疾驶在回家的路上。他狠心扔掉那双已不成型的皮鞋，穿上爷爷的老棉靴，笑着与乡亲们讲述救人后的感受。后来经过几番辗转，那位司机终于查到了曾凡仁的车牌号和手机号，当即告知被他所救的那人，就是他们的市长，并诚恳转告市长邀请曾凡仁来该市一聚的盼望！但忙碌而心静的曾凡仁，至今也没去与那位市长见面，总以没时间为由而一再推却。

曾凡仁每当与人谈到“家乡”二字时，话语里总掩不住那份天然的亲切，更流露出几分自豪。现在，虽然他的出场费有时可高达数十万元，常常穿梭于世界各地，但是他心中依然抹不去对家乡的眷恋，回馈乡亲是他长久萦绕于心的期许。十几年前，当家乡兴修第一条水泥路时，那时还不算太富的他，便头一个捐款。慈善公益事业，他更是不落人后，无论地震还是水灾，抑或遭遇贫困地区的孩子读书和危重病人的救助，他毫不迟疑地义伸援手，有时还动员和带领车队为灾区运送援助物资。每到较贫困的地方演出，对方给钱他也不收，还不忘给希望小学赠送一些衣物和文具。曾凡仁说：“小时候，我家里条件很不好，三年级就辍学了，现在总算有点能力，能做就尽力多做一点，特别是贫困学生，他们都是希望的一代啊！”

十四　宏愿

曾凡仁对车的痴迷之极让人难以想象，除每年应约参加美国好莱坞的特技表演之外，国内诸多赛事都邀请他参加，只要时间允许，他从不推辞，所以，他在赛车圈内人缘极好。有人问他，作为一个世界级的赛车手，人缘又好，为什么不加强一下媒体宣传的密度呢？曾凡仁说，我只上过中央台、湖南卫视和湖北卫视等不多的电视频道，从来不企求那种遍地开花或狂风暴雨式的宣传。他还主动推却了一些媒体的邀约采访。一是时间不好商量，二是赛事频繁，他要以充分的精力投入到江夏大花岭赛车场的建设，何况还有兴建未来“汽车文化园”的宏大规划呢？比如说当下，他在武汉待不了几天，就得应约去福建参赛，福建回来又得去广州，他掰着手指头往下数，一个月就过去了。总之，曾凡仁是一个实业型的赛车手，无论活动还是事业，他都追求脚踏实地的感觉。他不反对宣传，也具有拓宽媒体的能力与资格，但他不愿过多地将时间花在那些闪光的镜头里而荒废作为，更不愿去刻意制造。

曾凡仁多次做过成龙的替身——“这是一件他不愿意公开，却又早被他人传播的秘密”。他还被聘为新加坡华盾润滑油、浙江台州筑惠轻骑摩托车、广东巧生活晾衣架、福建瑞速矿泉水、北京燕西台二锅头等多家企业的形象代言人。曾凡仁现任湖北省汽摩协会副会长，湖北省公安厅警官学院汽摩特级教授，香港飞车王俱乐部总教练，全国规模最大的广东车友驾校特技学校校长，广东省私家车协会、青海汽车俱乐部、全国各大汽车俱乐部名誉会长。他在全国各地乃至东南亚的学员近万名。

不管有多少荣誉加身，曾凡仁婉谢了众多经济发达地区的落户邀请，他依然回到家乡投资兴建江夏大花岭和纸坊两处赛车基地、湖北省汽车漂移训练基地，并在江夏注册"武汉曾凡仁赛车文化传播有限公司"。只要走进曾凡仁的汽车基地，你就走进了车辆的世界，多式古典老爷车，现代型超级赛车，各种各样的摩托车，不是专业车手，无从识别那些车辆的身份和品味，只能在叹为观止中猎取新奇。他现在拥有多种风格的汽车 29 台，摩托车更是不计其数……曾凡仁的这一生注定了属于武汉，他永远心系江夏，热土的孕育，故乡的呼唤，就像大象的低频传声一样震撼着他心灵的频率。

为了高质量地发展赛车业，实现自己多年的梦想，他迫切需求在家乡租用一块 1000 亩左右的土地，兴建一座在全国拥有地位、世界具有影响的"亚洲车神汽车文化公园"(暂定名)，集汽车博物馆、汽车驾校（特技培训）、汽车影院为一体的综合性实体。汽车博物馆可超大面地收集与陈列国内外 1000 多种不同型号的名牌汽车和摩托车。比如中国的老式上海、解放、吉普、嘎式；比如欧美的老式奔驰、宝马、波罗乃等。只有这样的博物馆才能收藏与抒展世界汽车史，让后来人与心爱者随时回流到昨天的时空中穿越。在收藏实车的同时，还可兼具各种汽车和摩托车的模型，融科技、制作与传承于一体，更能给那些收藏爱好者提供一个交流的平台。二是汽车特技训练基地，主要进行汽车漂移，摩托车翻腾跳跃与凌空飞翔等项技术的教学。他随时可邀请美国好莱坞的200多名队员前来进行1000多项特技表演，抑或定期来江夏基地培训与授课，成为好莱坞的中国定点基地。三是汽车影院，计划建设三个分别可容纳500人、1000人、1500人的影视厅，可通过卫星同步播放世界最新影片，最大限度地满足车迷们的需求。汽车文化园的建成，可与武汉·江夏通用汽车生产基地融为一体，开创举世瞩目的集汽车生产、汽车观赏和汽车表演的综合性“江夏汽车城”。这是一项庞大而创历史的计划，需要付出多少代价，曾凡仁清楚。但他不畏艰难，并愿为之倾尽全力去斡旋与奋斗！

时钟早已迈过午夜的刻度，曾凡仁依然不眠地坐在茶海前，注目欢乐跳动的壶盖，在缕缕蒸腾的雾气间陷入无限的遐思。假如天遂人愿，在他的“汽车文化公园”落成的那天，他真可以静下来小憩几日，在调匀呼吸间抚慰一下几十年来忙碌疲惫的身躯，他将无愧于赛车与车迷，无愧于国人与故乡……他期盼明天的阳光更加光辉灿烂。

十五　回车

曾凡仁，一个十分热爱生活的人，他爱车、爱家、爱茶道、爱拍摄，恰是这些爱好合成了他人生的立体色彩。它们相互融洽，从不矛盾，有效而适时地给予了他在动与静之间转承启合的调节，使他远离了单调与孤寡，丰满地涂抹了他人生岁月的底版，不离不弃地与他的红尘做伴。虽说曾凡仁爱车胜过生命，但他并不将自己的喜好强加于人，更不会施与子女们身上，他希望儿子和女儿的人生能走一条平常而轻松的路，不要像他一样去涉险，一生平安幸福，能开一辆平常的车代步就行了。每个生命都是一枝独特的花朵，每个人都必须先为自己活着，曾凡仁从不为自己的车技传承而忧思。各行各业天生自有后来人，这是上帝的安排，它在自然中诞生，像长江一样，只要有了源头，终将汇成永远不断的奔流。

每个人的历史都得由自己来书写，而书写历史的人总会被历史所承载，曾凡仁的赛车历史在“武汉车神”“中国车神”“亚洲车神”的金色阶梯上逐步上升，直至万丈光芒鼎照珠峰之巅。1986 年，曾凡仁在武汉开办了一家进口摩托车修理店，修车、卖车，更赛车。他平时爱骑摩托，因车技良好，常能玩出一些行内人不敢涉及的特技动作，那时候，就有很多人开始叫他“武汉车神”；继藏羚羊升级成为北京奥运会吉祥物之后，各大媒体对曾凡仁的报道密度便迅速叠加，“中国车神”的昵称便在国人的赞叹中火热开来；当他走进好莱坞表演，成为亚洲唯一的时候，“亚洲车神”的名号便像滔天巨浪一样席卷全球。

曾凡仁的母亲早逝，九十五岁的父亲早已离乡进城，还独骑三轮摩托往来城乡之间，一路刮起“翁级”车手的生活风潮。三个哥哥都居住于江夏区政府所在地纸坊，只有一个阿姨还住在老家。因为工作较忙，赛事较多，回家的频率已越来越低，有时甚至成了一件令他梦中流泪的奢侈。曾凡仁第一次开着法拉利回家时，一个老乡一边抚摸着他的车，一边不无调侃地对他说，“你就是把车拱手送给我，我都不敢要，一是没处加油，二是我也加不起油，更保养不起”。今天的江夏日新月异，通村公路既宽又平，如果回转十年，无论曾凡仁拥有再高的车技，他也无法将车开进故乡那片深情却又偏僻的湖滨之地。

与曾凡仁同龄的赛车手早已多年转行或退休，可他依然还常常参赛。现在的曾凡仁可说一身是伤，他的左手握力不紧，身上的肋骨每一条都曾断过，每逢下雨天就隐隐作痛，但只要一玩上赛车就全都忘了。他一直坚信，无论从事什么运动，都不愿让中国输给异邦。曾凡仁说："我现在有些神经衰弱，每天要吃七颗安眠药才能镇定，这全是在日本集训时所摔的后遗症。现在主要是泡茶、玩车，摩托开得很少。毕竟我有妻儿老小，那就开开汽车，少玩一点心跳吧！"但凡朋友来访，只要时间允许，身体无恙，他却从来不拒绝现场飞车表演的请求。

曾凡仁，一个地地道道的江夏人，一个出生于偏僻乡壤的农民儿子。他集摩托、拉力、越野、特级车技绝活于一身，是中国第一个穿越"死亡之地"可可西里的人。从农民到亚洲首位好莱坞电影顶级车技演员，成为世界稀有的全能型车技人才，这是一条多么漫长的路程，其间需要多少智与勇，还有那么一丝幸运之神的光照，这不能不说是一个当世奇迹。他为江夏、为武汉、为中国用心爱的赛车发出了超强的呐喊。他为车而生，他为车而荣，他的故事，他的精神，将与车永存！曾凡仁先后去过七十多个国家，会讲五国语言。一个农民的儿子，在多层文化的熏陶中得到了彻底的改变与升华。空前的超越，杰出的人才。他不会忘记故乡的养育，无论获得多少成功和荣耀，依然钟情这块热土，毅然回归江夏，扎根江夏，愿将自己的未来献给江夏！

虽说本文已有两万多字篇幅，却未能承载曾凡仁的风采于万一，只能带给读者以滴水奇峰之映。好花会有落瓣之季，好戏也有谢幕之时，再好的时光也有告别的时候，述说了半天“亚洲车神”，不得不忍心按下回车键，无论是笔者言犹未尽，还是读者余兴未了，也只好暂时画上句号。乾坤日月常转，车神风采依然，只要你需，只要我能，有关曾凡仁人生图谱的详尽描摹，在某个雪薄春来的季节，允许我再开启电脑屏幕，于滴滴答答的声响间为你敲打出闪光的心语。

冷枪手李更

李更的确与常人不同，习惯不按常理出牌，从不委屈自己谋求与众为伍，常将笔尖戳向一些大人物与名流，弄出一些让人讶异的声响，从不怕引火烧身，但求发出自己的声音。他的头发不多，也许是问题想得太深，苦掉的。他的眼睛却很大，且目力深远，似乎能穿透底层黑洞。有人管他叫“冷枪手”，也有人索性称他“晃晃”。

李更写的书多，编的书更多，在文坛颇具影响，特别引人注目的还是“晃晃”与“冷枪手”的行径。他不加入中国作协，却酷爱文学，不停地耕耘，文学世家的根基铁定了他与文学无法分离，尤其是对良知与批判的坚守，难能可贵，让人崇敬。

称李更为晃晃，起码定性不准。晃晃，最多是出其不意。不管七里冒火，还是八里冒烟，亦为个性使然与良知所在。即便有些话值得讨论，也是一种观点，“真理”常在“争理”之间。称他为晃晃的人，也承认李更的一些话说得在理。既然在理，就该说。称之为晃晃，只怕浅化了他原本的文学授意与批判精神。如真正是晃晃，则随意性太强，准心不定，难出道理之言。被人称为晃晃，李更为什么缄默？原来，晃晃均出自那些与李更亲近的人，在昵称之外，另存一分为他树敌之厄的淡然化解。所以，李更无语。

冷枪手，听之让人受用。冷不防一声枪响，给那些安枕无忧的文坛阔佬和惯常被人抬着走的人一点警醒，以免在粉饰太平或习惯说教中害人害己。当今文坛，冷枪手不是多了，而是少了。如果是狙击手就更好，一枪毙命，换来新生。冷枪手难免在失手中只给人带来惊诧，而狙击手往往在超100环的准心之下，一击必中。向一切有悖于良知与真理的谬误、虚妄、腐朽和反动的文学之恙开火，还文学以朗朗乾坤。

生活需要文学，社会需要文学，人类需要文学，文明需要文学。保持良知是文学的本质所在，书写美丽与光明是文学的职责所在，而批判却是文学的精神所在，文学本身的确需要批评或批判。文学评论诞生于文学之后，它为文学而问世。一篇不为读者关注或被评论的文学作品，影响力定然大打折扣，抑如深山中一片落叶，在寂静中湮灭。批评是文学评论的重要职责，通过批评，引人思索，去其糟粕，不断完善，走健康发展之路。文学评论也叫文学批评。批评与批判同向，唯有宽窄深浅之别。正面的肯定与赞扬没有人反对，而当今的文学评论确有些质变，连篇累牍的投其所好，更有超越文本之外的溢美之词，不当为而为之。为什么少了批评与批判？是评论家不忍，还是受作者情感左右或利益牵制？唯有捉笔者心知肚明。

无论向王蒙开火，还是拿谢有顺开刀，李更绝不会是心血来潮，也不会空穴来风，更不会凭空捏造，不奢望专心制造个人影响或达其他目的，只因为他有话说。话有出处是成因，开刀见骨是功底，让被点之人痛彻全身，乃至灵魂深处，这才凸显批评价值。通则不痛，痛则不通，被点之处肯定有淤塞或肿块，否则就不会痛。有了淤塞与肿块，就该医治，为什么就不能批呢？世上没有一个十全十美的人，也没有十全十美的事，更没有十全十美的作品。世界经典与中国几大名著，并非白璧无瑕，太阳也有黑子。一块价值连城的美玉，只要出自天然，必有瑕疵，唯有人工制造，才被追求完美。

拿两个人说话。一是莫言。他获了诺奖，是对中国文学与中华文明的贡献，没有人否认他的高度。但细读莫言的作品，除去尘端的理论争辩之外，诸多常识性的错误不难让人发现，这不能说莫言的作品就不行，恰好证明了莫言的真实存在。任何掩盖于浮华之下的美丽都是虚伪的，一击则穿。像李更这样的冷枪手，有责任不能放过。还有一个更大的人，我们的至圣先师孔子，他对中华文明的贡献至今像太阳一样发光。孔子以超人的先知洞察和深厚的文化底蕴，成功创造了一整套儒家学说，不仅影响了华夏超越千年的文明史，且势必影响中国的今天和未来。孔子不是完人，儒家学说并非无懈可击。比如，儒家学说为了政治而伤及了平民，为了男权而伤及了女人……孔子是人不是神，难免受时代局限、个性缺失和思想差异的影响，所以，儒家学说天生不会完美。阳光之下也有照不透的阴影，即使是大旱三月，依然还会有潮湿的角落。

我欣赏李更不畏居高，敢于挑战传统的叛逆，这是人性的可贵之处。尤其是中国人，根深蒂固的逆来顺受，唯命是从，甚至指鹿为马的奴性，这是中国文化的劣根，更是中华文明的伤痛。皇帝也是人，他就不出错？中国的文坛与政坛一样，常常是泰斗或名人登高一呼，如飓风袭来，势不可挡。文坛上出一个敢说真话的人，顶一顶飓风，天意犹存，值得庆幸！

有人说，李更爱出风头，拿名人开刀抬高自己，姑且听之，也许，他真有那么一点点效应思考。在名人与名篇中挑刺，并不是一件容易事。李更说话自有目的，起码想引起大家关注，企图收到多米诺效应，唯有大家与名人更吸众眼球，不然，他就白说了。李更不做杨白劳。受到李更批评，应该坦然面对，冷静思索，哪些是对的，哪些可以交流与讨论，不一定照单全收。李更的观点可供大家讨论，不可能全对。但凡在李更笔下挨过刀的人，也是一种荣誉，起码你备受关注，他认为你具备足够的影响力，这才决心付出能量撰文，达到行文于世，启迪于人的目的。并非人人均能得到李更的批评，尤其是那些名不见经传的人。

假如有一天，拙作能得到李更体无完肤的批剥，我一定拿出家中的窖藏老酒与他大醉三日。李更并非无平民情结，他也普读作品，对某些新人还关怀备至，只是他们需要更多的鼓励，对其批评则难收众响效果，说不定还在无意中抹杀了一棵初春的嫩芽，违背了批评家的初衷。所以，他的刀笔只对名人手术。一个能欣然接受别人批评，且能认真改进自身不足的人，他的脚步自比别人走得快。诚恳听取批评，集别人的智慧为己用，大度之外不失廉价收获，这才是大智。

中国人历来居高难下。我尊敬居高者，但并不迷信，就像欣赏明星而不追星一样。凡居高之人，必有超人的智慧、卓越的贡献和人格魅力的综合而被大众认可。假如自搭台自唱戏，一味地孤芳自赏绝对居高不上。名人居高的可悲均在他的居高之后，一旦登高就无法再从高处下来，一改原有的谦逊之态，迎接、握手、鼓掌、恭维……这一切都能泰然受之，更有那些甘愿挥舞锤棒为其呐喊的人，助威之势实在受用。唯有批判之言比黄连还难入口。在很多单位的办公楼里，我们不难发觉一个共通之处，领导一般不坐八楼，要么七楼，要么九楼，为什么呢？其实很简单，一句“七上八下”的成语使他们醍醐灌顶。

李更有些玩世不恭的性格外露，骨子里却始终保持着童性的纯朴与率真，一颗年轻的诗心不老，他现在依然常写诗。在李更的诗歌里充满了怀旧情结，他怀念美好的童年，他怀念母亲，特别是母亲讲述的那些伴着他童年成长的故事。在母亲的故事里，月光是明静的，天空是湛蓝的，溪流是清澈的……在那时的社会、人间和生活里几乎没有垃圾与灰尘。当今，物欲横流之下的贪腐、欺诈和暴力；人与人之间的等级距离被越拉越大，农民工依然处在“遍身罗绮者，不是养蚕人”的底层；还有那些像瘟疫一样蔓延于各行各业中的潜规则……李更对此深恶痛绝，他不得不以笔作刀而伐，力求达到刀刀见血的效果。虽说无力悬壶济世，但他却于那种滴血中猎取片刻的自娱与快慰，这就是李更。

大师与朋友

大师与朋友，两个品级不同的概念，然而，王新民与我却将两者融于一体，随远即近，任性已为。而在大师与朋友两者之间没有阶级，没有距离，兼而合一，混沌不开。大师于心中，朋友于生活，似如黑夜与黎明的链接，又如太极的阴阳互动，我们乐在其中，妙在其中……

一 仰望中相识

虽说与王新民交往早已跨过十年之痒，但我依然忘不了那个相识的初夜，一缕月光，几颗疏星，满腹虔诚。那时，他还住在江夏区老文化馆东侧的二楼上。一栋外不显其阔而内感舒适宽敞的私寓，似有几曲回廊之象。尤其是偌大的书房，满架的书籍，名贵的字画，一室的古香陈设，一味的文化浸染，一踏入其中，不文化也让人文化起来。

我一时难拒吸引，独自在王新民的书柜前徜徉，看众多书籍分类存放有序，任取任藏，易于查找。尤其是那些纸质发黄的稀世珍品，均为平生所仅见。我轻轻地从书架上抽出两本，有心掂掂线装本的分量，吹一吹书籍的天头，却不见一丝微尘飘起。王新民没让它们静卧一室，不断地翻阅尽显其爱意。那时，我还远没有设置书房的计划，少得可怜的几十本现代书籍，零零散散地摊在三屉桌上，形不成文化季风与漩流。两相对比，钦慕之至，汗颜之至。我们圈坐在广式藤椅上，茶色烟雾满浓于室，激情的文化交流，使王新民与何炳阳不断地丰茂着语言天地。从唐诗、宋词、元曲、汉赋，径直谈到世界名著与名家。比如《静静的顿河》《简·爱》《呼啸山庄》，从夏洛蒂·勃朗特和她的两个妹妹——艾米莉·勃朗特和安妮·勃朗特，还谈到集儒、释、道思想于一身的国学大师南怀瑾，许多的许多……他们一气江河直下，竟让我无力舟航其流，索性手捂茶杯，静听于边。第一次走进王新民的书房，第一次聆听他与炳阳快意游历于世界文学之林，使我深省猛悟。阅读是人生获取知识最广阔的渠道，如想饱餐文化饥腹，跟上前行者脚步，必须尽快一番恶补，否则单衣难御严寒啊！

由何炳阳一路引领，我怀着一颗忐忑的心情进门，却带着温软的湿润回归，令人想象不到，更出乎事前预料。原本一场礼节性拜访，原本高不可攀的仰视，两小时之后，却像老朋友般握手道别，极像戏剧中的镜头切入了现实生活，全真的感受难以言说。回程的路上，禁不住思流涌动，一个奇人与一个常人的混合体，在脑海中不停地拆分与融合。耳闻不如目见，真不可想象。

那时，我的文章刚刚见诸地方报端，如一颗破土的小草，一时还来不及径节。2002 年年初，在加入武汉作协散文创作委员会那天，鲍风随意问我是否与王新民相识，我却令他失望地摇摇头。他的头却比我摇得更加缓慢而长久，脸上似乎让人测不到一丝温感。那时的王新民，早已风靡文坛三十余年，是受江夏文人拥戴的文学泰斗，一个试想挤入文学天堂的江夏人，居然不识王新民，几乎让人不敢相信。我是一个低学历而关门造车的人，七分自信裹挟着三分自卑，让我为叩开大师之门而心生畏怯。记得我的第一篇文章《失落》见诸《江夏报》时，王新民看后曾与人说："陈本豪，一个从未耳闻的人，居然还能写点文章。"我不知他是为多出一个文学新兵而高兴，还是对文章质量的一屑不顾，终究没去探真，心中却总飘浮着一朵挥之不去的疑云。如不是炳阳事前的一番宣传淡化，王新民——我心中一座令人望而却步的冰川，真还不知在什么年节才能融化。

我与王新民的关系较为复杂，他是一个少有让我无法定级的人。于文学而言，他是我前行路上的老师；于学养而言，他是我心中敬奉的大师；于情感而言，他又似我的兄长；于生活而言，他是我无须设防又时常想起的朋友。究竟是师是友？我从未将他定格，也不想定格。时而师之，时而友之，予他自由，予我宽阔。请教时，他给我不止的解惑与引领；相处时，他给我无边的风趣与欢乐；谈心时，他给我季节的轮替与诗意。一生所遇这样的人不多，也不可能多，为此，我深深懂得“珍惜”一词的含意与分量。如果硬要用数据划分，我与王新民的相互碰撞，无疑多在钟情于文学的同爱之上。我与他相识，确系师前而后友，一条自然流淌的江河，没有人工挖掘的凿痕，也没有拦江的泥沙淤积，一切都尽情而尽性。

我与王新民相识于文学创作之后，那时，我已近人生半百之旅。当何炳阳将我俩引荐之后，即有一种前世相识而重逢之感，相互无隔膜的交流，迅速拉近了距离，真不怕炳阳笑话或吃醋，我自信超越了他俩携手同行的步伐。王新民为人随和谦逊，谈吐深富诗情画意，激情的语言与纯真的笑容，让我解冻了物质横流下对世人嗜血斗杀本性的怀疑，自信“世间自有真情在，人间充满了爱”。我感谢生活，更感谢真诚，由此而坚信：

世上没有一个被生活永久孤独冷落的人，更没有一条被搬不动的大山而阻隔的路，只要你拥有足够的智慧与真诚，春天总会在极度的冰冻中吹来暖流。

二　读新民之作

精品之作均出自名家之手，但于高明的读者而言，则有千差万别的读法。由于各自所处的水平层面有别，目的不尽相同，情感自有远近与深浅之分，所以，阅读的收获与结果自然有厚有薄。我读王新民的作品，无须读完第一个句号，就轻松地走进字里行间，每次都会给人带来新的阳光与春雨，时而还有默雷震天的轰动。他的情感捂热、学养泽披和人格光芒，让每一个汉字通体透明。在王新民的文章里，没有沉苛板结的块垒，更没有阴风吹冷的黑洞，唯有天空高远的发问和海洋深邃的探究。无论是散文、随笔、小说他都下过笔，但他钟爱的还是诗歌和评论。他最初以诗歌崭露头角，后以评论构筑起文学的大厦，如果说诗歌是他青春的热情奔放，而评论则是他学术的高台展演。其实，只要是读过他随笔的人，一定会为他未能加力于后续的创作而惋惜。一个人的精力不可能无限，博而难精是上帝为每一个人设置的智慧障碍。王新民毕竟是人不是神，也许，他压根就没有修神的奢望，我们也不愿将无果的奢望强加于人，必须尊重他的选择和包容偏爱。

于文学而言，王新民出名得早，红得更快，一个年轻的诗人，任情在文坛上英姿飒爽，一首首诗作给读者带来如愿的冲击与快感。爱读他诗歌的人多，渴求与他交往的人更多，即使无缘相见，最低也能求得在诗行的热度中取暖。他那超越常人的宣泄长调，令人读来心潮澎湃不已。但凡读过他早期诗作的人，一定不会忘记《美丽的阵痛》和《我是纤夫我拉纤》，他的诗歌在中国文坛的影响，给华夏历史的画板烙上了深深的印痕。在文学之路上，王新民就如自己笔下的纤夫。他裸露着臂膀，赤着双足，背负着那根将肩头勒出血印的纤索，顽强地行进在布满沙粒和突兀坚石的文学河滩陡岸上，一步步在阵痛中历险与收成。他不悔于当初的选择，更不悔于艰难的付出，他不被掳于名位与拥有，甘将寸寸时光赋予他心爱的文学事业，不知疲倦地穿过长长的雨幕，去追逐太阳。

在阅读王新民的一系列著作中，也许你会超越哥伦布，时常发现一处处文学新大陆，他对词语的排列运用远远打破常规极限。他常在一个句子中一长串地用上三至五个以上的词汇，却没有半点堆砌之嫌和油腻之味。那种使读者在长舒润畅中的一气贯通与妙解，让人止不住惊讶而震颤。我曾多次有过不安于随性接收的常态，试图以一己之能对那些多词汇结构的句式作些精简，结果总以无为而告终。哪怕是砍去一个词汇，都会带来对原句的全真解读与美感伤害。这种鹤翔于朴素清淡之上而不累赘的书写智慧，没有独特而精深的学养是无法企及的。遍阅众多经典名著，唯有在托尔斯泰的笔下，我才博取到类似的先驱模板。

王新民从不搞无生命的创作，那种无声无息的板块拼接为他今生所拒绝，无论散文、小说或其他，尤其是诗歌和评论。他的作品源于曾经过往的再现与飞跃，他的语言源于静水深流的底层穿越，他的曲调源于胎体的律动生长，他的思想源于独特的画图构成。他不让一个汉字在他的笔下死亡，更不让一个标点惰于一寓而沉睡。他让读者在文字运动间不止前行，时而在重伤下体会灼热之痛，时而在大笑中自我狂放不羁，时而在一飞冲天中顿悟释怀，时而在一鸣惊人中万剑齐发。阅读他的作品，让我在一个全新的世界里体验生存的意义，在一条融冰的溪流里畅游春天的序曲，在一片漆黑里去探寻那扇发光的窗口，让一处处伤口在愈合中蓓蕾绽放，让生命在汉字建筑的宇宙中聆听大音希声的混然天籁，于大象无形中吸收精气神韵。

最让我不忍释手与敬佩的还是王新民的评论，没有一篇纯理论式的自我言说，均是一字一声的弹奏，他对每一篇作品和每一个作者，均承载着高度的文学责任和真实的情感，从不糟蹋他人的智慧，更不践踏自己的良知。虽说他写过众多评论，却从没有外套式的批量制作，那种人人可用的篇章不是他的创作风格，更不为他的艺术追求。正如在一万个阳光的日子里，却能让人领会到不同的光照与新意，于作品而言，这是深层次的解读与剖析；于己而言，却是一路的收获与创造。

他评论小说，即在故事情节中寻找生命的温度；他评论画作，即在墨海波涛中搏击艺术的浪花；他评论散文，即在思想情感中触摸呼吸的频率；他评论诗歌更不用说，即回归到他起步文学的故乡，那些令自己永生不忘的场面记忆和向天发问的童真，任哭任笑，任歌任舞都是天生的自然风景，无一字不令人动心，无一处不让人动情。如今，很多人都望风而来，诚请写评论的人几乎将王新民的时光挤得没有一丝缝隙。有文化领导，有文学新人，更不乏文学名家。他为鲁迅文学奖的获得者车延高写过诗评，也为享誉中外画坛的冷军写过画说。王新民紧握文学之剑、情感之剑、理论之剑、思想之剑，他四剑齐发，无不及第。令我没有想到的是，他竟然走出文学为冷军书写画评，当初真让人替他加快心跳。更没想到的是，他用文学的刀片，将画作中层叠的油色一层层地剥开，直及肉骨，像分解蒙娜丽莎的名画一样，将丝丝艺术奥秘晾晒在普天之下。

三　为文与为人

为人与为文是一道分不开的双语题，先为人而后为文，这是生命成长的路径，更是艺德不可分割的合成元素。为人力求修为，为文务求学养，双层兼修而有所作为并非如天下人所愿，达到境界的人毕竟是少数。为人是大厦坚实的基座，为文是大厦风貌的象征，在成名的文化人之间，王新民无疑是当之无愧的楷模，他不枉于付出，幸运于收成。虽说拥身于一道道难以掩饰的光环之下，但他却无半点骄奢之气，那种平易近人的风格并非来自虚伪的装饰，每每相聚，总觉时光太短，重逢的期待慰藉着分别的隐痛。

王新民豪放于文学，纯朴于生活，正如二月河的一句话：拿起笔来老子天下第一，放下笔来夹着尾巴做人。这是为人之道，更是为文之道。一个名家常有偏道和标榜之嫌，但一个大家绝不能毫无顾忌地癫狂，更忌讳坐在飞机上鸟瞰天下。即使是菩萨，唯有大家敬奉，才有鼎盛的香火，自我清高而不惠民生，自然荒废了庙堂。在王新民的作品里处处闪烁着睿智之光，万丈豪情直逼钱塘大潮之涌，酣畅淋漓的感受和航标式的引领让读者心领神会。爱好文学而有大成，在天赋之外，必须具备丰富的知识积淀和丰厚的生活履历，还得富有独特的个性色彩，否则就混同于万绿丛中，有则不多，无则不少。

生活中的王新民恰如一个普通的长者与朋友，既可亲又可爱，他的笑容有时真还灿烂出几分难得的童稚。王新民一入生活，便褪去所有的文化光环，即使酒后压不住诗歌的狂性，也仅限于几个相知朋友的小饮小酌之间，从不会像草原上的野风，一无遮挡地横行肆虐。他的修为与隐忍几乎达到常人无法想象的境界。

那还是在老武昌县的年月。一天傍晚，王新民推着自行车回家，快到家门口时却与麻烦不期而遇。一个满嘴喷着酒气，踉踉跄跄前行的男人迎面近身而来，王新民忙将自行车推向人行道的一边，有心避开大道上的醉汉。没想到的是，那个酒鬼几个趔趄直撞过来，王新民双手紧扶车把晃了几晃，那人却怦然倒在地上。王新民急忙停车去将醉汉扶起，只听砰的一声脆响，一巴掌着实将王新民的脸打出几指红印。路人都见状不平，纷纷指责那个酒鬼，尤其是女人，怒目而视骂声顿起，要王新民莫放他走，将他扭到派出所去。王新民却不以为然地挥挥手说，让他走吧，跟一个醉汉论理，更是一件倒霉的事，就算一巴掌让鬼打了吧。他向众人露出几分苦涩的微笑，推着自行车走在回家的路上。看着王新民远去的背影，有人说，这个人脾气真好，涵养真高，如果是我肯定饶不了他。旁边有人答道：人家是文化局的王局长，你怕是一般的平民百姓啵，尤其将“文化局”三个字说得格外响亮。听完这段故事，不由得让人想起“卧薪尝胆”和“胯下之辱”的历史……

“文人相轻”是一种惯常的顽疾，自觉的侵蚀有时竟让人猝不及防，王新民却异常地超然于外，其中历练的艰辛与智慧付出则可想而知。尤其是从江夏区文化局调往市作协出任驻会副主席，小湾子的人进了大湾子，难免遭受漠视和冷遇，想让人配合与服从更如雪上加霜，做好了确实难得，做不好也在常理之中。武汉文坛也免不了山头林立，不说平抑此山与彼山之间连接通达的企图，即使是常规的众口难调也足以让他穷尽智慧。这个市作协驻会副主席真亏他当的，而且一任至今，早过了退休年龄，却依然难下岗位，领导不让，大家也不让。湖北省作协的一位主要领导曾说过：不管是此山头，还是彼山头，无论是左青龙，还是右白虎，在王新民面前都是一马平川。这是大家公认王新民的真实写照，更是他应得的褒奖。

王新民在区文化局时，他的威望不仅崇高于文化界，在工作中也是无难不解的能人，平日里几个常被人称作“疾脑壳”的人，对他居然服服帖帖，只要王新民发话肯定买账。在生活中，他更是一个让大家愿意走近的人。在驻会于市作协的工作之后，他力主《武汉作家》的升级改版，将原来的报纸型改成刊物类，不仅美观了形象，更重要的是拓宽了版面，让众多的作者拥有了上刊的机会和平台。为了增强作协的活力，达到齐抓共管和全面收获的效果，他主张成立了“散文创作委员会”“报告文学创作委员”“诗歌创作委员会”等多个分会组织。尤其是在全国率先成立了“小作家创作委员会”，让少年作家拥有了一块阳光净土，极力为文学新人的成长铺路栽花，千秋之德植于爱腕之下。

武汉作协组织的笔会和采风活动一直非常丰富，王新民便是当然的组织者。我曾不止一次参与其间，那种在自然人文中吸取养分和笔者之间的结识与交流，使人深深获益。而王新民因痛风较重，不宜远程行走，更不能上山爬坡。面对祖国山河的千花万景和众多的历史文化景点，他却徒直望壁而呼，难得亲临前往。他热情地鼓励作家们一个不掉队地参与全程体验，自己却安于寂寞地独处酒店或旅馆，倾心于大家的生活安排和文娱活动的策划与服务。那次在三峡的游历中，我们计划为他叫来一副抬杆，却被他婉拒了。他说，我的体重太重，就不加累于劳动人民了吧，如一不小心压断了抬杆，那就祸由我出。他说得轻松，笑得爽朗，我们只得隐痛于心，以笑还笑。

也许，王新民也为是否调往市作协而徘徊过。就在即将做出决定的前夜，王新民曾为此征求过我的意见。力挺上走而不下行，机会不能流失，这是我明确的观点，他接受了。但不理想的是，我婉拒了他邀我一路同行的提议，一时使得场面有些尴尬，一贯难却面情的我，那天的态度却让他有些不快。因我打拼于经营业二十余年，多少有些经验积累，预知他想让我牵头作协搞些文化产业创收经济，为作协奠定丰富的财力基座，他相信我不会令他失望。但我心里清楚，智慧和经验我都不及王新民，于他的厚望确有点信心不足，心中没底的事绝不能为。如果难帮他独当一面，有负重托，去了又有何益呢？假如无意中给他添堵，那更是事与愿违了，何况我还扛着家庭的重担。熟悉的业务、熟悉的路径，自认还走得平稳，一旦在改变中偏道，总不能一味地指望王主席给予雨露滋润吧，那绝不是我的风格。虽说事情已过去好多年，王新民也从没为此挂怀，早已是一阵清风吹过，但于他对我的高看和提携，心中总有一分难以抹平的歉疚。人一生不怕欠钱，怕的就是欠情，钱债总有还清之日，而情债往往会让人背负一生。

四　为我两序言

应我的请求，王新民分别给我的两本散文集《沃野》和《秋声》写了序言，尤其是第二篇，面对他的委婉，我不得不带着骤然升温的强烈。实在推却不得，只能伏案夜书，在洋洋洒洒的万言间，充满了热血与真情。在每一篇评论或序言下笔之前，通读作品是王新民永不改变的自我成规，没有亲口品尝，就莫谈梨子的滋味，真诚的文化观为一个文人不能逾越的道德底线。在给我的序言里，我能觉察到他与我同一心跳的频率，在轻微与粗重的呼吸转换中，评论与作品的波长均等。在他的文字犁沟中，启发我对一些内在音符变更的醒悟与光照，前进的引领与升格提携自在其中。在一次私宴上，我曾举杯对王新民说过一句并非酒话的话：不管我将来能出几本作品，所有的序言都非你莫属。他直视着我，眼睛瞪得挺大，半天没有回声。无论是惊讶还是重压，我无须解读，铁心地认定风雨不摧。我钟爱他的评论，更钟爱他给我的序言，我跳进他的文字长河里与他一同畅游，无论是惊涛骇浪还是涟漪圈圈，那都是发自灵魂深处的波动，为天地可表。避开个人情感与他的文化修为，我们饮水于一江，生长于一地，那种触根的同脉之源，无人能企及，不找他找谁呢？在写序言人的定位上，我不慕高阁，更不慕天仙，王新民就是我心中永不褪色的大师。

王新民出生在一个深具文化底蕴的故乡——大桥，这是他的幸甚！童年的文化熏陶，便是他成就人生的一抹最初的曙光。从小辍学劳动，为了生产队的任务和工分，他挑着粪桶去洪山菜队偷粪的经历，我早有耳闻。后来也许是一分惊蛰龙吟的春来，他走出了乡村，应运去县电力局上班，摇身一变成了工人。但路无平坦，水无波平的人生之旅，不会让他高卧于暖床之上。双脚穿着带齿的铁爪，爬上高可捉云的电线杆上作业，恐高的惊惧，总被生活的现实逐渐消化，慢慢地爬向人生的高度，掀开登高望远的眼界。面对自然养眼的美景，面对风吹草动的起伏，他一时心潮难平，诗意暗暗袭来。早从电力学徒时开始，他便在夜灯下爬格于长短分句的诗行中，是诗是话还是文，他分不清，只将满腔的思潮倾泻于纸上，越写越见光明，越写越具吸引。不停地耕耘，不停地浇灌，出苞的谷穗总会迎来金黄的季节。不久，王新民便成了大家心中的诗人，在国家的名刊杂志上，常有他的声音与身影，民众的评语中开始有了他的诗人称谓，自认也走入了诗行之间，心中原有的模糊视觉逐渐分明。后来到了报社，再进文化局，一步一步，不仅走上官员的宝座，更成了江夏文学的引路人。

王新民深具家乡情结，生于江夏，长于江夏，文学于江夏，成名于江夏。故乡之爱，故乡之情，终生不改，正如毛阿敏唱的那首歌，这是绿叶对根的情意。不管身在何方，他不忘家乡，更不忘家乡那些痴迷于文学的人。只要得知江夏有一个文学新人初出茅庐，他就备感欣慰，他向天祈祷，在中华盛世的今天，愿江夏迎来一个文人辈出的时代，群体接过历史之棒，为了让江夏从一个文化大区走向一个文化强区而不遗余力。无论是作品指导和发表，他随时愿与前来造访的江夏文人解惑，他总以朋友谈心的方式让人解除紧张的束缚，在完全释放中达到全真的交流。他热衷而无私地为故乡人的文学作品写序，几乎95%的江夏文学作品，都为王新民所序，在他的笔下成长起来的群体日益壮大。得知江夏近出的一个文学新星为脑瘫患者，他急不可待地亲临慰藉与辅导，并将他的作品逐渐推向全国文坛，让他旗下的新人迅速成长，这是王新民最大的文学期待。

王新民起步于乡野田陌，没有自然的基座与靠山，全凭自己的双脚前行，究竟能走多高或多远，他并无奢望，只求走出一路的风景，留下自己深深的印迹。朴素的人格，朴素的理想，自然天不绝路，花不绝时，人不绝情，文不绝智。我祝福他，也祝福自己，一样的勤奋努力，一样的春种秋收，一样的无为而作，一样的花红自染。上帝派我们来到人间，自有一番周密的安排。父母将我们带到世上，自有亢龙飞天的重望与秉祝。上不负苍天，下不负父母，自不负心智，唯有发动内在的引擎，以尽全能的马力驰骋，不枉一趟人生之旅，这让我不难在王新民身上读到自知熟悉的版图。

五　诗歌变奏曲

王新民不仅握有一支伏案创作的诗歌大笔，更是一位公认的临场发挥的高手。第一次聆听他即兴诗歌的记忆，那还是在游历三峡的篝火晚会上。其实，在笔会或采风的大队中，从不乏诗歌奇才和词章能人，但王新民每次总被众星捧月地推向群情振奋的峰顶，他不愿冷却众心之热，说来就来，张口即就。他挟着一缕和风吹醒雪薄天开，让诗意从枝头上嫩绿开去，一路的牡丹国色或藕荷出污，直达鹰飞草长的秋色之巅。在绵软的起伏中观月光静流，在奔腾的咆哮中听大河汤汤，让人在来不及转换的痛快淋漓中浸淫诗意的淘洗。像这样的场面经历，于王新民而言，早已不是两位数的记忆累积。假如能将这些即兴诗作收入文本，也许真能给他的作品增添几轮生命的细胞分裂。

王新民最初的文学创作，毫无疑问起步于诗歌，时至今日，不管是主席还是评论家的头衔，依然掩盖不住他的诗人气质与光环，在很多会议或活动的介绍中，著名诗人王新民，没有让一个到场的人有所陌生。因我文学起步太晚，真还没能尝鲜地读过他曙光初照的一篇诗歌作品（后来的知晓均获于别人的转述或阅读于他的诗集中）。那时的我，还重重地被生活负累所绊，与文学还没有半点撞击，更难说有邂逅之缘。早在伤痕文学之前，王新民的作品便在全国知名的刊物上露面或占据头条，文学的神圣感早已让他在人们心目中参天地高大起来。读到他的作品和耳闻他的消息，还是在二十一世纪初叶。那时，我们已双双抵达天命之年。早与迟的相识，自有天意安排，只要珍惜与把握，一切都为时不晚，任何责与悔，都无主承担，徒具呼号而已。为此说，我与王新民的相知相识，也许丝毫不逊色于某些与他同步于文坛的佼佼者。

在我的记忆中，王新民是一个新诗的时代高手，但于古代诗词他似乎没有过深的涉足与尝试，读到他为数稀少的古代诗作，则晚在去年的秋天。无须探问，王新民阅读与探究过不少古典诗词歌赋，从他的谈吐与作品里，不难感受到那些文化精髓的浸透，但读古体诗和懂古代诗是一回事，而评古体诗和写古体诗则是另一番境界。这如同某些著名的评论家一样，写起评论来可将作品剖析得深见其骨，容批判性、指导性、赏析性于一体，独特的文学观念让读者为之景仰不已，但自己却被禁于文学创作之外，甚至一篇文章也没写过。这样的现象并不奇怪，不管是爱好有别，还是时间所限，总之，存在就是道理而见怪不怪。

也许受江夏文友的牵动，也许是晚年触角的延伸，王新民近两年不仅仅洋洋万字于黄文超的诗词评论之中，还给帅业勤也写了一篇古体诗评。尤其是黄文超的那篇诗评，博大精深得让我不得不常低头沉思，有时还得借助《辞海》之力，真有一两处还当面请教过他。其实，王新民的作品风格和评论，于我并不陌生，第一次在黄文超的评论中让我遭遇打不开的文化之结，可见他下力之深，用心之致。帅业勤曾任江夏区委宣传部长，后任区人大副主任，黄文超由地方行政官员跃升为江夏常务副区长，两人谓之江夏的高官。当然，官再大我不慕，王新民更不慕，但为官之时不忘为文，还有作品结集出版，自令人刮目相看。尤其是黄文超，他读的书比我多，且记忆力惊人，有些经典章节均可一字不漏地背下来，我自认做不到。黄文超的古体诗词写得出奇的高雅与精深，为当代不可多见的伟岸之作，假如时光可以倒流，真可与李杜品酒论诗一回。也许，这就是王新民为黄文超书写巨幅诗评的燃点吧。不管王新民的评论多高或多妙，我绝不会感到突兀，无非是改革与精练而已，但他自己书写古体诗作品，真给我带来几分按捺不住的新奇。虽说新诗均脱胎于古体诗，但格式与语言几乎是解体式的革命。能写新诗的人，真不一定能写古诗，这如一个小说高手，不一定就能写得好诗歌与散文一样。

那年，琴台剧院落成，由一位副市长亲自牵头广征楹联与古体诗，王新民即将消息告知，并责成我尽快写几篇作品递上去，我不敢有负所托。大约十篇作品，后来有幸被选中两篇，王新民为我高兴，更为江夏人高兴。记得当时他对我说过，他不熟悉此行，从没写过古体诗和楹联，嘱我一定不能打浮漂。我相信他，没有任何必要对我刮来无雨之风。也许，那时的王新民，还无意涉足古体诗创作的尝试。读过王新民的古体诗，我感到一股突如其来的新颖。在一会儿的冷却之后我又想，王新民本该早写古体诗的，无论他的文化修为还是诗人气质，如与古体诗绝缘，无疑是一种遗憾。

六　相见不恨晚

黄自华，一个被刘心武称为“高人”，被王新民称为大手笔的评论家。不高的个子，略显瘦弱的身材，穿着极为简便，让人读不出一丝雅气，也没有落魄的酸味，生疏中横竖看不出一丝文人气象，王新民与他却是相见恨晚。黄自华与董宏量是同处武钢的文友，董宏量与王新民早有数十载之交，而王新民与黄自华竟然从未撞到一块。在王新民办公室的书堆里和书房的书架上，居然翻不出黄自华众多评论中的一本，连偶然的收悉与相遇也没有。王新民不解自嘲地对董宏量说，原来你身边还有这么一位评论高手，为什么不早早给我引荐呢？董宏量竟然调侃地一笑：以为你们早就相识，真不知，相识满天下的王大主席，今天也成了一个孤陋寡闻的人。淡淡的话语，淡淡的笑容，就像淡淡的热风吹雨，轻柔得让他们都笑了。这一切也许是天意所为，也许是时光捉弄吧。

王新民是一个热衷于评论并颇有建树的人，而黄自华作为武汉本土的评论家，长居于武钢，又是董宏量的密友，却与其疏于相见，近在咫尺而不相认，还差点与时光擦肩而过，生活真是有趣。读过黄自华的几本评论，王新民却怀有几分敬仰地称之为大作，这在我的感觉中极为少见。一个能被高手称之为高手的人，不难想象他独特的深度与广度。

我一气通读了黄自华的几本评论，没有一篇在选择中被跳过，发自心灵的青睐让我不忍释手，还有多篇复读。黄自华将莎士比亚、雪莱、雨果等众多天星级的大师集于笔端，毫不掩饰地发表自己的文化宏论，试想没有万吨级的货轮吞吐，哪敢试水远洋之渡呢？黄自华博闻强识于世界文库之林，鲜明着自有的观念与见解，数百篇文章没有雷同的套式与观点，更没有雷同的语言，尤其是那种博大精深的游历与自由掌控，让我由衷地叹服。在这几点上，他与王新民的评论自有异曲同工之妙。他们忠实于作者与作品，从不敷衍，那些发自内心的评语，直切入作品的核心，在飞溅的浪花之上与深度的旋涡之中，与作品一同奔流与撞击，天地自然，道法自然。他们的评论，在常见的鼓励中却没有虚伪的堂皇，给读者带来能量充填与航向指引，让被评者拥有醍醐灌顶的解惑与收益，感激之至如海潮一样涌动。

在黄自华的几卷评论大作中，在灿若星辰的世界文化名人之外，更不乏中华文坛上的巨匠，一串串显赫的名字，均在他无声的笔下发出有声的呐喊。无论是烈火金钢的锤炼，还是千年冰窖的冷藏，都能让其在作品中得到品质的飞升与苏醒。他品尝生活之味，吸吮文化之髓，洞测人性之根，墨舞大师之魂，无不精到得让人寂静于内心的雪崩，那种一丝不存的解构与铁流于火的熔炉，自觉与不自觉地将读者带入文化深渊而仰天呼号，痛极！快极！正如他的这种文风与王新民不谋而合，所以，晚见的遗憾与相惜，使他们冲撞出瞬即的共鸣而悠悠至远。

王新民的评论，没有游离于作品之外的高谈阔论，从不趁机晾晒自己的知识橱窗，那种隔壁听书的劳作，终归只能是害人害己。任何离开作品本源的浮夸，或一味拔高的冠戴，也许能给当局者迷的作者带来一时半刻的欢娱，但绝模糊不了旁观者清的天象识别。对文坛而言，永远不失顶端的手笔或名家，人间更有高明的读者与潜伏的大师。适当的鼓励与鞭策，对一个初入门的作者，确有呵护之德，一旦离谱便适得其反，除了伤害还是伤害。任何伤害作品与作者的言论均不可为，哪怕是一处灼热外皮的细微伤口也得谨慎避免，警钟长鸣的良知鞭挞，贯穿王新民文化之命的始终。

王新民的评论，从不拘西洋套式，更不走纯理论路径，情感便是他开锁的第一扇大门。在他的笔下没有人物的高低贵贱之分，也没有巨著与新作之别，唯有文化大同下的风格迥异。无论写人写事还是写文，他入情入理，入景入画，入心更入魂，那种深刻之度与细微之处，从不被文化的惊涛骇浪所淹没。王氏评论独树中国文坛一帜，在厚度中见温度，在高峰上见平川，在平易中见精粹，在美丽中见朴拙，为大众所拥戴与推荐，是我心中的至尊与至爱，是一块金不换的品牌。虽说这是我人微言轻的论说，绝非与人之近的偏私，而是对文化的一片赤诚，实可剖心见日。自从王新民与黄自华结识之后，相互的文化交织，使他们加快了携手同行的脚步，我相信，在丰腴的文化土地上，一定会健硕出更多的新品大作。

七　阅读与典藏

买书无疑为了阅读，但那些专业的收藏家除外。书买多了，读多了，说不定真会萌发一分收藏的爱好。珍惜书本，是文人的优点也许是缺点。在很多文人的书柜上都贴着一张“借书免言”的字条，为此，可能杜绝了一分书籍流失的起因，但对于那些借书必还的君子和有意借书的人，也许是一种无形的刺伤。在王新民的书房里，我好像也曾看过类似的字条。当然，我从没向他借过书，自信今生也不会，这并非受那张字条的约束，只是无意而已。

王新民爱买书，只要是他相中的书、朋友推荐的书、亟待阅读的书他必买。在如今宽畅的网络渠道之外，大凡像样的书市和书店，绝漏不过他光顾的脚步。每逢去外地赴会，在会间休息和散会后的闲暇里，他总不忘走进书店，常常一买就是几大捆，花钱比给孩子们买生日礼物还大方。即使是外出采风或笔会，他依然不忘买书，这就是他归来时带给家人最重的搬运礼物。那年我们一同去台湾，那天流程不紧，半下午回来，他即与董宏猷主席一同去了台北最大的书市。晚上回来竟笑眯眯地对我说，今天真买了几本好书，补偿了多年所愿。那分惬意为不爱书者无法领会。

王新民究竟读了多少书我不清楚，也从未论及与探询，但肯定比我多。吴松林老师生前曾对我说，他每天不读十万字不睡觉，不知王新民是否也对自己有所规定。十多年的接触，无数次的交流，还有一些激情的宣讲，自知他满腹经纶，除了生活阅历之外，一多半无疑来自书籍的阅读，绝不可能生而知之。尤其是评论，没有广博的采纳，绝难做到万彩纷呈的演评，更不谈一箭中的的精准。很多次没有预约的相会，一推门，总见他戴着那副抗疲劳的老花镜埋头在书页里，有时还禁不住对我们言说刚读到的精彩篇章。

王新民、董宏猷是我见过藏书最丰富的作家，书架总是围着书房四面到顶，并非单面一排。不管是搬家还是购置新屋，首选的就是书房，作家注定永远离不开书。人可以委屈地挤一点，但书籍绝不能，不仅为了秩序整洁与美观，还得为了即时的查阅方便。在王新民的记忆里，在纸坊体育馆对面那栋三层楼房里，那是他的书籍存放最为宽敞如意的宝地，八米乘四米的见方，今生恐怕无望拥有了。当时为调往市作协在汉口购房筹款，一时所需，竟将房屋廉价出手，至今想来还令他为此而悔得长吁短叹。生活总是很难让人老守旧室，王新民也搬过好多次家，每次搬家最难的就是书，不仅多而重，更费心的是必须自己亲自动手。一怕运输途中遗失，二怕包装时损伤，三怕杂乱中影响日后归类，他轻轻地将一本本书从书架上取下，再小心翼翼地分装进各个打有记号的纺织袋中。尤其是重新上架，非得他一人动手，没有人能帮他，分门别类地归档，局外人无法帮得上。每一次搬家，没有半月二十天，别想让书籍安静地躺下。他曾为此专写过一篇文章，让我感同至深。

尽我所知，王新民确有几分藏书之癖，他也确有不少好书，有些书籍不免拥有多套。为此我曾问过他，本来书房空间不够，为什么不精简同类呢？他一笑对我说，你根本没有认真看过，其实那些书均属不同的版本，看起来与读起来均滋味有别，任哪一套都不能少。假如生活只允许我仅留一套的话，我必定为那些不忍的舍却而落泪。比如《金瓶梅》，就有香港原版式的、传统老版式的，还有线装与胶粘本的区别，质量自有优劣，但感情难分高下。经他一番解说，我才恍然于初觉的解误中。即使是书房里早已显得拥挤，但王新民买书与藏书的热度依然不减当年，下次出差，他肯定还会毫不吝啬地掏钱买书。

记得还是在体育馆那套房子里，那天晚上，当我起身告别时，王新民竟对我说，如果明天有空的话，你再来家中一趟，今天晚上我清一下，想给你一些书。我竟一时为之语塞，真不知他是否一时玩笑于我。一个爱书如命的人，竟然主动开口大方以书相赠。不管是真话还是酒话，第二天下午我真去了。不等坐下来，他就将我直接领上三楼书房，确有一些刚从书架上卸下来的书靠在书柜边上，我一时为之感动。来不及检索书名，当即下楼叫了一台摩的，速将那堆书运回家中，生怕他一时反悔。在清理上架时，我一边上架一边查看，其中有《中国近代孤本小说集成》《外国禁毁名著精华》《世界禁书文库珍藏》《中国十大名著》《唐宋八大家》等十多套精装本。最令我亲近的还是武侠小说，金庸、古龙、梁羽生、黄易四大家的全套。我知道，王新民不大爱看武侠小说，而我的阅读多于从武侠小说起步，更存有那分不移的情感。他送给我武侠小说，令我猜想于情理之中，但其他书籍我就难察其理了。虽说至今我也没有细问情由，但那分忍痛割爱的盛情，则与我的生命同在。

八　男人的味道

烟酒茶，还有少不了的牌，这些几乎是男人与生俱来的专利，好像没有多少人不喜好，起码有一行或两行让人乐于其中。男人自有男人的味道，男人自有男人的偏爱，天性使然，生活所好，有时真可说是不为人的意志而左右。

尤其是烟，天下人都知道，吸烟有害健康，但文明之下，没有哪一个国家停歇卷烟产业，且价格和质量还一味地攀升，遍及于生活，疯狂于男人，效益于经济，它的存在似乎就像天雨天风一样自然。王新民的烟瘾算得上至顶的级别，每天雷打不动五包，无法精简，更不用说戒了。虽说他惯于从抽烟中获取生活愉悦，着实也为此遭遇过痛楚。他身体偏胖，特别怕热，夏季坐车，必将空调开到高挡，又禁不住烟瘾的侵袭，隔几分钟就得掏烟点火，而烟味又不可抗拒地与空调混合破坏空气，令人呼吸不畅。他一边抽烟，一边将车窗摇下，难熬的烟瘾和难憋的空气，还有难抵的热浪，三层夹击让他无可选择，吸烟止瘾，开窗换气，还得关窗拒热，一时间，他便成了车中自觉劳作而最忙的人。那年在一同去西欧的飞机上，真亏他憋的，虽说痛风行走不便，他却不停地在飞机的两边走道上来回硬走了十四个小时。我开玩笑地说，你就违规地抽一根，罚几千块钱完事，我看你太苦了。他向我摆摆手说，坚决不能抽，公共秩序必须维持，再说我已经有了两次违规记录，如有第三次，不仅是罚款，还得关禁闭十五天。前年他重病两场，住院时主治大夫告知，继续抽烟势必严重影响他的健康，甚至是对生命的戕害。出院后，他确实停了一段，但他的思维似乎随着戒烟而凝固。他不仅写不了文章，而且难与人交流，转头就忘了刚才对方的话，呆滞间无异于一个废人。也许，他那些经典的文章源自于烟雾的冲击之下。烟于他而言，究竟是益是损，无法判定，起码，不抽烟，他的灵魂就如出了壳一样。于是，王新民又点燃了离不开的香烟，而且再也没人阻止，他这一生，已注定与烟绑在一起。

提到烟，不可不提到王新民的酒，在王新民的人格魅力里，总散发出几分挥不尽的酒气。在他年轻的岁月，酒气与豪气令人至今滔滔不绝。很多人说，从酒品中看人品，对王新民的酒品与人品几乎没有人投反对票。中国是一个生产名酒的故乡，贵州的茅台曾让初次来访的美国总统尼克松倾慕不已，曹操不也未拿一分报酬地为杜康作了千秋广告吗？李白举杯邀月的浪漫，关云长温酒斩华雄的气概，樊哙带着酒胆豪壮于鸿门宴上的史记，无一不是酒的美谈与壮阔。有一种理由令王新民不能拒绝，为了天地男人，喝！自从人间有了酒，男人的体内便开始流动第二种血液，它在灵魂的沟壑中冲击溪流的唱响，轰然出直扑江河的气概。项庄舞剑，孟德煮酒，黑汉烈马，葫芦酒唱，美哉，壮哉……真不知在酒里酿出多少词章诗篇，更不知熏染出多少英雄豪杰。王新民与酒的深情具结在男人的阳刚里，虽说受身体所限而不得再豪饮，但那种润骨的感慨早已奔流在他的极品诗作中，永不凋谢！

酗酒对人无疑是一种伤害，但少量地饮用，则有利而无害，李时珍也将酒用作某些中药的引子，所以，中国一直拥有诸多品牌名贵的药酒。饮酒主要难在量的控制上，只要一端酒杯，强劝的大有人在，还有为数不少用感情或地位叫板的人，不喝真还不能下地，虽说心有拒绝之感，但在强烈的刺激之下，一经血气方刚，又见一杯底朝天了，这就是男人。酒也确与人有益，也许，一杯酒和解了矛盾，一杯酒疏通了关节，一杯酒结下了知心朋友，一杯酒鼓足了男人的勇气，一杯酒萌发了创作之灵……

我无意为酒和男人说话，亲身的经历和感受，确有写真的事例与价值。王新民对酒没像烟那样欲罢不能，现在，他控制得相当好，喝白酒的时候极为少见，红酒也只是有时意思一下而已。虽说他与酒的热恋已成明日黄花，那份深沉于血液中的热烈，早已被健康需求所剥夺，但禁不住的思潮回流，时常将他带入曾经火红的岁月。他深深地感叹，年轻真好！人为什么不能像天那样，在不老的日出日落中青春永驻。难怪具有调集天下之能浩荡出长城的秦始皇，也伟大不去长生不老的奢望。王新民没有那份企求永生的童稚，却也偶尔萌生晨雾般的愿景：只求让我的人生拥有能烟能酒的那份自由与吞吐，任他日月长短也不在乎。有情亦无情的上帝，竟吝啬得不舍一分赐予。

前年夏天，我与黄文超一起去市作协看望王新民，好一段时间未面，确有几分相见的迫切。午餐前，我们从车上拿出两瓶茅台，准备慰劳一下相互的饥渴之饮。因我病后不宜多酒，王新民的身体状况也不允许，大家不约而同地说只开一瓶。一瓶酒开开，大家一分，王新民最少，我居第二，黄文超最多。没有想到的是，一瓶酒过后，也许受文化与情感的双层火烧，王新民竟然提议再将第二瓶打开，无论年龄还是资历，我都无否决权，只有接受的份儿。结果，三人平分秋色，王新民居然一滴不剩地量杯了。酒后，大家相视而笑，分不清惬意中有几分为酒酿造，只知时光全被快乐感染。人说，酒喝的是身体和岁月，依那天的情景而言，更该说，酒更喝的是血气与心情。

虽说打牌并非王新民的重头爱好，也可算得上几分喜欢。贾平凹曾说过一句很经典的话：我只有在写作的时候才忘记打牌，也只有在打牌的时候才忘记写作。也许，牌桌是一处让文人拥有共通之好的场所吧。王新民打牌从不计较输赢，那份获得金顶的感受，即让他疲惫顿消，精神陡长，一个个快乐的烟圈从他的口中吐出，弥漫于满室的消散。打牌是一种难以替代的刺激，在中国传统文化中，任抹也抹不去那份天赐于男人的爱恋。每逢节假日得知王新民回江夏，他总忙在接听一个又一个打进来的电话里。朋友们都想跟他聚一聚，搓半天麻将，喝几杯烧酒，释放一下工作之劳，回锅一下久别之念，满屋的热烈，直让人忘却室外是日是夜的轮转。

既有酒的倾泻，不能没有茶的内敛，茶在王新民的生活中，是一件最为温和而又无人反对的雅事。他天天喝茶，对茶的味道和品种也极具鉴赏之能，茶一入口，便与感受阴晴雨雪一样敏感。但他对茶的要求与挑剔，生活中可随遇而不苛求，好也喝，坏也能喝，但他招待朋友必定拿出精品。在他的书房里，古木的茶海，细瓷的茶杯，还有紫砂的茶具，都不止一套地陈列于柜中。每当写作之后，他必烧一壶开水，打开那个精致的木茶盒，泡一杯金骏眉，以慰劳一下疲乏的身躯，在醒脑提神中让自己再度鲜活起来，尤其想让思路畅达无阻，抑或产生新的观念与创作冲动，使之不倦于奋斗与拼搏。与朋友喝茶则更让他爽心动情。王新民熟悉泡茶筛茶的程序与技巧，早将紫砂壶淋浴出生命的光华。手捧着小小的茶杯，一闻三品地浅尝细韵，将生活与文化一同融入茶叶里，享受着那一片片生长于高山云雾或名溪花畔的绿色精灵之汁。绿茶润心，红茶养胃，黑茶提神，他一一体验。不管是大红袍，还是铁观音，尤其是曾经一度被炒出天价的普洱，他没有遗漏地品尝过。王新民羡慕日本人对茶道的虔诚，直把来自于中国的文化发扬光大。作为一个中国人，特别是一个中国文人，不喝茶无异于对中华文明的践踏，所以，他的手中时常捧着茶杯。也许在奔忙一天归来，也许在伏案而书的夜半，为自己煮一杯茶，静坐于藤椅间，看窗外飘来的绒绒月光，感受发梢微动的淡淡清风，今夕何夕，诗乎歌乎？

如今，著作等身的王新民，于文学的贡献，令他无愧此生。我无意对他出版的众多文学单行本叠加叙述，却早已沉酣于他两套四卷本的大部头里难以梦醒。尤其是后四卷《心域高原》《煮诗养心》《文化冷暖》《书中乾坤》，似如四座文化城堡，凝聚了他对人间风雨阳光的冷暖真情，解惑了他对世事万物的深切妙悟，成就了他对古老和新潮文明的独家学说。他的长篇小说《梁湖游击队》早已改编成电影《湖杀令》，于 2016 年正式上映，现已在各大影院热播，前不久，还从影界传来海外转播的消息。王新民无疑握紧了那支文学巨笔，纵情挥洒滚烫的心血和思想光芒，用超越凡胎肉体的熔炼，让其纵横于沧海桑田之间。他的著作不流于市场铜臭和世俗气派，却根深于读者崇尚和心照。任何一部能让读者无丝无挂地沐浴其间的作品，堪称不朽的灵魂之作。

将我和王新民的相识与相交流于笔端，为我早前愿望，唯恐笨笔难以写真，所以一直束之高阁。不想，今天终于难抑冲动，便欣然动笔，任凭质量优劣，只凭无愧于心而发声肺腑。任何文章或语句，只要是真情感叹，总会散发生命的体香，在感动自己之时抑或可存感动他人之德，有何顾忌呢？所以，心中一时阴霾尽散，阳光之下任我自由行走，随心问情山水，任意飞花摘叶，做一回心无羁绊的散人，优哉游哉地快活一次。虽说该文多限于我和王新民个人之间的交往与撞击，但毕竟广义于世事与文风的链接，诸多益人之事而不乏动人之处，在带给彼此暮年回顾的慰藉中也可以飨读者，值得一书。

初探虞小风

一个偶然的机会，与一位著名的指画家邂逅，触摸到曾经辉煌的“江夏画派”的历史源流，那种艺术的光照和地域文化的荣耀，使人心动不已。他深居江夏腹地，默默地耕耘于水墨之中，常于一室宇宙，仅凭指掌打造乾坤。他坚信江夏画派的精神不灭，期望重塑江夏画派的丰碑。他是一个怎样的人，与江夏画派的渊源究竟有多深……我带着一长串的问号，走进一座神秘的殿堂，走近那位神秘的画家。

一　自然与人文的融会

2009年2月25日，阴历二月初一。

受区委宣传部张敏部长之邀，与区文联的蔡主席同行，前往探访指画家虞小风。为了实现虞小风继承江夏画派而扎根江夏的愿望，早日接受他的艺术品捐献，张部长邀请区政协的陈德义同行。以陈主席的作风与魄力，此行必有助于实质性的推动。

弘扬地域文化，打造文化品牌，推动经济发展，是江夏区的一项中心工作。近年来，由区委宣传部和区政协联合推动的几项庞大的文化工程，轰动极大。比如“天下黄姓出江夏”，世界黄姓恳亲大会，将于今秋十月在江夏举行；比如“谭鑫培公园”（占地1470亩），第一期工程定于今年五月竣工，届时将有谭派嫡系传人三代联袂出席公园揭幕。中国当代京剧名家代表团，将在武汉剧院连台演出谭派京剧代表剧目，以答谢江城父老。

虞小风静静地站在门前，两手轻握平收腹前，略为凸起的颧骨，沉静中透着坚毅，一对深陷的眼窝，使冷峻而睿智的目光更具射程之远。他头发后梳，一绳捆出艺术家的风流。我和政协的王主任，还有拧着摄像机的赵女士，一一被主人让进园中。一脚踏进那扇黑色的铁门，阵阵墨香悄悄袭来，似海一般地无边无尽。

这是一栋四层楼的别墅，坐南朝北，偏西八度，位于江夏大道西侧的创业农庄里。小楼外观为中西合璧，内室庭院一应明清风格，白墙黛瓦，古色古香。一座汉白玉石碑，竖立在进门的右手，入园即见方毅题写的“中国手指画”几个大字。2004年，华国锋观赏虞小风的《松鹰图》长卷之后，欣然提笔疾书“英雄图”。黑色的石碑，金色的字迹，几缕光芒，几许春色，相互映照。只是那尊清泉之旁的白玉佛首，慈眉善目一任春雨飘洒。

我们随主人步入一条碑廊，廊壁上的题字闪烁着一个个耀眼的名字：有佛教界泰斗赵朴初；有四大家族中的陈立夫；有吴昌硕之孙（著名书法家）吴和郧；有荆楚名家周韶华等等。长长的碑廊幽然婉转，沉浮的脚步让人在诗画间流动。园中花木品类繁多，有红枫翠柏，有梨花与枣树，松竹梅荷应有尽有，其间密中有疏，疑似一片苏州园林。出碑廊不远，一块重达十余吨的巨大灵璧石，不禁让人勾起火山熔岩与海水冷浸的奇妙遐想。正当沉迷之际，耳旁竟传来潺潺水声，清风吹拂难止前行。只见古井旁一口明代铸铁古钟高悬其上，如得闲暇来此敲钟击水，不知可得何感想。

一座不足十亩的私家庭院，路游却有些时光，我突有所悟，愿被景色所牵。文人自有文人的喜好，艺术自有艺术的追求，一样的玉树琼花，但笔墨自对松竹梅荷情有独钟，千古咏叹写不尽的风雅。仰松而钦品，遇竹而劲节，只是梅花已随寒流去，留下一丝来年的期许。站在荷池边，只因春来不久，远夏未到荷花时，什么“千瓣莲”“临风露”“贵妃出浴”等珍品都深育泥间，难让客人欣赏那抹不染风尘的绝色，主人似有一分歉然。

临近山房，眼前出现两道山门，一为“小南门”，一为“禅缘山房”。山门两边各书一副楹联：“素杯小壶能得道，看破红尘见枯荣。”“指传心迹俯拾率意成妙趣，墨洒江天纵横淋漓见真情。”深感主人禅心一片。从事艺术的人，要走得出去，又要沉得下来，于是，虞小风借助佛光荡涤心尘，使作品具结清净无华之美，使鹰击长空而无唳气。所以，他既植松又种荷，以柔克刚，出淤泥而不染。面对这一园的风水与文化，心底清净如斯，一颗心奇妙在佛境中飘流。带着无尘的淡定，于那尊卧佛前一笑哑然。

幽静而谐美的“禅缘山房”，似如一叶扁舟，横渡于自然与历史的河道，与千古诗文的江夏一脉相流。它承载昨天的文明，驶入今天的画卷，向着明天远航。

二　指画与古董的光华

“禅缘山房”为中国指画馆和中国指墨画研究院所在地，一屋多用，功能兼备，上下几层，层层递进，有画室、陈列室、收藏馆、茶舍，有指画、国画、书法、古董、化石、紫砂壶等。因高效利用，隔间诸多，楼上楼下不停地转换，似乎一座宝窟，又像一座迷宫。虽说也曾看过指画作品，均止于一两幅而已，今天可是大开眼界，贪婪地浏览，使我常常落单而被人传唤。

在一幅“松鹰图”长卷前，我一时钉住脚步，一入画即被那种气势所震撼。一群雄鹰散落苍松之上，无论是静静地抓握，还是振翅欲飞，它们眼视前方，浑身鼓满斗志。那一棵棵高大的树干，一根根刚劲的枝条，一蓬蓬如针的松叶，都赋予了鹰的力量。松鹰相拥，一静一动，同构天地间一股英雄气概。倏忽间，视线开始模糊，雄鹰似乎都变成了虞小风的模样。于是，我正视了虞小风好几秒钟，越看他越像鹰了。虞小风赞许地对我说，你真还看出一点道道。却原来，雄鹰果然是笔者的化身。虞小风最长的一幅松鹰图 168 米，画卷就在近前的青铜五牛双耳鼎中。假如不受时间和空间所限，真想打开那幅长卷浏览其间，饱受一阵书墨浸染。虞小风将我们带进紫砂壶的陈列室。一排排紫砂壶大小不一，形态各异，色彩有别，号称千壶之数，有如一支庞大的古代军队。尤其那只大壶，它独占一室，只不知是否宜兴的极品，思路不免为其大小所迷。大的能吞平湖秋月，小的微有露滴之容，于这大小之间，谁能穿透迷雾，去破解艺人最初胎动的奥妙呢？虞小风常在闲暇或困惑之时，面对这些紫砂壶一待就是半天，无声的紫砂总能让他平静。常常在静极之后，便是一场思绪的洪潮灌顶，直冲出比紫砂壶还清晰的影像，一件充满灵性的作品便应运而生。

比紫砂壶更为遥远的还数那些无法辨清年代的陶器，好像有马家窑的，有战国的，还有仰韶时期的。面对古老的陶器，我无法进入时空隧道，唯有痴情一片。是怎样的一滴泥土在艺人的手中抟转，是泪水还是笑声，成就了这件凝固远古时空的文明呢？看着陶罐，我跟虞小风开玩笑地说，你这些陶器幸好没让贾平凹看见，只要他看正了一件，如不弄到手，平生绝不罢休。否则，他天天来拜访，直到你不得安宁。

那块鳖化石黑中透亮，我忍不住伸手摸了摸，怕一不小心弄落于地，才没敢拿起把玩；日常看惯了鸡蛋，那枚鸵鸟蛋有如蛋中之王，只是涂抹的花色与画更近；一枚灰土色的恐龙蛋，将我带得更远，只可惜唯独一枚。不知这些古董是历史注定，还是随缘飘泊？它们究竟走过了多少亿年的期盼，经过多少双手的传递而远嫁江夏。这些似乎都不重要，而重要的是，它们即将永久地定格江夏，与这满室艺术品依然同处一馆光华。也许，这是物得其归，苗根沃土吧。

虞小风执意给每人画一张微型指画，我高兴得有点露于形色，并非为了即将获得一张画。第一次现场看人作指画，一睹画家风采更可满足好奇。虞小风衣袖一卷坐于画案前，一滴墨汁点于胶片之上，几滴清水淡洒于旁，晶莹中满具跃跃欲试之感，也许，墨水皆灵吧。一张手掌般大小的白光纸片，反面印着虞小风的指画简介，一张精致的艺术名片，只待这画面落成。他用右掌边陲将墨汁蘸起，在清水里轻揉几下便画开了。掌缘轻按纸面，几拖几贴中一幅山峡风光便活了。画中有陡峭的石壁，有茂密的森林，还有流泉飞瀑……张张景色各异，处处风光不同，不到五分钟画了八张。大名一签，印章一盖，作品即大功告成。假如不是当场，即使想象再丰富的作家，恐怕也难描绘出他作画的手法与神态。

一张墨迹馨香的微型指画，却渗透着几分古典之气。然这艺术于古董收藏，一如千秋旷野中的长明灯盏，将时空照出万道光芒。没有几分对历史沉淀的追思和敬畏，恐怕难有这般气定神闲的观照。随心所欲地将乾坤荡于指掌之间，这是来自何方的修为呢？走出画室，我依然沉浸在满室的画卷与古董之中。

三　历史与今天的选择

在“禅缘山房”的后花园里，竖立着三尊全身铜像，中为高其佩，左为潘天寿，右为虞小风的父亲虞一风。如此三尊铜像，与主人的艺术人生有关，更与中国指墨画有关，在虞小风的心中，这是一条不能切割的连线。

指墨画，又名指头画，简称指画，是中国画中以指代笔为方法的特种绘画形式。中国现代指墨画，以虞小风为代表的庞大群体遍布全国各地，一批指墨画精品，颇为业内人士赞赏和民众所喜爱。对于中国指墨画的起源，却众说难归一统。有唐朝张璪说，有明朝吴伟说，也有清朝高其佩说。根据虞小风多年的研究，他的意见即为：先有明朝的吴伟对画种的启蒙，后有清朝的高其佩对法则的完善，再有潘天寿将其推向了高峰。沿着虞小风的这一论说，我们不妨作一回中国指墨画传承与发展的脉络梳理，以供百家争鸣。

据唐朝张颜远《历代名画记》中记载："盛唐时期，有一位毕宏，官京兆少尹左庶子，是当代擅画古松的名家。杜甫曾为他作过'双松图'。""当毕宏看到张璪画松时大吃一惊，因为张璪唯用秃笔，或以手摸素绢。便问所受，璪答道：'外师造化，中得心源。'于是毕宏搁笔。"关于张璪手摸素绢，使毕宏甘拜下风的故事流传下来，人们便以此视作张璪开手指画先河的史说。可惜的是，张璪没有任何画作传世，无一人看过他的真迹。所以，仅凭一句言说，很难坚定张璪为指头画创始人一说。

吴伟，字士英，又字次翁、小仙，今武汉江夏人，皇家画院待诏，明孝宗时御授锦衣卫百户及“画状元”印章。他精于山水及白描人物画，健壮奇逸的笔墨风格，广受画界重视，追随者众。有一段故事说，吴伟平日好酒，一天正在酒醉之中，忽奉皇帝诏令入宫作画，醉醺醺中不竟跪翻了墨汁，便信手涂抹而成画，当场博得宪宗皇帝的称赞。《灞桥风雪图》现藏于北京故宫博物院，该图为一传统绘画题材。还有一次朋友聚会，他摘莲蓬濡墨汁印于纸上，一阵点点戳戳，片刻之间，一幅捕蟹图便跃然纸上，使大家惊叹不已。吴伟性格豪放，其画风笔势飞走，乍徐还疾，倏聚忽散，属江夏画派代表人物。吴伟当着皇上以指作画，还有朋友家摘莲蓬作画，这些都是开指画先河的写照。虽说后来他没有将指画当代表做打造，但于指墨画的启蒙，是无可置疑的。

高其佩（1660—1734 年），继父爵位，为知州右侍郎都统，年轻时就是有名的画家。有一天，高在房中午睡，忽闻一白发老人喊他，迷迷糊糊中，他跟着老人走进一座古老的土坯房中，忽然老人不见了。高其佩却看到一屋壁画，技法新奇，幅幅精彩，这让他兴奋不已。他想把这些画临摹下来，却没有笔墨，恰好房中有一盆清水，便用手指蘸水在地上临摹起来。也不知过了多长时间，有人呼喊才从梦中醒来。回忆梦中的情形，他赶忙找来纸笔依形而画，却无论如何也画不好。忽然想起效仿梦中以手蘸水作画，竟然画得得心应手。自此，高其佩便专心研究指头画艺术，更有很多画作传承于世。

在高其佩去世 163 年后，师承其指墨画的潘天寿诞生。潘天寿（1897—1971 年），浙江宁海人，原名天授，号大颐，别号雷婆头峰寿者等。现代中国画艺术大师，杰出的教育家。他精于写意花卉、山水，偶作人物，兼工书法，对画史、画论、金石、诗词都有精湛研究和独到见解，对指墨画的发展，具有卓越的贡献。他的指墨画吸收和继承了高其佩的艺术特长，并有所发展，将指墨画推上了一个历史高峰。在中国画坛上，潘天寿的指画艺术至今依然占领着统治地位。

虞一风（1916—1986 年），虞小风之父，中国手指画研究会创始人，号四明一风、白云老人。虞一风穷毕生精力，致力于中国手指画的创作与研究，并为此做出了不可磨灭的贡献。他长期为中国手指画的继承和发展而奔走呼号，最终倒在了画案上。

前辈们虽说早已牵着时光之手远行，但他们的精神还活着，艺术春秋古而不灭。父亲去世后，虞小风痛定思痛中用石膏将父亲的面像脱模，后用金粉涂刷，于是，他便能常见父亲真容。虞小风决心传承父亲心爱而未竟的事业并发扬光大，自此，他开始了手指画创作。历近三十年的努力奋斗与潜修，虞小风的指画艺术日臻精进，影响越来越大。湖北省美协主席，著名油画家唐小禾夫妇几次对虞小风说："你的油画色彩感觉很好，你应该到学院去，如果不画指画而画油画，你一定会成功的。"为了当年对父亲的一句承诺，虞小风便注定以生命为代价而献身指画。他无愧于艺术，无愧于父亲，无愧于时代。

在中国指墨画创始与传承之说上，虞小风赞成"吴伟启蒙了画种，高其佩完善了法则，潘天寿推向了顶峰"一说。既然历史让指墨画诞生，时代又给了指墨画以空间，大家就有责任推动指墨画前行，为艺术而奉献。我不禁感叹，虞小风之所以选择指画为此生的追求，是因为他想高举"江夏画派"的历史旗帜，在时代的天空飘扬。

四　楚人与楚地情怀

虞小风，1949 年生，祖籍宁波。历任中国手指画研究会会长，《中国指画》主编，中国指墨画创作院院长，中国指墨理论研究院院长，中国指画馆馆长。他的指画作品早已走出国门，远销许多国家与地区，并常去国外讲学。

虞小风的童年并非十分幸福，从小跟母亲一起生活，打记事时就没有父亲，母亲从不与他提起，他也从没问过。依稀记得家里曾几次来过一个高大而陌生的男人，总是来去匆匆，每次到来，都塞给母亲一沓纸样的东西，大约是钱吧。直到九岁那年，那个陌生男人突然又来了，他把小风带到一个很远的地方去向妈妈告别，而且不知什么原因，小风被告知见面时不能喊妈妈，从此，他便失去了母爱。虞小风跟着这个男人，离开杭州到上海，再到武汉辗转青海。后来才知道（父母在他两岁时离异），那个男人就是他的父亲。

虞小风一边读书，一边跟父亲学笔画，真正画指画，那是在父亲去世以后。他在青海待的时间不长，主要在武汉生活。他熟悉武汉，热爱武汉，喜欢看长江的浪花，会说一口地道的武汉话，爱吃武汉的一些传统小吃，于是，他为自己起了个笔名——楚人，几十年不改。尤其在《长江文艺》工作的漫长岁月里，成就了他的文学积淀，成就了他事业理论的研究，他感谢《长江文艺》对他的培养。

人生几十春秋，虞小风一直为艺术而行走，坚持在行走中认识，在认识中思索，在思索中提高，在高度的达悟中，创造的灵动时常直扑而来，这就是他的作品呈现灵性慧根的原动力。走近画堂中那幅中国地图，追寻虞小风的行走足迹，那些用笔墨勾勒的线条，任你纵横驰骋，却不会有迷途之旅。无论是自驾旅行，还是登机穿越，一百几十座城市，缔结成智与力的一幕蛛网。他的心则蛰守在网的中央，只要一丝有触，便满网皆动。在多年的行走中，他用智慧之手去触摸民族文化的根须，用心灵之躯去泅渡大汉遗风的荡漾，在艺术中尽力解除世俗的束缚与包装，寻求精神品格的华光照耀。虞小风不怕吃苦，有时自驾车连续二十个小时马不停蹄，几次与死神擦肩而过，每每又逢凶化吉。他的个性鲜明，是个“不理旁白打天下的人”。有人说他是疯子，偶尔还有人喊他虞疯子。每次采风回来，顾不上养精蓄锐，便一头钻进画室里，摊开纸便作画，他要让一路的民情风色在纸间起舞。只要手一沾墨，便一掌乾坤，万物皆灵，横行竖走，点染成精。

每当一门艺术进入无我境界时，那些超群的作品，只有风格之别，而难有高低之分，无论是春是夏，无论是光是色还是线，同具生命感染，那种驱散迷雾的启迪与海浪触礁的印痕之力便隐含其中，这就是艺术的魅力与价值追求。不管作品已被多少人崇尚，不管作品价格怎样飙升，不管坐镇中国手指画研究会会长的时间有多长，在虞小风的心中，从没有凌驾他人之上的感觉，只有前进的目标与期许。只要拥有大山风骨的坚韧，只要拥有大水海洋的远流，在坚忍中磨砺，在远流中冲击，那种顽强于人类劣根性中的暗室，终究被自然的灯盏亮堂。

虞小风怕大家累了，便礼让我们走进茶室。清一色的紫砂座椅，不知价值几何的紫砂名壶，上等的铁观音，只是茶樽却是白瓷的。他将开水倒入一个装满茶樽的大器中，再用一个像夹子一样的东西，将小小的茶樽一个个夹起，将樽间的水接连朝壶盖上浇淋，如此几遍樽净茶开，便开始轮转筛茶。小小茶樽一樽三品。每当这样筛茶，必有大片茶水洒泼。那座巨大的紫砂茶海，像一座半山峰里宽出的一块平地，它将所有洒泼的茶水一并吸收，沁入茶海之内。喝了一泡铁观音，虞小风又劝我们再喝一壶灵芝。我笑着说，真想让我们长生不老啊。大家都笑了。

五　落根与传承的远思

一边喝茶，我们一边聊天，虞小风又说起了他的父亲。他父亲早年同潘天寿大师一起研习指画，然社会影响还有一段距离，这对虞小风来说未尝不是一件好事，距离就是空间，这是父亲留给他的。虞一风的画本来可以画得更好的，只因儿子当时缺乏对指画和父亲苦衷的理解，将好心的劝慰弄成了无辜的刺伤。当虞一风的指画艺术进入巅峰之时，画界里好多人劝其出国闯荡一下。虞一风却深深地一叹说，我连家门都走不出，哪还有心思走出国门呢？于是，他的父亲一直未出国，对艺术而言，无疑是一种伤害。因指画别于其他画种，只要现场作画，势必引起围观，难免不抢占风头，遭人嫉妒则很自然。当年误解父亲出多了风头的虞小风，现在才知难避嫉妒的痛苦。所以，近几年他搬来江夏，尽量深居简出。

虞小风突然话题一转，又谈到了江夏画派。虞小风不仅深爱指画，连风格也崇尚吴伟。吴伟当年远出浙江而打造江夏画派，虞小风生于浙江却钟情于江夏，决心重塑江夏画派的光辉，也许，这一南来与北往便是历史的对接。所以，他决心将现存所有的艺术品捐给江夏。为此，他谢绝了家乡，谢绝了朋友，谢绝了许多优越的条件，一心落根江夏。他计划在江夏创办江夏画派中国画院，建一座手指画博物馆，这都需要空间，更需要地方支持。面对虞小风满脸的期待，区政协的陈主席一笑说，好！我今天就带你去看一个地方，如果合适，一切都好商量，你要相信，江夏的未来肯定会崛起一座像样的指画馆。

虞小风天生感觉与佛有缘，一直崇尚佛家出世的物我超然。他追求动静双修，既拜佛于庙堂香火座前的如来，又问佛于人间语音下的赵朴初，从不依赖与期求佛对灵魂的拯救，只求佛光普照下的自我空明。正因有了一颗佛心，虞小风才看破对财产的拥有，愿将那一屋价值连城的艺术品一并捐给江夏，并得到了家人的大力支持。虞小风曾对收藏界的朋友说，一个人不必也不可能具有对财物的永久权，只要曾经拥有过就足够了。

虞小风真是一个怪人，对他的捐赠，起初我确曾产生过一丝疑虑，找不出动机，也找不出情感的支点。通过两次接触，我信了，信了他超人的思考，信了他对艺术的虔诚，信了他对财物拥有权的淡化，信了他对江夏的情感。自从谢绝了所有人为他修建指画馆的邀约，自从迁入江夏八年以来，他一直在默默地等待。虞小风说，有一个易学大师去年底对他讲，你的时机来了，天时、地利，人和，一切都有了。那个大师还真准！今年的春天真好！机缘与奇迹都在生长。

虞小风有些激动，他想到那些多日不见阳光的画卷，再不会蜷缩在梯间里。他为那些古董和化石而祝福，有了宽敞的陈列，有了频繁的展示，有了远古与时代的交流，古董才有了新生，千万年陈封的历史，便有了今天的话语。他似乎想到了指画馆的展览与常日交流，他想到了明年的“第十七届中国指墨画展”，也许就能在江夏召开，他想到了江夏画派重新崛起，他还想到了指墨画的江汉朝宗。他越想越多，越想越美。

我们站在文史馆楼顶上，极目远眺，雨雾中的黄鹤楼更具缥缈之美，明净的汤逊湖与春风一起掀起浪花。我不禁想起《岳阳楼记》，想起《兰亭序》，想起《清明上河图》，心中止不住欢呼，春天你好！

粗壮大手人生路

认识熊家润，是从他那双手开始的。

那是一双令人难忘的手，为我平生所仅见。他的手掌特别宽大，骨节特别粗，肌肉特别紧，手指特别壮，节节凸显而外鼓，如果插入泥土，说不定真能长出十棵大树来。他将双手径直伸到我眼前，索性让我看个够。他平摊手掌，指与指之间无法并拢，一道道天光穿过缝隙直落地上。古话说，指缝宽的人不聚财，这句话确证了熊家润的理财人生——只图收成不谋积蓄。为了事业，为了家人，为了朋友，为了善举，他毫不吝啬掷手挥金……

1935年（父亲38岁），熊家润降生在汉阳门一个平民家里。熊家润祖籍鄂州，爷爷去世得早，九岁的父亲，随嫁汉的姑姑进汉口老通城饭店当红白案学徒。老通城豆皮，武汉几大品牌小吃之一，为南来北往的食客青睐。熊家润的父亲勤快灵活，很讨师傅喜欢，手艺得自真传，出师后被老板留在了老通城。1938 年年初，熊家润又有了一个小妹妹。他并非家中的长子，前面几个哥姐均因病不治而夭折。父母的伤痛，直到他和妹妹相继平安出世而得到些许慰藉。虽说一家四口仅靠父亲一人赚钱养活，但平常人家布衣粗食，倒也过得安稳。可恨的是，卢沟桥上的一声枪响，强盗的铁蹄自北而南地践踏中华大地。1938 年，保卫大汉口的中山舰，惨遭敌机轰炸沉于金口长江水域，武汉城中夜夜枪炮声不断。熊家润的父亲一担箩筐挑着儿女，逃往黄冈的二舅家躲避战祸。二舅家田少屋窄，生活难以为继，1939 年年底，他的父亲依然一担箩筐，将儿女挑回了大花岭的毛巾沟（今江夏大桥新区），投靠早前在此落根的二叔和细叔（熊家润父亲堂弟）。叔父两家只有三间茅屋，三家人住在一起特别拥挤，不得已又搬去了三伯家（熊家润父亲堂哥）的肖家墩。三伯便将自家的屋基让出一块，找村民们说情，在山上砍回一堆杂树，两边斜着一靠，搭起了一大间鸭棚式的茅屋，猫着腰进出，用缸灶烧火。小小的熊家润，第一次住进了属于自家的茅屋，梦中竟婪婪地说着梦话——我有家啰！

虽说从黄冈回到了武汉周边，父亲却没敢回老通城重操旧业。城里到处都是日本兵，他们杀人不问理由，扳机一抠，刺刀一捅就结束一条人命，母亲死命不让父亲进城。日本人却来乡村较少，穷苦人家总还图得一个安稳。他的父亲从小没种过田，只好跟着堂兄从头学起。秋冬时节，别人下湖挖藕，他父亲不会，便卖力帮人当搬运。他将两捆莲藕用绳牵套在双肩上，猫着腰匍匐在湖泥上，直将双手当脚，在漫至腰间的烂泥中艰难地往岸上拖，沿途荷叶杆上的尖刺，将双脚划出一道道血痕，以此来换取别人以藕回赠的报酬。

因父亲不熟农活，家计难为，便将年少的熊家润过继给膝下无子的三伯。伯父对他十分疼爱，常常让伯母背着他，每次外出喝喜酒，都带他去饱餐一顿，还将他送进私塾学堂，聪明的家润，两年半便读完了“幼学”。命苦的家润却好景不长，八岁那年，伯父一病不起而逝。一向心狠的伯母，再无伯父拦阻，家润一天不挨打都是奇事，每晚睡觉，伯母用手狠狠地将他身上揪出一个个青紫色的包。那天，正月十五，伯母和抱养的姐姐还有隔壁的一个侄女，三个人关在屋里吃用火钳烤香的糍粑，阵阵外飘的香气让小家润馋得直流口水。等她们吃饱后，伯母开门递给家润半碗寡水一个汤圆。他含泪吃了那个汤圆，顺手将水泼了，竟然惹怒了伯母，她拿起擀面杖，劈头盖脸就打。她一边打一边骂：“老娘一个孤寡人，还要背着你这个拖油瓶，那好的汤水你不喝却给倒了，真是糟蹋，我今天打死你倒落个干净。”

住在隔壁的母亲，听见外面噼里啪啦的响声，隐约夹杂着儿子的求饶，忙丢下烧红的油锅，三步两脚跑出门外。为了躲避雨点般落下的擀面杖，可怜的小家润双手抱头，拼命往门前那张破方桌下钻，伯母还不依不饶，硬抓着家润的衣服往外拖。擀面杖被方桌拦住打不下去，她就拿着往里戳，一擀面杖头重重地捅在家润的额角上。随着一声尖厉的惨叫，鲜血直往外冒。邻居们都站在门前眼巴巴地瞅着，竟没有一个人敢上前拉劝。看着满脸血污的儿子，善良的母亲更不敢上前，不觉眼前一黑，轰隆一声倒地便不省人事。见此情景，他的伯母才放下手中的擀面杖，骂骂咧咧地走进里屋。隔壁的婶娘忙跑过来，将小家润牵进自家屋里，帮他擦洗伤口，找来一块干净的布片，将一团止血草绑在头上。

后来伯母改嫁，熊家润才脱离苦海，重新回到父母的怀抱。十一岁那年，父亲身染伤寒不幸逝世，母亲哭天喊地望着家润。家中的顶梁柱倒了，年幼的他不得不挺起瘦小的脊梁，在安慰和孝顺母亲的同时，必须扛起一个家。虽说他身材矮小，却浑身充满力气，母亲的一句话让他铭记终生，“勤快人才有饭吃，懒汉只好去伴别人的门框——要饭”。从此，家润就像小男子汉一样，带着八岁的妹妹和四岁的弟弟，帮母亲打理家中一切。他耕田、挖藕、砍柴，几乎无所不能。熊家属无田无地的外来佃户，一年可收2000斤稻谷，却得交1000斤租子，剩余一半为种子和口粮，主食不够便用野菜和莲藕补充，家常零用全靠熊家润砍柴街卖贴补。十一二岁的他，远走三十里的鸽子山上去砍独杆的柴火，40斤一担往回挑，坐船运到武泰闸的十字街上去卖。回程为了节省船费，便沿着铁轨步行三十里回家。尤其是长虹桥那一段，高悬的枕木档距很宽，他人矮腿短跨不过，只能伏在铁轨上慢慢一路爬过。过桥前，必将耳朵贴在轨道上，听听有无火车远来的轻微振动，必须抢在无车的间隙里，快速爬过那段50米的距离。那年，临近湾村的一位中年人，因在长虹桥的半途上遭遇火车到来被撞飞，重重地摔在桥下已不成人形，手中还紧紧地攥着那把半旧的雨伞。

每年小满季节之前，穷人家里的口粮早已一粒不剩，地里的小麦还没成熟。为了挨过立夏后的日子，只好搬着簸箕请保人去地主家借麦子，拿回来用石磨破成两片，煮一锅麦粥，让一家人填饱肚子，慢慢熬到麦熟，但借来50斤麦子，到时得偿还100斤。那天，熊家润出门耕田，他右肩扛着木犁，左手握着牛鞭和牛绳，一路走向湖边的水田。半途上，不料牛脚被一块凸起的石头一绊，突然往前一冲，犁尾巴横向一摔，轰隆一声，重重地撞在熊家润的嘴巴上。满口的牙齿散落一地，鲜血顺着胸前直往下流，熊家润在疼痛惊吓中哭着回了家。看见儿子几乎血人一个站在自己面前，不知所措的母亲，一边号啕大哭，一边将儿子紧贴在胸前。

挖藕不仅是力气活更是技术活，没有挖过藕的人，无法体验其中的艰辛与奥秘。肖家墩地近湖边，熊家润每年有好几个月都泡在藕塘里。一把戽筒一把锹，工具虽说简陋，但需要力气往远外打泥，寻藕、围塘、取藕，都得十分在行，如认不得荷叶找不到藕窝，空有一身力气也挖不到多少藕。在行的人，一看荷叶便知荷下是否有藕，尤其是冬季的枯荷，不为一般外行人所识。如果湖泥较稀，塘泥摔不远，也许半途垮塘便前功尽弃。如技术不到位，取藕拿不起整支，直接影响卖相。这一切于精明的熊家润来说，早已不是难事。唯一令他难受的是一双冻伤的脚，那种在冰凌刺激中钻心的疼痛，几十年来他都无法忘记。熊家润自小就冻脚，冬天一到，后脚跟便肿得穿不进棉鞋，天天晚上得忍痛挤一次脓血，再用棉絮醮一点白酒消毒，痛得真让人拜天。冬天的湖面结着一层厚冰，一下脚便听到咔咔般的玻璃碎裂声。每天下湖前，熊家润即用棉絮将冻裂的脚后跟包上几层，用麻绳缠紧，再穿上长筒袜，以防痛肉直接被冰块划伤。但脚一下湖，冷水即时浸透，那种撕心裂肺的疼痛即刻传遍全身，他的脚一下去又急忙提起来，如此多次反复。一同下湖的妹妹，看着哥哥痛苦的样子，忍不住哭出声来。家润忙用手替妹妹擦泪说，不哭不哭，哥哥等一会儿就好了。真的只等一会儿，家润的脚被痛麻木了，提脚便往湖泥里踩了下去，他回头对妹妹一笑说，怎么样，我说哥哥一会儿就好了吧！他担心小妹陷进稀泥里遇险，便先替她在近岸找好藕塘。熊家润拖着一双麻木的脚，尽量走深一点，唯有泥深才藕大。他拿起戽筒，先将湖泥围成一个院子，再将水戽干，如果运气好还能捉到几条小鱼，晚上回家给母亲煮一碗鱼汤。虽说熊家润年小体弱，而戽起湖泥来却如飞花一样，每天他挖的藕丝毫不比大人少，常常夺得数量上的冠军。晚上回来，母亲早早为他准备了温脚的热水。他用剪刀剪断湿水中深陷的麻绳，小心翼翼地剥开脚上的棉絮，慢慢地将脚放进温水里。麻木的冻脚被温水一泡，又是一次剐心之痛，但他只能强忍，不想让母亲看见他的痛苦，泪水却在为娘的脸上流了下来。晚上被窝睡热后，两只脚后跟像尖刀在刺一样，熊家润痛得用牙齿紧紧地咬着被头独自饮泣，却不敢大声，唯恐惊动了母亲，痛木了，哭累了，便睡着了。熊家润的冻脚相比同龄孩子较重，烂得让人看得见一根根白色的脚筋，却无钱医治，还得承受下湖挖藕的一日三痛，唯一的期望便是暖春后的天然愈合。因为常年挖藕，双手直往藕塘底的硬泥中使劲插，又处在身体成型的时期，久而久之，便长成了现在这样一双粗壮的大手。

那年冬天，地主要强加租子，否则就收回田地。熊家润真急了，答应上交便所得无几，根本维持不了家计，如不答应，地主将田地一收，生活便没了着落。正当两难之时，恰好迎来了全国解放。自从分得了田地，熊家才走上稳定的生活之路。从此，再不租人田地，也不看人眼色，更不用担心田地被收走，自己当了土地的主人，感恩之心油然而生。熊家润家中，一直供奉着一尊镀金的毛泽东半身坐像，他还别致地给老人家系上一条崭新的红领巾。熊家润天天用一条专用的毛巾给毛主席擦脸，不允许有一丝灰尘沾染，前年，他还专请师傅给坐像重镀一层金粉。全国解放后的政治翻身，让熊家润充满了青春活力，一心听党的话，事事带头，从不甘人后。从最初的互助组到后来的初级社和高级社，他毫无疑虑地积极响应，熊家润深信党和政府的英明领导，铁了心往前走。

1956 年，经工作组组长介绍，熊家润站在党旗下宣誓，成了一名愿为信仰而奉献终生的共产党员。18 岁被推选当队长，并担任大队团支书兼出纳，积极参加筹组农村信用合作社。熊家润满怀报国之心，18 岁报名当兵，由于天生的一双直脚板体检被刷，未能成就他年轻的理想，唯有寄望在地方工作中有所作为。因为家庭成分好，个人表现突出，1966 年春天，被组织推荐进了供销社，成了令人羡慕的工人阶级。在供销战线上，他调任过大桥、宁港的中层干部。1970 年，武昌县财贸系统搞经济清查运动，熊家润被推选为纸坊一区工作组中五个成员之一，每天四出外调，一时忙得不亦乐乎。那时的运动，几乎是人人过关。首先自我交代，再相互揭发，在没过关之前，任何人不准请假，更不允许私自活动或串联，一经查证，必须严肃处理，熊家润三个月没有回家。那天，家里传来二叔去世的消息，他忍痛向领导请假，好不容易准假一天。熊家润一到家就忙着买木材，请来木匠连夜加班，为叔父做一副挡土的棺材。第二天一清早，他必须赶回工作组，连送二叔上山都不能，他只好默默地祈求二叔的在天之灵，给予侄儿不孝的谅解。

1980 年，45 岁的熊家润，敏锐地觉察到改革开放初期的沉静，为了家庭，为了儿女，为了自己的后半生，他作出了一个不为他人理解的重大决定，立誓提前退休独立创业。45 岁退休属少有的特例，不找领导开后门，绝难办通手续。得知消息，朋友们都劝他：你在单位是既有为又有位的人，一旦离开岗位自我创业，没有人担保百分之百成功。四十多岁的人，何必去冒风险呢？但熊家润不为所动，依然向领导正式提出书面申请。果然不出所料，领导坚决不批，更希望他将供销社的工作顶起来，为此，还请来他鄂州老家的同事帮忙做工作。后来，领导实在经不住他三番五次的软磨硬泡，不得已才惋惜地签了字。依据当时的政策，由他三儿子顶职（大儿子正就读高中，怕荒废学业，他希望儿子将来以文化为熊家发扬光大）。熊家润早退后，在养鱼业中收获颇丰且一举成名，后来，同事们都说他长有后眼。虽说离开供销社几十年了，但他与同事们每年相约聚会一次，总是婉拒别人而抢先邀请，同事们团聚在鲜鱼桌前，在酒中燃烧曾经的过往与友谊。

熊家润早退休回家，承包了60亩水面，挖到了人生第一桶金，初尝家有积蓄的滋味。在供销社每月领薪的岁月里，身背六个儿子一个姑娘的家庭重任，他一直被裹挟在家无隔夜粮的奋斗中不能停步。自从有了承包的丰厚收获，他感到了充实，感到了中年之后有所作为的舒坦。连续几年承包，经验日益丰富，经济逐渐厚积。正当他舒心经营养殖的时候，突然吹来一阵给他加压的旋风，让他猝不及防。得知乡亲们推他领头承包礁咀石渔场的消息，妻子第一个反对。现有60亩内湖水面，一天三船草，既稳当又收入可观，何必再去费力冒险呢？礁咀石，一片没有堤岸的野湖，如遇大水年节，一下就泡汤了，哭都来不及。其实，熊家润也偏向赞成妻子的观点，刚刚过了几年顺心的日子，真不愿再去冒险。再说，自己承包的湖面还没到期，如两边兼顾，难免精力不济。

礁咀石属汤孙湖内湖水域，产权为大桥乡所有，为了发展水产养殖，壮大乡级经济，乡政府决定承包给人养殖。因本乡无人有意，乡里便与一个汉川人洽谈，经过几轮协商，条件基本谈妥，只待合同盖章了。这时，村民们却议论开了：这么好的一片湖汊，竟让汉川人承包？我们大桥又不缺养鱼的能人。虽说道在理上，但村里人承包，谁来领头呢？突然有人大声说，熊家润不是一个很好的鱼老板吗？真是一语惊醒梦中人，大家不约而同地鼓掌。人选是有了，但他愿不愿领头呢？乡亲们虽都为此思虑，却都愿为此而努力。

那天早晨，黄如春和王道义两人，骑着自行车到了熊家，不由分说地将家润从床上抬了起来，硬将他拉去与乡亲们一起议事，不由分说地逼他上马。那天夜里，他躺在床上思来想去，最好是找个人出来顶替，不然，真过不了乡亲们这一关。第二天天刚擦黑，他哼着小调出门，想去说动别人给他顶锅，实现自己的金蝉脱壳之计。他信心满满地先进舒家的门，尔后再去隔壁的万家，无论怎么劝说和示好，一个是油盐不进，一个更是铁石心肠，至此，他再无计可施，垂头丧气地回到家中，妻子一看就知没戏了。找人顶替之法失败，熊家润没有了退路。

虽说妻子极力反对，但大儿子却全力支持，汉川人能包，父亲为什么不能包？他相信父亲。他的妻子见大儿子鼎力支持，便不再提出反对。至此，熊家润心里已经没辙了，心想先搞两年试试吧。妻子罗桂芝，邻村的姑娘，不仅人漂亮且心善，与他一样的穷家出生，岳父年轻时，从山东微山湖那边扒火车逃来大桥。他们1960年结婚，1962 年生下了熊家的三儿子（他们属二婚家庭，但夫妻俩一生恩爱和睦，妻子一连给他生了四个儿子。虽说前两个儿子和一个姑娘属前妻所生，但在后母眼里却比亲生的还看得贵重。所以，见大儿子支持父亲，她便顺风而行。如果是老三或小儿子们的意见，也许她还会坚持反对）。熊家历来是男主外，女主内，分工明确。因儿女众多，妻子白天种地，晚上坐在油灯下做鞋，她不能让一个儿子赤着脚走在地上。那时家穷买不起胶鞋，便捡来别人丢弃的罐头盒子，剪开折成方形，用钉子将两边各钉上一个眼，用麻绳一穿，让儿女们雨天套在脚上，别让湿鞋冻坏了脚。熊家润小时冻脚挖藕的痛，是她心头上一块永远抹不平的疤痕。尤其在熊家润母亲患肝腹水卧床不起的那段日子，喂茶、喂饭、擦身、翻身、端屎、端尿，竟让妻子一人全包了。母亲临终前紧紧地拉着家润的手说："娘要走了，你一定要好好待桂芝，帮我还点债。"熊家润抽泣着对母亲说："您老放心吧，儿子绝不是个忘恩负义的人。"听了家润的话，母亲将一丝微笑刻在了脸上。

凭心而论，熊家润真的穷怕了，刚刚找到一点富余的感觉，确实不愿再涉险。虽说鼓励与热风不断，他一时还难下决心。他对乡亲们说，我真的不能搞，但不论你们谁牵头，我都愿意帮忙，一出技术二帮工，还可以适当地帮点钱，但大家不依，连村干部也来做工作：你不能只顾个人的60亩而辜负大家一片热心！于是，熊家润在乡亲们的信任和热情绑架下，一步一步被逼上了梁山，当上了礁咀石渔场的领头人并一直延续至今。

当熊家润领头递上承包申请时，大桥乡的党委书记却面现难色地说，人家早前都谈好了，现在真不好反悔。汉川人谈的是年租10万，要么你们交20万吧，不然，我真不好跟人交代。领导的话确实在理，熊家润一时不好对付，但群众不答应。为什么别人承包10万，我们反要20万，那还不如外人了？古语说："堂屋里杀猪房里卖，先就里后就外。"承包费不仅不能增加，还必须减少，这样才能凸显自家与外人的区别。党委书记看大家热情很高，相信大家是真心承包，并非一时赌气抢行。于是，劝退了汉川人，最终以5万的年租包给了肖家墩的村民。渔场上马时，条件相当艰苦，连一间遮风挡雨的房屋都没有。熊家润急找粮食部门的一位老乡干部，帮忙批了几大捆油毡，搭了一个大棚子，可供160个人睡觉，以供暂时过渡。在前期洽谈中，时任党委书记曾答应给渔场拨款5万元。1988年的5万元，确实是一笔不小的数字，那时的万元户，都是被人当作歌唱的。却不曾料想，一觉醒来，原党委书记被一纸调令调走了，5万元的承诺也没了，总不能拿着老书记的承诺去找新书记收账吧。渔场人只能找新书记汇报与反映情况，换个方法找他要材料。没想到新调来的熊珍心书记很爽，当即批条，红砖和预制板一一送到了现场。

合同签了，房子盖了，添置设施和投放鱼苗在即，必须筹足经费。首先号召村民入股，500元，300元都行，其余的差额部分，由熊家润出面筹措，后来他竟一直借到了武钢。他们一边忙着筹款，一边派人下湖拉网圈围界限，避免往后与相连的洪山区发生冲突。汉川人脑筋灵活，他们早相中了这片水面，既然承包没了指望，便转来投资入股，渔场当然欢迎。他们一共来了六个人，每人投资6000元，还帮忙借了6.4万元，一起凑齐了10万元。经费差不多了，年底按时投放了渔苗。渔场总计128股，其中干股46份。没钱入股也不出劳力的村民，按户头每年拿2400元的干股。凡交钱的股东又参加渔场劳动，每人确保年薪6万元，奖金除外。从1988年到现在，一包就是29年。养鱼就怕发大水，虽说礁咀石无堤不怕倒塌，怕就怕拦网脚下出现漏洞，只要出现一个小小的洞，鱼就会成群结队地跟着往外钻，如不即时修补，不出两天，全湖的鱼就会跑得所剩无几。2004年秋季，那天突然刮起了六级北风，湖里的白鹤浪冲天拍打，满湖的水声震耳欲聋，熊家润急往湖里跑，他要沉下水底去摸网，同事们拦着不让他下，他却不听劝阻。大家便暗中一使眼色，几个人一齐动手，将他绑在了船上。于是，年轻人都抢先下了湖。后来，还是被他挣脱了。他与年轻人一道，赤身泡在湖水里，顺着网脚摸索，一直到全线查完才上岸。那时，湖中风大浪高，一个浪头拍过来，当即就不见了人影。有些年轻人都怕下水，但老爷子水性好，他担心网脚下出漏洞。1988年、1998年、2004年、2011年，几逢大水来袭，那时的熊家润，三天起码有两天泡在湖水里。

因领头承包了礁咀石，自己的60亩基本上没有时间去打理，只好全部改种了菱角。恰巧那年发大水漫堤，一湖的菱角均被大湖里漫过来的鱼吃了个精光，白白地一年无收，还倒贴了承包费和投资成本共计4000元。1988年龙卷风，湖里的渔网都搅成了一团，熊家润带大家下湖解网，三天三夜才解完。1989 年遇大风将拦网吹翻了，熊家润那天下湖连摸了八个多小时，连上岸吃饭的时间都没有。他顺着网线查找，将漂起的竹篙，一根根抽起来，再往下深深地插牢。2004 年，湖面上竟然长起了许多水葫芦，速度真快，不几天时间，眼看整个湖面就快盖满了，必须及时清理，否则空气阳光都被遮盖，一湖的鱼就完了。整整的一个夏天，熊家润都蹲在湖里。用机打，用网拉，用药打，历经 40 天艰苦奋斗，好不容易才将水葫芦灭净。虽说水葫芦灭净了，但熊家润却瘦了十多斤，一张脸黑得连老朋友都不敢相认。老爷子一心扑在事业上，天天蹲在渔场里，几乎没在家里待过一整天，晚上回去晚，早晨比谁都来得早。每年春节，他三十晚上回去，初二早晨准时赶来渔场。七十七岁之前还亲自下水摸网脚，如今八十有一的他，是被大家强行拦阻才没下水。

礁咀石渔场，坐落在汤孙湖西南角大桥新区方位，湖边几块突出的礁石，被波浪雕刻得浑身光滑而圆润。一栋并不见豪阔的房屋，怎么也看不出是一座年产数百万斤鲜鱼，惠及红旗、普安、庙山三个村千余村民的企业。1988 年冬天打闹台，第一年赚取纯利润 50 万元，第二年上升到 60 万元，后来竟是芝麻开花节节高。承包两年后，熊家润觉得工作压力较大，风险也大，便提出辞职申请，但政府不依，三番五次上门做工作，要求他再继续搞三年。但一直至今，熊家润还是下不来，不单领导不允，更是大家不允。80 年代末 90 年代初，整个大桥乡年税收 42 万元，礁咀石渔场一家就完成 20 万元，几乎占据大桥乡的半壁江山。熊家润被推举为乡镇企业先进代表，武昌县各个乡镇都留下了他讲座的足迹。

在熊老爷子的亲自坐镇下，通过全体渔场人的努力，礁咀石渔场的效益一年比一年好，股东分红年年有增无减，熊家润也享受了大家公认的年薪制。老爷子虽然没有多少文化，但敏锐的熊老爷子，总走在形势前头，他不仅号召大家学文化、学政治，渔场每年分三批组织股东和职工出境旅游，开阔眼界，争取做一个有文化有理想的现代养鱼人。他们先后到过中国台湾、港澳、东南亚和欧洲。不管生活有多富裕，不管在民众心中的地位有多高，他却永远保持真诚本色，总觉得自己贡献不够，有愧于党和那么多信任他的人，他抽的烟是永不换牌的红楼。熊家润以德报怨，每年春节，都派儿子们去给伯祖母拜年，常常将晚年的她接来家里住几天，给百年归世合葬的伯父伯母修筑坟茔，年年香火不断。

站在湖边远眺，湖心一座袖珍型小岛格外养眼。小岛四面环水，绿色荡漾，在迷雾般的天象下，诗意更添一层朦胧。看我有心于小岛，赵厂长便亲自驾机帆船，将我们一行送达岛上。赵志根，渔场元老级人物，老爷子的得力干将，这么多年来，里里外外一把手。尤其近几年，为了多替老爷子分担一点，他主动承担了力所能及的一切事务，深得老爷子赞赏和大家爱戴。老爷子喊赵厂长去开一台快艇过来，好让大家在湖里兜兜风，我摆手一笑婉拒了。快艇不是我的首选，如有艄公木船则更好。老爷子知情地说，木船如今真的没有了。该岛名叫宝湖台，是一座镇湖之台，无论多大的洪水，水涨岛也长，至今还没有被淹没的记载。1954 年长江破堤分洪，宝湖台依然稳稳地浮在波涛之上，即被渔民们称为神台。宝湖台四周裸露着一圈被水洗的磨石，俯瞰而视，极像一条洁白的项链，装饰着这个风景如画的宝台。站在岛上环顾汤孙湖四周，一座叫板一座楼高的大厦，像极了深圳一角，但愿我们的江夏，不要被众多的高楼遮挡了阳光，永葆宝湖台上宁静的星月与风流，愿礁咀石永远水清鱼肥浪花白……

曹植的七步诗

曹植，字子建，曹操的三儿子，曹丕的弟弟。曹植与父亲曹操、哥哥曹丕，被后人并称为“文学三曹”。曹植从小聪明过人，极具文学才华，那首流传千古的七步诗，便是他的杰作。

曹操百年之后，曹丕继位，在他当政时期，常常因弟弟的文学才华盖过他，使他的帝王之光逊色，心中极为嫉恨，由于日长天久地积怨，便一时暗生灭除之心。那天，他突发奇想，便以文治文，给弟弟出一道难题，想压一压三弟的鼎盛之气，抑或借机将其除掉，以清洗心灵中那道常被遮蔽的阴影。他在大臣觐见的朝廷上，责令曹植在七步之内现场赋诗一首，否则就是浪得虚名，有辱曹家当世英名，即传令当场斩首。曹植的确才华盖世，并非徒具锦绣华章包裹的庸才。见哥哥以死相逼，又被皇威笼罩，金口玉言之下，唯有俯首听令。一时感慨万千的曹植，暗含热泪，禁不住悲从中来，有感而发地吟诵了那首古今闻名的七步诗:“煮豆燃豆萁,豆在釜中泣。本是同根生,相煎何太急?”此诗一出,满朝文武为之震动。

一是七步诗充分展示了曹植的过人之智,深得在场文武大臣由衷的赞赏,使曹丕不能肆意违背众愿;二是诗中的比喻十分巧妙而高明,牵动了曹丕内在的骨肉之情;三是曹植已遵旨行篇,曹丕如再下杀手,便有伤德雅。所以,曹植得保一命,且终生消除了死于曹丕之手的厄运。其实,七步诗原作为六句,现在流传于世的四句,均为后人在不失原意的基础上,为了便于流传而精练。原诗:“煮豆持作羹,漉菽以为汁。萁在釜下燃,豆在釜中泣。本是同根生,相煎何太急?”

曹植才高但一生不得其志,自从《七步诗》以后,虽说曹丕消除了对曹植萌生的杀戮之心,却依然不重用他。继曹丕之后,他的儿子曹叡当政期间,曹植曾历尽诸多努力,终究未能赢得圣上的信赖与重用,乃至在郁郁寡欢中离开人世。曹植为中国诗歌史上大力写作五言诗的首创者,成为五言诗的奠基人。在他现存于世的九十余首诗歌中,有六十多首均为五言诗。他的诗歌写作,完成了汉乐府民歌到文人诗歌的转变,推动了文人五言诗的创作与发展。

中国人在称赞别人知识渊博时,常常采用著名的

“才高八斗，学富五车”的成语。其中，才高八斗的典故则来源于曹植。南北朝时期最著名的大诗人谢灵运，一生狂傲不羁，但对曹植却佩服得五体投地。他曾说：“天下才共一石（石音‘担’为我国古代的计量单位，一石等于十斗），曹子建独得八斗，我得一斗，自古及今共用一斗。”由此，后世人便称才学出众者为“才高八斗”或“八斗之才”。如唐朝李商隐在《可叹》一诗中便有“宓妃愁坐芝田馆，用尽陈王八斗才。”的句子。诗中所引用的陈王，便为曹植死后被封陈王之故。

熊廷弼巧对进考场

熊廷弼，明代兵部尚书（今武汉江夏人）。幼年家道贫寒，一边放牛，一边读书习武，先后考取文武两解元，创造了“三元天下有，两解世间无”的中国历史唯一。

旧时的科考，考场均设在遥远的皇城京都，进京赶考的学子，尤其是贫家子弟，不忘带上一大袋干粮和些许散碎银两，往往提前几个月启程。官门大户的子弟，骑着高头大马，带着佣人和书童，一路风光地向京城进发。熊廷弼背着几双千层底的布鞋只身前行，他牢记父母的谆谆教诲，怀揣着前程之梦，餐风露宿间一步一步地丈量古驿道上的距离。饿了啃几口冷馍，渴了喝几口凉水，还得谨慎小心地规避沿途风险。曾几何时，不知有多少学子，一不小心误入黑店，将自己的命运与理想断送在“孙二娘们”的刀下，一个个冤魂在人肉包子的蒸笼里无声地泣诉。

熊廷弼徒步进京，几个月的行程，虽说历经艰难困苦，却被光宗耀祖的理想所鼓舞，一路洒下了许许多多动人的文化故事，被后人传颂至今。当北京城墙在望时，他按捺不住由衷的激动，心灵之手似乎触摸到皇榜之荣，沿途的疲惫竟一扫而光。他擦了擦有些湿润的眼睛，脚下生风地狂奔而前。当他抵达考场时，还是晚了一步，两扇大门正徐徐关闭，将熊廷弼拦在大门之外。他急得汗珠直冒，一个劲地向门官叩头求情。看熊廷弼一副虔诚，恻隐之下，门官一时兴起说，我出一副对子，如你能对出一个妙对，我就放你进去。见门官开恩，惊喜中熊廷弼欣然应允。一是被逼无奈，不得不应；二是才华过人的熊廷弼胸有成竹，正好一显身手。此时的熊廷弼虽说还被挡在考场门外，但他的自信心已经让他飞进了考场。

提起对对子，让人想起熊廷弼年少时的一段佳话。一位京官巡视江南，那天路过熊家，蓦见大门顶上书写“惟楚有材”四字，心中有些不屑，冷冷一笑，命手下人拿起锤子，将那“惟楚有材”四字砸掉。听见门外有些嘈杂，熊廷弼推门而出，眼见有人将举锤砸门，便当场喝止。经过你往我来一番舌战，倒提起了那位京官的兴趣。他暗忖，走过几十年风月，今天倒遇到了稀奇，一个黄口小儿，肚子里真还有点墨水，不妨考考他。那位京官说："看不出你小小年纪，还有一副才子气概，倒让老夫有了几分喜欢。究竟是真才还是假才，今天得经我一试，光凭几句从大人那里学来的套话，想将老夫唬住，可没那么容易。我出一副对子，如果你能对得好，我便不砸。否则，今天是砸定了。"熊廷弼双手叉腰，不假思索地说，你出吧，不说一副对子，就是十副百副也难不倒在下。于是，那位京官便与熊廷弼在言来语去间越对越快，一气之下，不觉已对出好几副对子。熊廷弼只待京官的上联一出，他便像背书一样，下联应声而对，京官大为赞赏。其中的一副对联成了江夏古今流传的名联：秤直钩弯星朗朗能知轻识重；磨大眼小齿峦峦可出细吞粗。经过多轮较量，京官验证了少年廷弼真有才，果不负"惟楚有材"的称誉，啧啧称赞中便领队而去。

古老的科场考试，主要是两种形式：一是命题作文，二是对对子。一般考官出上联，考生对下联，偶尔也有考官出下联，考生对上联的。那天，门官出的是上联"树大根深，不落无名之鸟"，言下对熊廷弼颇有几分贬低之意。熊廷弼脱口便对"沙滩水浅，怎藏有角之龙"，自我扬眉间不失磅礴气概。看熊廷弼应对得像流水一样顺畅快捷，且对得既工整又巧妙，确实才华横溢，门官不无赞叹。他信守承诺，双手将大门打开，将熊廷弼放进了考场。虽说熊廷弼的美名早已被世人传颂，但不知还得益于他当初巧答的半边对联，这才叩开了人生的锦绣之门。虽说历史已经遥远，但它的文化传播却永远光照后世。

四　露滴

入　微

酒后，躺在沙发上，迷迷糊糊地畅游在梦乡里。

湖滩上，如茵的绒草，紧紧地吻着我仰卧的身躯。碧碧的湖水，粼粼的清波，微风里送来酥酥的绿意。天高云淡，飞燕凌空，入眼又入心。

俄顷，风儿一紧，飞来了几片淡淡灰灰的云，飘下零零星星的雨丝。我不由紧紧地蜷了蜷身子，轻轻地、轻轻地抖动。

寒意裹不住那一抹亮眼的虹，似见空中霓裳仙影舞动，挥手间徐徐落下一道五彩霞光。霞光着身如丝丝柔毯，暖意直涌心田。我手攥柔丝，拥着融融的笑意……醒来，只见那件红花色的睡袍覆盖于身。睁眼即见，那片熟悉的倩影朝门里隐去。

呵　护

风声，雨声，一夜的摇滚。

泪湿的窗台只想支起木屋，为梦中的小花撑开雨伞。

晨晖的彩霞染过天色，升起一颗明亮的眼神。

立地的脚叉，不睬那湿了泥土的疲惫的雨滴，嘲笑那狂够了才躲进旮旯里的风。

一棵幼小纤柔的月季，驮不起夜雨的沉重，像一头受伤的小鹿，无力地垂下沉重的花冠。

俯首花坛身如一轮弯月，几缕银丝如瀑布般飘荡腮边，让爱的心泉流向手臂，涌进掌中，沁入那株歪歪斜斜的月季。

她，小心翼翼将那棵月季扶起，轻轻抖落滞留花间的水滴。

它，乖乖地依偎在那根支起的竹竿上。

母亲将风雨中跌倒的女儿牵起，用手擦去她伤心的泪水。

哭声去了，笑声漾起。

天空兴奋地蓝着；花儿娇艳地红着；眼光灿烂地耀着；心田滋润地乐着。

不慕天仙，不求上帝，只愿握着爱的种子，把轮转得日月挽起。

播撒，发芽，开花，去吮咂果间幸福的蜜意。

老　点

“老点”是绰号，但它比本名叫得更有光色。跟前一带、十里八乡，都管他叫老点。没有几个人还记得他的原名，老点也似乎很乐意这个绰号。连他自己都不在意的称呼，别人更没有理由去在意了。

老点，其貌不扬，个头较小，面相平平，脑袋瓜却特别灵光，每每在摇头晃脑之间，总能想出一些怪点子，令人惊叹与折服。

老点有一个嗜好，一日三餐，顿顿少不得酒，有时甚至与稀来的挚友坐在酒桌上，从早喝到晚，他十分乐意让自己麻木在半醉半醒的幸福里。他对人对事都很洒脱，只在乎天天有酒，还有别人投来那些发光的眼色，他觉得很快活。

老点有很多朋友，大家常常请他喝酒，他也不忘请别人喝。能与朋友们一起泡在酒里，自是“醉里乾坤大，壶中日月长”，还有什么比这更让人快乐的呢？

说快乐快乐就来了，这不，他又被朋友拉进家里对酌起来。在已经拥有几分酒劲的眼色里，他看到朋友的妻子总挂着一副山雨欲来的脸色，禁不住就询问开来。

朋友的妻子不愿打搅他们的酒兴，只是苦笑着摇了摇头，继续忙碌着添菜酌酒的事。

虽说老点很洒脱却很精明，一生只愿醉在酒里，绝不愿蒙在鼓里，何况他是个很热络的人。朋友的妻子拗不过热心，便絮絮叨叨地道出根由来。

前几天，她买回一头活蹦乱跳的猪，突然间两天不进食。兽医查不出病因，打了几针，没有效果，看来它是茅坑上搁铺——离死（屎）不远了。

老点斜眯着眼端着酒杯轻松地说："这点小事，还费得上着急，等会把它赶去猪行里卖了，不就得了吗？"

"你莫开我的心，看它那副病蔫蔫的样子，不说是'精眼瞎'，就是'萝卜花'的人也不会买。"朋友的妻子完全不信地接着老点的话说。

老点摆出一副神气十足的样子，深深地吸了口酒，故意拖着长长的调子："没有金刚钻，就不揽瓷器活。不然，也不好意思下次再来喝你家的酒了。"

她虽然晓得老点有些鬼气，但无论如何还是想不出令人相信的理由。看着老点胸有成竹的样子，她已被搅得满头雾水。

老点继续吊着胃口说："你尽管让我喝好，我今天保险帮你把猪卖掉就是了。如猪卖不掉，算我的，这总该可以了吧。"边说边把胸脯拍得鼓响。

待吃饱喝足后，老点叫她附过耳来，悄悄地授计于她。她好不容易把猪牵到了猪行边，依计拿出早已灌满的那个小瓶子，将猪的肛门与嘴唇都涂满辣椒水。奇迹真的出现了，只见那猪顷刻间像着了魔一样，不停地在圈里颠着、拱着，尾巴还一个劲地摇着，刚才那片蔫态却荡然无存，果真被人看中，还卖了个好价钱。

老点扬扬得意，带着还来不及散去的酒气，落日时回到家中，他只图钻进被窝里，睡上一个好觉。

脚一踏进门，屋子里却弥漫着一片愁云，妻子、儿媳都唉声叹气的。一问，得知事情竟是这样：妻子与儿媳今天去猪行里买回一头猪，原本鲜活乱跳的，谁知一赶回家它就倒在猪圈里，拖都拖不起来，现在只怕是快咽气了，真是巧板眼。

听完她们的话，老点的酒醒了一半，抬脚就往猪圈里跑。他伸头往猪身上一瞄，什么都明白了。

路　上

路走长了，感受就深了，走过一处弯道就拥有一次回首，摔过一跤，站起来就是一道风景。平坦顺风的路，人生中也许会有那么一小段一小段的，一旦堕落或掉以轻心，说不定会被自己绊得落马翻船。

像好多人一样，我走过的路几乎很少是直的，曾在乡村的泥巴路上摔过很多跤。摔跤并不可怕，爬起来拍掉身上的泥，捂住伤口止血，依然走入课堂。走弯路时要有耐心与韧劲，只要坚持前走，总会抵达终点。每当迷路时，千万不要惶惑，静下来前后一看，以太阳为方位定准目标，再拣近路走，怕就怕慌乱走神，乃至身陷迷宫找不到出口。

我开过场子，做过生意，当过学徒，也曾探索过文艺之路，但成功得少，失败得多。出过不少汗，流过一些泪，也曾在迷茫中徘徊，失落感沉重地压在肩上，嗟叹时运不济，人倒霉就像太阳落山，下坡路上铺满了落寞与凄凉。经过那么多挫折，所幸没有被击倒。特别是在青少年时期，鼓荡着满身的热情与追求，生产队里一收工，便赶到几里地外的师部去看露天电影，不怕月黑风高，像奔马一样直往前冲。摔倒了，爬起来，脚(崴)了就跛着走，那时心中总燃烧着一团火。人生是一段行走的过程，过客很多，路却只有一条。从失败到成功，从苦难到幸福，从死亡到新生，人间永远没有回头路。

获得了一点收成，路也渐渐顺当起来，人到中年，可说是走出一段上坡路吧。上坡路也并不那么容易走，要加速前进，在智慧之外还得不断地用汗水和热血喂养意志与力量。知道前面并非一马平川，但冒失病基本好了，浪漫也淡去了一些，脚跟站稳了一点，相比从前更能经受风浪。知道后悔药治不好病，所以，我是一个从不爱后悔的人，再大的错也就错了，只要弄清错在哪里就结了。犯了错并不在于更多地去追究，而应该在苦痛中清醒，尽量作一些补救或创新。人可以不去后悔，但绝不能不反思。昨天已然过去，重在把握今天。也许久病成良医，也许天道酬勤，我带着伤口一步步踏着走过来，终于在人生的秋天闻到了枝头的果香。

人的一生都在路上，谁走得最高，谁走得最远，并不重要，重要的是走出一路感慨，走出一路光辉。有的人期求惊叹，我则重在圆满，悲剧虽能流传千古，但人间还是需要更多的收成与喜悦。我爱看喜剧，它令我的心灵得到滋润，生命得到花开。

成功者只有一条向上的路，上高一寸，看远一程，登上泰山，远视天下。即使是在登高的征途枯竭或落难，却可交出一份光彩人生的答卷。

厕所文明

入厕，的确不是一件好事，却是人人都绝对少不去的事。

蹲在一个清水冲流、明亮卫生的坑上，如能构思出一个新的计划，孕育出一首好诗，亦未可知，起码你会拥有一份不坏的心情。

厕所、卫生间，顾名思义，它既是拉撒的地方，又该是讲究卫生的地方。尤其公共厕所，卫生就得公共维持。

常有一些穿着时髦的爷们，一入厕来就完全变了，烟头、纸屑，随手乱抛，花开遍地。更有甚者，直弄得污秽横流，让人下不了脚，真该治它一治。

于是，厕所里便有了“讲卫生光荣，不讲卫生耻辱”一类的醒语，抑或还有一些直接骂人的话。这些谩骂或咒语与罚款一样，却收效甚微。

昨天，偶入长源公厕，“朋友，你在家里做过卫生吗？”一条红色的醒语骤然跳入眼帘，读来令人很有回味。

如此语句，温和又有礼貌，开头就称呼得令你亲切，后面的提示既婉转又文雅，看了这条醒语，再不自觉讲究卫生真该有些脸红了吧！

类似这样的文明之语，应该比谩骂与威吓更有效，是不是值得提倡的厕所文化呢？

子承父教

爷爷多病缠身又聋又哑，且多年卧床不起，父亲十分苦恼。

一天，父亲找来一张旧竹床让爷爷躺上，尔后绑好绳索，穿进木杠，喊来儿子作帮手，他对儿子说："我们今天把爷爷抬去看看医生。"儿子听了很高兴，父子两人便一路哼唷嗨唷地抬着爷爷往前走。

来到一处荒郊野外，父亲示意儿子歇歇脚。他弯下腰，贴着爷爷的耳边大声说道："爸，你在此靠一会儿，我去找医生来给你看病啊。"爷爷听了，脸上显出少有的兴奋。父亲则悄悄转过身来，对着儿子神秘地摆摆手，拉起他的手一声不吭地就往回走。

儿子一头的雾水瞬即散去，他挣脱了父亲的手，迅速地奔回爷爷身边，把杠子和绳索捡了回来。

父亲不解，茫然地问儿子："你捡回这些无用的东西干什么？"

儿子若有所思地答道："继承传统呀！不然，我日后用什么来抬你呢？"

面对儿子的举动，父亲满脸羞愧。

他忙跟着儿子转身，两人又把爷爷抬回了家中，从此悉心照料。

良心产业

马发戴着鲜花，将金杯举过头顶，学着明星的样子，面对台下如潮的人群划出了弧形的光环。他笑了，笑得比阳光还灿烂。

今年是他的本命年，又是他飞黄腾达的日子，人走起运来真是门板也挡不住，转眼间，叠起的名利真使他红得发紫。

阴历“三月初八”，那是令他终生都不会忘记的日子。那天，在朋友家喝过酒，半醉不醉的状态，无精打采地走在回家的路上。转过街角，他突然被一只狼狗的愠怒吓了一跳。那狗正在呲牙咧嘴地撕咬一个肉团，他睁眼一瞧，几乎惊得灵魂出壳，原来那是一颗被啃得血淋淋的滚热的良心。是无意中丢失的，还是被人故意抛弃的？他一时找不到答案。

那天晚上，马发失眠了，无数颗鲜红的良心不停地在他眼前飞翔。突然，他脑中灵犀一闪，模糊中似乎捉住了一丝光亮。如今，既然有人愿把良心抛却喂狗，我为什么不能将它廉价收购起来呢？那是一种珍贵的资源，真不该糟蹋的。

马发第二天就忙乎起来，网兜里拎着几颗刚收购的良心，找到几个研究人员讨论起了产品开发的生意来。那些天才果真不负所望，用良心制造出全新的饰品系列，一一摆在他的面前、耳环、项链、首饰；从行头到衣着，从修饰到化妆；还有各种各样的装饰材料。无论男人女人，还是平民与阔佬，都有令你起眼可挑的物品。那些超前的样式和鲜艳的光色，直乐得他合不拢嘴。良心真是世上最好的材料，用它做成的饰品真是美极了。

一个新兴的企业诞生了，“神奇饰品有限公司”，火爆的生意像泡沫一样膨胀。马发很快就成了马总，他简直像一颗小太阳，一沓沓订单，一次次报道，一回回采访，无数件开心的事令他应接不暇。

爱凑热闹又爱捕捉新奇的记者，把话筒对准那些出售良心的人，问他们抛弃良心的原因何在？答话人竟毫无遮掩而简捷地说：“良心太沉重了，卖了就感到轻松。”记者又去采访那些廉价出售了良心又高价去购买良心饰品的人理由何在，这回的道理倒是很透彻了。“自己背着良心觉得很累，看别人拥有良心，那就感觉很美。原来的良心装在心里，人家看不见也摸不着，有时还憋得自己很闷也很苦。现在用良心的饰品来做装饰，给人一种美感和稳定，获利的概率当然很高。而且用良心制成的饰品又华丽又轻巧，让人没有负荷感，我为什么不买呢？”记者竟一时为之语塞。

回到家里，马发吻着金杯，难抑的兴奋使他的思绪无边地驰骋。他真该去慰劳那狗，如果不是它的咆哮，他绝没有那个新奇的发现；他情不自禁地崇拜起自己精明的神思与胆略；他为开拓了前所未有的事业，填补了一项历史的空白而自豪！他也不得不承认，“天下最贵重的还是良心”。马发觉得只有他才有资格说这句话，因为他懂，在开发良心产业中取得空前胜利的，唯他天下第一人！

进则生退则死

夜来一梦，龙头国镇国之宝“龙珠”，在一阵狂风里被迢迢窟妖魔窃走。从此灾祸连连，民不聊生。

为拯救生灵，尽举国之力招贤纳士，前往除魔夺宝，救万民于水火。

历经选拔，宏与洲二人脱颖而出，身披金丝铠甲，手持降魔宝杖，跨乘溜烟旋风宝马，好不威风。

择定吉日，擂鼓出征。国王率文武百官，倾全城百姓，相送于十里长亭，恩赐御酒一樽，以壮行色。

话说宏与洲，身领王命，心怀万民，直奔迢迢窟而去。

一路餐风露宿，跋山涉水，历尽千难万险。不一日，冷风凛冽，残阳西坠，不觉来到一座削天峭壁之前。二人策马寻径，只见，峰峦突兀，怪石嶙峋，古木参天，浓荫蔽日。徒然穿行数日，迷陷山中，终不见出路。

马失粮尽，身疲力竭，沉沉夜幕浑似将一切吞没。山中传来阵阵猛兽长啸，声震四野，听来令人毛骨悚然。

洲不幸又染重疴，瘫倒在地，已然志败意靡，怯念陡增，遂萌生退意，宏力劝无果。洲终自毁宏誓，蔫然扶杖而去。

突闻洲一声惨叫，宏即回首，大声疾呼，却不见一丝回音。

正值宏不知所措时，一面明镜突映夜空，镜中清晰现来一幅惨景：洲身跌万丈悬崖之下，血肉模糊，只见一群牛头马面，手拿铁链，锁洲于囚笼，起解上路。宏不胜悲痛。

一声振聋发聩之天音陡直后空传来："吾乃上帝遣派之'刑手'，专责锁拿贪生怕死、临阵退缩之灵魂回狱审判，进则生，退则死。"语声至此，戛然而驻。

宏尚沉于惊愕之中未醒，前方天空又见火光，苍音又生："吾乃'引者'，奉神之命，专为拓者点津，明火光为引，励汝志，壮汝行。前路辛，唯勇者胜。"宏为之振，力量凭生，遂引火，继奔迢迢窟，直捣黄龙。睿智除魔，携珠还朝。

从此，龙头国国泰民安，繁荣昌盛！

为弘其志，国人为宏铸塑金身，手托龙珠，御笔亲提"进则生，退则死"，为万世师表！

梦觉，叹其志。

五　星月

刀　说

刀是一种锐器，功能在于使用，锋利是它的本质，从实用意义上讲，不快的刀，就不是一把好刀。从小学堂中的削笔开始，生活就再也离不开刀了。削笔的刀，水果的刀，玩具的刀，厨房的刀，装饰的刀，还有杀人的刀……刀刀均与人近。刀为人用，刀在人用，其功在刀，其利在人。如有罪过，其责在人，应该与刀无关。

实用的刀讲求锋利，装饰的刀讲求品相，兵器的刀则可两求相兼。玩具的刀但求好看与安全，它徒具刀的模样，却丧失刀的功能，并非实际意义上的刀，真正与人们生活息息相关的还是菜刀。在日常生活中，厨房是刀的领地。在我家里，妻子是与刀走得最近的人，一把快刀总会博得她的青睐和愉悦，一时的刀快，即令妻子切出轻巧的心情。妻子买刀，我也买刀，她买刀一心为了厨务，我买刀完全为了妻子，企求减轻她的劳作，阅读她的欢颜。

近来，手头上事情较多，时间被挤得几乎没有缝隙。那天周六，刻意为自己找一个理由休息半天。站在阳台上的清风里，看小区高楼下关不住的春色，心情逐渐怡然开来。忽然，一阵耳熟能详的吆喝声——“磨—剪—子—来，戗—菜—刀”从远处飘来。循着声音探望，只见高楼外的马路上，一位磨刀老汉肩扛着长条木凳，优哉游哉地似在招揽生意，又似在让人欣赏叫卖。记起来厨房里几把待磨的菜刀，想把师傅叫来戗一戗钝厚的刀口，定然耐得一段好磨与好用。我用力地呼喊，终因距离太远，想追下去，又得绕过几栋楼隔的前门，唯恐不及。忙中习惯性地掏出手机，这才记起不知对方号码，无奈中看着对方的身影渐行渐远，一声轻叹中无力地摇摇头。

没有刀的厨房即是一个残缺的厨房，即使是在新加坡那样的国度里，菜市场里悉数出售半成品菜蔬，厨房里依然离不开刀。每当买回一把快刀，妻子便爱不释手地拿在手上左看右看，且用右手拇指在锋利的刀刃上轻轻地试探，便不由自主地对我微笑说“这把刀真快”。为求刀快，她不停地购买，直至厨房里的刀架上搁不下为止。快刀是一种物向，刀快是一种质地，我喜欢快刀，却更在乎刀快。一把刀快不快，除了使用过程中的磨砺之外，取决于两个方面，一是钢质，二是火候，如果火候拿捏不准，再好的钢也是枉然。火小了，刀口容易毛卷，火大了，刀口容易缺损，卷口和缺口的刀都不好用。

多年的外出旅游，一改疯狂购物的初衷，当也上得少了些，即使是空手而归妻子也从不责备。那年的台湾游，最后到达金门，一条根（中药）、菜刀、高粱酒，被喻为“金门三宝”。像众多的名特产一样，任他如何鼓舌我也不为所动，但终究被金门菜刀所迷。首先是材质不容置疑，它为军用的炮弹壳锻造。金门人将昔日大陆炮击金门的弹壳从地中刨出来，锻造成一套套精美而高贵的菜刀，再回头兜售给大陆原主，从不花费金钱的资源中获利且不言谢，金门人真聪明。金门菜刀一套最少四把，有切、有剁、有锯、有削。砍刀现场砍钢不卷不缺，削刀瞬间让苹果皮旋转成筒，锯齿刀一来一去将冻肉切得薄如蝉翼，尤其是那把主打切功的菜刀，真算得上是吹毛即断，切絮无丝，十来层的布条，一切到底，真快！真正的刀快并非快在切硬，而快在切软，特别是叠卷的布条或棉絮，刀一下去便知效果。看了专业人员的现场示范，我的心逐渐活络起来，只想为妻子买回一点厨房劳作的安慰，心一热就买了。大陆人出高价回收当年免费奉送的炮弹壳，也不惧金门人嘲笑，唯有自己暗中思索。

古话说，刀不磨不快，是刀都得磨。再快的刀，切多了一样会钝，刀只有在常磨中才得保锋利，磨刀不仅全在手功上，还需要一块上好的磨刀石。父亲做木匠时留下的那块磨刀石，不幸在一次搬家中遗失，从此，再也没有谋到一块令人满意的磨刀石了，也许是材质，也许是情牵。除了材质，磨刀更是一门艺术，不能图快，快中陡磨，刀锋太短不经用，唯有慢工出好匠。只要有时间，只要有心情，我常常帮妻子磨刀。妻子是个只会用刀而不会磨刀的人，她宁愿常常购买，也不愿在水石相间的磨砺中去负重那双痛苦的手。

磨刀确实很累，凡是磨过刀的人，都知个中滋味，坦白地说，我也是一个不喜欢磨刀的人，被动的劳作，磨损的是时间之痛。刀愈用愈厚，磨锋的时间越来越长，请专业的磨刀师傅，并不止于求取一次现磨的锋利，主要求取于他用合金钢的戗子将钝厚的刀口戗薄一些，以缩短日后磨砺的时间之劳。

远在旧石器时代，人类在一次偶然的拣拾薄石切割中得到启示，于是，慢慢地开始琢磨起刀的制造，锋利的切割，便捷于生活，使人不断地从刀的轻快中乐不可支。从起初的石刀、木刀、竹刀，到后来的铁刀，这是一段漫长的岁月，更是一段光华的延伸。真正有关刀的艺术，还是从洪炉锻造中崛起的。自从人类掌握了锻造技术，便层出不穷地生产出各式各样的刀来，后来发展到铁身钢口的镶嵌艺术。大凡兵器中的刀、枪、剑、戟，均是刀的后代与近亲，它们都是从人类的锻造技术中诞生的。人们初始用刀，纯真地只为生活。后来将刀发展成兵器，造成对生命的杀戮，这是人性所为，远为刀所顾虑不及。

刀快，除了本质和磨砺之外，它还可以快在速度与重力下。王五的大刀，关公的青龙偃月刀，在战场上杀敌直如砍瓜切菜，从来没有人怀疑过它的锋利。但傅红雪腰挎的只是一把生了锈的刀，但它每每一招制敌，在他的刀下，从来没有给敌人逃生的机会，其快在瞬间出手的速度。而造纸厂的切纸刀，还有钢铁厂的轧钢刀，那种刀，快则快在锋利、重力与速度的综合之上。

刀的功能在于锋利，快与不快，即是刀的质地区别，原本与形色美丑无关，对于刀的形体和艺术价值的考量，则后发于人们对它的爱好与追求。从刀的使用顿悟到刀的制造艺术的进步，记载了人类从远古而今的足迹，在一把把刀片闪光的亮度中，我们可以深深地阅读人类永不止步的文明密码。

茶之韵

曾凡仁，众所周知的风云人物。假如，你对他仅限于耳闻或平面解读，绝对被亚洲车神的光环所淹没。然而，一个痴迷于车技，在赛车上与时光抢道的人，却让人意想不到地与茶结下了深深的不解之缘。每天东方拂晓之时，抑或驾车归来的疲惫中，曾凡仁便坐在茶室里，以娴熟的茶艺为自己冲开杯中的叶片，在浅尝吮呷中安逸于钟表的滴答，让时光静静地流动，绝不为窗外的鸟语花香所动。如非亲眼所见，很难令人置信，曾凡仁集动静于一体的两极人生。事实告知，你不能不相信生活创造的奥秘与神奇。

在曾凡仁的茶艺生涯中，最值得铭记与骄傲的，无疑是今年新丝绸之旅“一带一路”万里行活动，他将中国名茶亲手递给外国要员与名人手中，把中国茶文化撒播于欧亚大陆的旅途，在异国他乡的千花万景中，涂抹上中华文明的底色，博得了外邦友人的崇高赞誉。曾凡仁为此感到无比的欣慰与自豪，他毕竟做了一件堪称中国文化大使的有益行为，并将车神风采与茶道之爱的双层光环，镀亮了异邦国土，使华夏文明在世界大同中焕发强烈的光照。曾凡仁不虚此行，更不虚此生。

溯源曾凡仁真正与茶结缘的起点，并非儿时的水月故乡，却意外地萌生于日本。在一次紧张的赛车训练之后，有心回卧室静躺一会儿，却拗不过一位日本朋友的热情相邀，他们一同走进一处娴静而精美的茶室。茶艺师捡出客人钦点的名品，极其从容地为他们泡好一壶茶，又极其谦和地教习于一闻三品的优雅。曾凡仁不觉入迷了，一贯只知解渴的茶，原来还可以这样喝。茶原产于中国，茶道却精于日本，这是传统的发扬还是文化飘移，曾凡仁弄不明白，不由自主地陷入了远离尘嚣与杂念的境况中。不论高官和平民，也不论富豪与穷酸，他们身穿木屐与和服弓身入门，静坐于茶海前，伴着曲曲比烟还轻的音乐醉心于一室香茗，享受心灵的超然洁静，真不可思议。

一片小小的绿叶，梦醒于柔和的春雨，破胎于枝头的开口，或长于高山的云雾之巅，或长于山涧的清溪之畔。在一个黎明晓色的朝露下，被一只柔荑般的手采摘于园地，在杀青的高温下迅速催眠，让一个生命停留在鲜嫩的时光中，却保持不变的原色。不知过了多久，也不知是谁启开了盒盖，轻轻地将它放入细瓷或紫砂杯里，在滚水冲泡下渐渐地舒展身姿，让本体液汁慢慢地浸透杯中白水，以至完全展现自己的姿色。没有确切记载的年月，也不知是哪位华夏祖先，也许来自天意指引，也许来自智慧的偶然顿悟，他们将山野里的一片绿叶采下，取它的液汁用来养益身心。这就是被世人称之为茶的诞生之谜，一条似普通又神秘的全程之道，中华茶文化的历史源头。

自从部队转业回汉，在继续赛车之外，曾凡仁终舍不去对茶的钟爱。他分别于武昌紫阳路和广东的中山市开设了两处茶楼，常常与人雅聚于品茶论道的文化之中，很多爱茶的人闻风而来。为了谋取好料请人雕琢茶海，他不惜从偏远的山区运回一个个硕大的树蔸，有人问他以作何用，他随口而答："好玩。"那时，他对茶的别样嗜好还少为人知，也懒得与人解说，更怕被人笑话，一个迷恋于赛车的狂人，竟能与茶静处一室。随着岁月走向深处，曾凡仁亲自驾车表演的时机逐渐减少，而对茶的钟爱却演算出必然的加法，他把赛车之外的时光，悉数赋予了茶道的研习与深造。近年来，他不仅埋头阅读茶经与茶典，还多次被邀出席国家级的茶叶评比与茶艺大赛坐席评委，那些慧眼识珠的鉴别与精妙绝伦的评语，直让人刮目相看。

在20世纪80年代末，于一次赛车活动中，他有幸结识湖南籍的影视演员蒋彪，他主演的《湘西剿匪记》和《长沙保卫战》一时火热市场，曾一度被观众所崇拜，居不知蒋彪在影视之外特别爱茶，竟被人称为“茶疯子”。在两相交谈中，蒋彪随口叹惜：“湖北，陆羽的家乡，我却未遇到一个真正品茶论道的人。”曾凡仁一笑，暂将那抹不服按捺于心，他不动声色地将蒋彪领进紫阳路的茶室，有心让其体验一下真正的湖北茶艺，好打压一下他的傲气。曾凡仁一时不答蒋彪的任何提问，只示意他在茶海边坐下来。他一改赛车手的风貌，在无声的微笑中亲自为蒋彪烧水泡茶，一整套专业的茶艺操作，蒋彪知道不是演员所为。在接下来的对弈中，曾凡仁满腹经纶的茶道之论，直让蒋彪瞠目结舌。曾凡仁起身指着墙上的一幅巨照问蒋彪，你认识他吗？蒋彪摇摇头。曾凡仁却不温不火地对他说，这是陆羽家乡的欧阳春，被人称为湖北的茶道泰斗，他的修为比我深得多。蒋彪这才知道入了曾凡仁的套，今天是真正遇到对手了。他站起身来，深深地向曾凡仁鞠了一躬，并收回那句“湖北无人可论茶道”的狂言。曾凡仁要的就是这个结果，于是，满意地回给蒋彪一个清纯的笑。

为落实习主席“一带一路”的伟大战略构想，中国社会艺术协会、中央新闻纪录电影制片厂（集团）

发起并组织了“一带一路”走进米兰大型活动，大型纪录片《世纪丝路》摄制组等多个团体随团前往。浩大的车队以东南（福建）汽车工业有限公司提供的清一色银灰色 DX7SUV 轿车组成，由曾凡仁统领指挥。该次活动是截至目前中国“一带一路”建设中规格最高、行程最长、跨度最大、涉及领域最广的丝路沿线文化巨笔。2015 年 6 月 3 日，“一带一路”走进米兰大型人文纪录片《世纪丝路》开机仪式，在北京国家会议中心举行，原外交部长李肇星等领导人出席。

“一带一路”万里行——走进米兰世博会车队，在曾凡仁的全线率领下，8 月 8 日从上海世博园出发，一路途经洛阳、南阳、西安、敦煌、兰州、乌鲁木齐、哈萨克斯坦、俄罗斯、土耳其、希腊，历经七十余天，行程 2 万余公里，沿途受到了各国政要与文艺名流的热烈欢迎。他们于 2015 年 10 月 19 日抵达意大利，受到了罗马市副市长尼埃里、中国驻意大利大使馆参赞姚成一行的隆重接待。在路过武汉途中，队员们特歇于曾凡仁的茶神驿站。在一栋被木雕工艺环绕的古茶楼中，他们饱览了许多珍稀名贵的茶品，有福建的铁观音、云南的普洱，有享誉盛名的湖北青砖茶，还有大红袍等等，真所谓应有尽有。尤其是近年来被国人炒得火热的湖南安化黑茶，巨大的万两包装，直让人惊叹不已。曾凡仁正在从事一个大型而高档位的茶文化建设项目，均以黑茶为主，兼具收藏和展示双向功能的中国系列名茶博物馆，一待落成之日，他将遍邀天下茶艺大师和知名企业，给广大茶文化爱好者提供一个品尝与展演的巨大舞台，以慰平生之愿。

中国社会艺术协会主席盛中国，率领“一带一路”万里行的全体成员，全面宣传中国茶文化，重点推介湖北的名茶系列。中亚茶艺界的诸位名流都对中国人竖起大拇指，对湖北黑茶和赵李桥的“大昌川”青砖茶及米砖茶均赞不绝口。还有广西的六堡茶、四川雅安的藏茶等众多品牌，均为外国高官和名流所珍爱。当那些金发女郎手捧着《古襄阳》书籍，边品茶边露出微笑的时刻，曾凡仁的心为中国传统文化的感染力而春暖花开。丝绸、瓷器、茶叶，中国三大文化符号，在古老的丝路上，灿烂出华夏盛世的夺目光彩，是为炎黄子孙的东方图腾。

为庆祝“一带一路”万里行活动完美收官，活动代言人国际著名小提琴艺术家盛中国，在中国馆影视厅举办了“盛世中国梦”小提琴独奏音乐会，现场气氛热烈，不时掌声雷动。著名画家“中国野荷王”庄永春与盛中国同台献艺，挥毫泼墨于浓浓熏染中国元素的创作之中，整场活动带给外国人不尽的惊讶与赞叹。无论哪场活动，曾凡仁竟成了公推的当然主角，2015“一带一路”万里行活动虽早已结束，曾凡仁的回顾之恋却永恒。

岁月感念

打开岁月银行，自知存储不多，务必在精密计划中支出。审视曾经支付的流程，万般感念涌动心头。人生，一次不由选择的旅程，有限的长度，无限的空间，尽其发挥，自我精彩。一路弯曲，一路风雨，亦然掩不住全程风景，万丈光芒。

在母亲的怀抱里睁开双眼，猛然看见第一缕亮光，有如盘古打开天地，告别混沌世界，蓦生光明的崇拜。天真无邪的童真，关不住对高大的向往与仰慕，盼望早日男子汉般顶天立地的成长。虽说窄屋寒门，兄妹众多，但深得亲情与友情宠幸，求知的热烈鼓舞着蹒跚的脚步天天向上，朦胧出许许多多紫蓝色的梦想。美好的童年时光，使人遐想再一次问世人间的梦回。

前半程的青春岁月，我鼓足浑身的劲道，企求踏响生命之曲，却遭遇季节潮深，一路栉风沐雨，裹挟着湿漉漉的衣裳，深感自暖的能量不足。拖着一双无根的鞋，在泥泞中跋涉，歇斯底里地奔跑，着力丈量雨幕的长度，苦苦探测大地之门的方位。但阳光不分贫贱地照耀，花朵不错季节地盛开，生一次死一回的平等给人莫大的安慰。即使是被铁栅囚禁，主宰者也无福代领他人被剥夺的岁月与光景。常常触手心脉，开启思绪的天门，举头向上，看蓝天海远，慕飞鸟衔云，观星月相映，感夜露无声，毕竟是美好人间啊！

人生最珍贵的莫过于对时光的感念，一切都在时光中发生，一切都在感念中享有，无论快乐与伤痛，都是生命存在的感念。有了感念，生命便有光有色。所有的情与爱，幸福与自由，奉献与收获，都在感念中体悟。没有时光就是句号，没有感念如同空白。把握时光，睿智规划，努力实践，尽情享用。

无论白天黑夜，人生自有心中的光明。在那段石匠学徒的日子里，终于擦出一道生命火花。一根朱红的墨钎任写任画，仿仿佛佛创作人生蓝图，一把凿石的铁锤任敲任打，乒乒乓乓间开拓自我前景，一时登顶艺术圈中的高台，在众人赞许的目光里鲜活了十年。冷静思索，没有骄奢，只不过像条入缸的金鱼，任你扬波飞跃，也游不出一条江河湖海。那是一段抹不去的日月，常常被思忆翻出来在阳光下晾晒，深情回味，值得珍惜。恩惠上苍赐予的一沓时光筹码，唯我独尊地享用，自由自在地发挥，各负其责地担当，我是我永远的上帝。永恒的时光高贵得神圣不可侵犯，它不以物语更不以人为地改变。

随着岁月增长，对时光的认知愈来愈深，试图紧紧地将它抓在手里挤出水来湿润生命的大地。无论多厚的积雪，冰冻不了春雷惊醒的溪水畅流。无论多长的冬季，依然挡不住大地的绿草和风。而立之年，欣逢春风回暖，国运昌隆，一路的上坡，任我驰骋，登高一步便望远一程。办厂、经商、文学，全程中随波逐浪地转换，尽情尽兴地发挥，为了自我价值的认知而奋斗不止。虽说也曾经历弯道与坎坷，那只是为博取成功的挫折与失败，并非灾难与不幸。不惧艰难，相信自己，在希望中前进，在自由中歌唱。

时光原本看不见摸不着，但人类却智慧地将无形的时光表象在沙漏堆积与钟表的滴答中，告别原始的天象观测，在刻度与声响中准确地把握早晚交替。时光似乎掌握在一个既科学又铁面无私的老人手里，它既不增速也不减速从不改方向地恒定前行，任人左右不得。他按规拨付，从不克扣，也不赠予，无从贿赂。时光可以拥有与把握，却不能赊借与买卖，它可以节约，也可以浪费，却无法积累与增长。

一路踏着生命的节奏走来，多少伤痛，多少沉迷，多少吸取，多少收成，自是苦尽甘来，恰似雨后天晴见彩虹。伤了、痛了、乐了、笑了，言不尽的生活，写不尽的日月，不由自主地感慨万千。人生就像一幅沙画，曾经的悲伤或幸福，均被时光的双手抹去，一幅幅崭新的画面又将在时光的双手下诞生。

于岁月的感知，我永远清晰与坦然。面对花甲之后即走即短的路程，我乐观地用加法计算，看一次日出就在时光的收入栏中添上一条横杠，有如鲁滨逊的孤岛树刻，只别于他为记述，我为收获。人生之旅逝去的是时光，逝不去的是铭刻心底的记忆与感念。假如我有一坛千年老窖，定然邀时光老人做客，力劝他深醉不醒，让世间生命的年轮得以延续。

学习感言

这回获评“武汉百姓学习之星”，得益于大家的认可与组织推荐，既是个人的一点收成，更是江夏的一份荣耀，没有骄傲可言，但回味很长，值得交流与探讨。我感谢所有关心和帮助过我的人，我接受大家的祝贺，更接受大家的鼓励与鞭策。

江夏比我水平高的、学习比我好的大有人在，今天领导给我登台的机会，不敢妄谈经验，只能谈几点感想与大家共勉。

学习对世人而言，是一道终生的话题，只有起点，没有尽头。毛泽东曾经说过，“三天不学习，赶不上刘少奇”，这是一句真话，不是礼节性的恭维和谦虚。毛泽东的学历也不算太高，湖南师范毕业，他之所以能集几个伟大于一生（伟大的导师、伟大的领袖、伟大的统帅、伟大的舵手），靠的就是学习与实践。人在学习中提高，在学习中进步，在学习中收获，不努力学习的人，必定被时代所抛弃，要想与人同步或超越别人，那不仅仅是梦想，更是一种空想。

人为什么要学习？从我的认识和切身体会来讲，它拥有广义和狭义两个方面。从广义而言，人生的终极奋斗目标有三个：一是争取明天比今天过得更好，不断地提高自己的生活质量，以增加幸福感；二是使自己活得更加健康和长寿，轻松愉悦地走过自己应有的生命长度；三是呈现人生价值最大化，要不断地有所作为与创造，用智慧的光华去照亮别人更照亮自己。这一切都得靠在学习中去实现，没有丰富的知识和大的智慧，想成就大的事业是完全不可能的。

我并非一直不承认天才，当然，有一部分人生来确实比别人聪明一点。天赋好比是一颗种子，智慧就是一棵树苗，知识就是水分和养料。天赋是父母给的，我们无法选择和争取，只能接受与珍惜。知识是学来的，而这种权力与机会都掌握在自己手中。天赋好，只不过是种子优良而已，而智慧是可以生长的，只要我们不断地用知识去浇灌，它就可以长成参天的大树，以智慧来实现我们的理想，创造我们想要的一切，甚至可以挑战诸多的不可能。大家可能都承认，能读少年科技大的人，一般天赋都优人一等，但他们并非都能成为有用之才。为什么？有些人就因为天赋较好，便懒于学习或学习不得法，于是就没有进步。有极个别人还落于平庸，甚至还不如一般人。所以说，学习对人生非常重要。我们要拥有自己的天赋，积累丰富的知识，总结先进的经验，创造最大的价值。

我为什么要努力学习，除了自身的爱好之外，与人相比，我有四点的先天性不足：

1. 我天赋不算高。我曾经与很多人说过，我确实有点小聪明，却缺乏大智慧，要想在人生中制造一点声响，必须加强后天的学习，不断地给自己充电，以此来提高自己的智慧能力。否则，一切都不可能。

2. 我的学历很低。仅读了三年半小学，初中政审被刷，含泪离开了学堂。我只能边实践边学习，认真阅读社会、自然和生活这本厚书，学习别人的优点来弥补自己的不足。

3. 我没有身材优势。作为一个男人，既不高大，更不英俊，这是父母给的，我只能接受，不可选择。唯有努力地让自己优秀起来，否则真的会成为男人中的三等残废。不管我做得怎样，但我敢向大家保证，我真的努力了。

4. 我家庭成分不好，比如读书、入党、当兵、外出当工人，一扇扇门都对我紧闭着。家中兄弟姊妹众多，经济十分困难。要想走出政治低谷，摆脱经济窘境，我唯一的选择就是加倍学习，用知识将自己武装起来，否则就永远低人一等，不谈前途，恐怕连老婆都娶不到。以上四点即为狭义范畴。

由于我先天性的几点不足，就像种庄稼一样，底肥不足，只有靠追肥，所以，我不能不努力学习。

老话常说："读万卷书，行万里路。"行万里路并不难，但读万卷书确实很难。"才高八斗，学富五车"早已被时代所淘汰。古代一些出色的文人真能读尽天下书，那时的竹简书不多，能读五车就堪称天下才子了。现在的纸质书，还有电子书，即使你活十辈子，也难读其万分之一。所以，我们要选择性地读，一切知识要为我所用，不能在漫无目标中浪费光阴与精力。为什么要学习，学习些什么，怎样学？这是一道非常复杂的课题，今天我无法与大家作全面的交流，如有时间，我们再找机会探讨。

我很清楚，不管什么荣耀都属于昨天。我曾经在日记里写过一句话："昨天的太阳，永远照不亮今天的黎明。"有了一点收获，千万不能忘乎所以，乐极生悲的警示，要像一面镜子一样常挂在心中。一个人要保持荣誉很难，要提高荣誉就更难了。我们必须把握好今天，谋划好明天，不断地学习，不止于奋斗，否则再大的荣誉，也只能是昙花一现。

失而复得

失落的哀伤，复得的惊喜，似如水火两重天的体验，唯有亲身经历的人，才能感受个中滋味。大半生以来，仅有的两次箱包窃失，却又奇妙地失而复得，令人悲喜交加。前一次密码箱遭窃，皆因自身冷静中的正确判断而被追回；后一次背包遗失，却全在他人相助而回归。人生难得的两曲喜剧，让我饱受了过程煎熬，的确值得一书。

2014 年 5 月 11 日晚 23 点，从厦门高崎开往太原的 903 次快车，终于在晚点两小时的焦急等待中，发出了启动的轰鸣。武汉作家采风团的文友们，结束了为时一周的愉快赣州行，让火车载着梦想中的反刍与咀嚼，回归在步步近家的旅途中。一觉醒来，窗外早已是满眼鄂地风光。火车沿途加速，抢回了晚点而误的时光，8 点 40 分正点到达武昌火车站。接车的军军直到出站口相迎，他帮我分担了两个手提袋的负重，径直走到地下停车处，省去了站前通话碰面的烦琐，心中无比轻快。

近来，手头事情较多，又外出七天，我也想像晚点的火车一样，加班加点地抢回流失的时光。到家时 10 点不到，还可以去单位复班小半天。一到家便放下行李换装，准备转身出门，却怎么也找不到背包。几经回思，理不出头绪，妻子确认我没有背包回来。如此说，背包肯定落在火车上了。一贯细心的天性和曾经的会计生涯，将我磨成遇事谨慎的习惯，不可能将背包落在火车上。虽说人生中有过许许多多的失落，但我从没落过背包，即使是那年在沙市密码箱被人暗窃，却也奇迹般地被追了回来，怎么可能丢了背包呢？我依然有些不太相信背包掉在了火车上。

上班之后，抱着没有希望的希望，请两个年轻的同事打开手机网络，几经周折，终与太原的 12306 取得联系。温和的女接线员，让我说清背包的式样和颜色，以及包里的物件，她答应速与车组联络，不管情况如何，争取尽快回复。等待的时光总是过得特别慢，我不禁回思下车前的经过。车一到鄂州，我便早做下车前的准备，首先取下车架上的旅行箱，放在卧铺的床边靠着，再将两个手提袋放在旅行箱上面，回身取下夹克穿上，一怕站外的风冷，二为减少行李负重，最后再将咖啡色的背包放在卧铺的被面上，一切都在视线之内，似乎万无一失。下车时，女导游沿着车厢提醒，大家不用慌，别将行李落在车上了，我却不以为然。

在焦急的等待中，我回想起那年沙市密码箱遭窃的经过。1988 年秋天，在常德坐普通班车回汉，旅途的劳顿让人格外企盼轻松，我选择在沙市下车睡一晚，改乘第二天的豪华高靠旅游车回汉，想让自己一路沉浸在车载电视的享乐中，以缓释旅途的疲惫（那时的车载电视极少）。在沙市车站门外的临时购票点前排队，我叉开双脚站在女售票员的三屉桌前，小心地将棕色的密码箱放在脚前桌下的空当处。就在交钱购票的一瞬间交易之后，低头伸手提箱，发现密码箱竟不翼而飞，我冷静地抬头四处张望，却不见任何形迹。这时，身旁一位年轻的女性轻拍我的肩膀，她右手指着前方三十米外的街道上，一个身着黄色服装飞跑的年轻男人，他的右手上，正提着我的密码箱。我迅速转身，拔腿狂奔。沙市街道上的绿化树木茂密高大，我怕他横穿街道被树丛遮挡视线，便贴近街中的绿化带前追，只想将他逼在靠近街墙的里边。也许是追包心切，我迅急将他拉近在 20 米距离之内，眼看抓获在望。正当这时，窃者却突然在眼前失去踪影。当我跑近他失踪时的地方，发现那儿正是一个街道交叉的转弯处，长途客车站的大门敞开着。我当即判断，窃者唯有躲进了车站内，不然，宽阔的街道上，绝不会让他人间蒸发。

我没有丝毫犹豫地认定了车站的目标，但守门人却回答没有在意手提棕色密码箱的黄衣人进站。我顾不了那么多，快步走进车站，伸手拦停了几辆准备出站的班车，工作人员十分配合。经过搜索，既没有看到黄衣人，更没有发现能装进密码箱的提袋，排除了车上隐藏的嫌疑。看看车站的院墙均高在两米以上，工作人员又告知没有后门，自认窃者没有翻墙逃跑的可能，便径直朝候车室走去。一进候车室，眼前突然一亮，我的密码箱正稳稳地靠在乘客座椅的近头，却没有发现那个黄衣人。我慢慢地走到密码箱近前，询问旁边的女乘客，是否看到这个放密码箱的人，我自告是他的同伴，但女乘客微笑地将头摆了摆。我不由得举目四顾，满室均未见一个黄衣人。也许他悄悄地离开了，也许，他脱下了外衣，暗中窥探着我，一切都不得而知。追逐中我只见到一副模糊的背影，却不识相貌，即使是对面，也无从相认。密码箱当时没上锁，我急打开查看，里面的几千元现金和两条芙蓉王香烟原封不动，心中颇感安慰，不幸中的万幸！可能窃者还不知箱未上锁，也可能被追急了，他一时还来不及开箱取物。虽说密码箱已被追回，我却有点不甘心，总想亲手将他抓住解解气，但半个小时的守候过去了，依然没有人前来提取密码箱。知道无望，我便提箱出站，想前去感谢一下那个提醒我的年轻女人。后经工作人员告知，那个女人只是过客，看来今生无法面谢了，心中不免有些歉意。假如不在那边守候，早点回头，也许就能见到她。

正当我沉浸在密码箱失窃的回顾中，太原的女接线员回了话，她对我说了些抱歉的话，我的心顿时一冷，可能背包真的丢了。她又接着说，背包找到了，只是里面的钱数少了些。我急打断她的话，询问里面的几张银行卡和其他证件是否还在，她便将赵康生车长的手机回告，嘱我五分钟之后直接联系。不多一会儿，赵车长的电话接通了，他像那个女接线员一样，首先表达了钱款不符的歉意，我依然急切地打断了他的话，只想查问所有的卡片与证件，经过逐一查对，证件一件不少，我为之心悦。

按约定，18日早晨8点钟，我去武昌火车站内与赵车长在八号车交接。我刚走下阶梯站到月台上，火车正好停稳。门一开，赵车长拎着我的咖啡色背包跨出车门，我急不可待地迎上前去，握手之间感到异样的热烈。赵车长与我逐一清点包中的钱物，嘱我认真核对，那种一丝不苟的作风，让我心头像空调下的冬季一样，感觉真好！

在当初通话时，赵车长关切地与我商讨交还物件的方式和时间。邮寄或捎带怕一旦丢失，唯恐给我带来雪上加霜之痛。等车组过来面交，又怕我等不及时间。面对赵车长无微不至的体贴与思考，感激之情难表，虽说身为作家，也深感语言的苍白无力。中华古国，五千年文明！我深深地感谢太原客运段厦门八组的全体乘务工作者，感恩这个复兴的时代，感谢人性美德的回归，更感谢可敬可爱的太原铁路人!!

绿色天堂

2010年盛夏，久以“火炉”著称的江城，酷暑横扫都市的每一个角落，黄昏到来也不示弱，整座城市就像个上气的蒸笼。连日的阵雨浇不透滚烫的地表，晴雨相间的巨大湿度让人热中发闷，大街上断断续续的人流都被灼热的阳光追逃。不论男女老幼，只要有一丝理由就龟缩室中，常将电风扇和空调开到极限。那天半午归来，穿过门前的小巷，一缕清风从脚后袭来，给人一背浸凉，一时勾起无边的感慨与遐想。天风真好！何不趁近日手头事不催人，觅一处林深之处消消暑呢？桂林、张家界、承德……一处处胜地在脑中忽掠而过。不觉偶然忆起安山来，那里是湖北省苗木花卉实验基地，几万亩的园林有景有风。尤其是大房高湾，全国农村的新型样板，一座风景如画的小村庄，安乐无忧的村民们像住在天堂里。半小时的车程，我何必舍近求远呢？林深不知暑，树大招风凉，一阵激动禁不住心灵深处的潮涌。

久经尘沙岁月的疲倦和困顿，我们不得不有所沉思与眷念。或许我们太习惯，所以不得不时时感应根之所系，安山，生我养我的故乡啊！偶然忆起，必然的潜存。安山，几年前就长成的一片绿色气象！仿佛间我像失魂一样地迫不及待。第二天一大早，我急如星火地驱车上路，这一趟安山之行，不仅仅为了夏日消暑……

一

2007年9月17日，这是一个令大房高人永世都不会忘却的日子，“全国林业推进新农村建设现场会”在这里隆重召开。大小上百台车辆，各级官员数百号人，锣鼓夹着鞭炮的轰鸣一声声荡开，扩音器里传来的领导讲话，既有熟透的汉味，也有高远的京腔。大房高这个一向无名的小村落，骤然卷起阵阵狂飙。安山镇的领导都来了，江夏区的党政主要领导来了，武汉市的副市长来了，湖北省的要员来了，北京的高官也来了。几千年的村落，世代的大房高人，真还没人面见京官，今日争相一睹这位大员，以解惑旧朝钦差大臣们那般神秘而威严的神采。真诚而淳朴的大房高人，虽说湾村里从未出过显赫的名人名事，但他们千秋万代地耕守，终于穷自己的智慧与劳作，在新农村环境建设和农业结构调整战略中，比别人先一步做出了样板，这不得不使他们感到由衷的骄傲与窃喜。这次现场会旨在总结交流经验，以加快全国“创绿色家园，建富裕新村”的行动步伐，来自全国各省市的代表和新闻记者400余人云集大房高。一个以“绿色江夏　生态家园”为题的专题报道，于8月18—19日迅速在湖北省公共频道中滚动播出。一时间，省市乃至全国性的相关媒体相继报道了这一消息，令这个昔日寂寞沉静的大房高顷刻间扬名华夏。

“村在林中，屋在园中，人在景中”的生态，对大房高人来说，已不是一副堆积于沙盘中的规划模型。几百亩的土地流转，大片荒坡地的绿化，不仅仅美化了村落的环境，且大大地翻倍了收入。今天的大房高人，以崭新的面貌笑对先祖与苍天，他们不再是一群日益梦幻小康的农夫，更不是一群每年期待政府救济的贫民。现代中国的退耕还林工程，曾受到日本国际协力机构技术合作中心的中外专家们的高度评价。勤劳的大房高人，是退耕还林的首批实践者，他们优先享受了政策惠顾，在改变传统农业种植模式中初尝甜头。于是，他们大胆尝试，领头试行土地流转，将大部分旱地租赁给苗木种植商，很快让整座村庄和土地都绿了起来。有了优美的环境，又有了高额的租金，大房高人的精神面貌也在悄然改变。经过苗木商处的打工学习，他们很快掌握了苗木栽培的入门技术，洞察到苗木市场的繁荣，便自发地兴起了家家苗木，使全湾的旱地都长成了森林，如今的大房高几乎没有尺寸闲土。一边坐收租金，一边就地打工，还兼带自己的苗木经营，收入直像多条支流汇入江河。经过几年的经营与改变，如梦方醒的大房高人，深深地懂得土地是致富的根。今天，他们比以往任何时候都更加钟情脚下这片黄色的土地。

农民的疾苦，三农的贫穷与落后，一道千年的话题，长久地困扰着世界上人口最多的文明古国。南涝北旱，大河决堤，人畜灾害，苦役式的劳作，教育贫乏……一代代人的奋斗，一代代人的延续。自从取消农业税暨粮食直补政策的施行，长久禁锢农民的枷锁被一只巨手粉碎，一副弯弓似的脊梁铁定直起来了。一个自上而下的呼声在国人心中共鸣，“农业要彻底变革，农民要尽快脱贫”。变革是艰难的，脱贫也如雪飞三尺。于是，政府出台了诸多惠农政策，试图用现代物质条件装备农业，用现代科学技术改造农业，用现代产业体系提升农业，用现代经营形式推进农业，用现代发展理念引领农业。农民也开始了闲中翻书，他们懂得了从思想上脱胎换骨才是最本质的改变，在自己有谋而动之前，选择性地参加政府举办的多项技术培训。除了一部分人洗脚进城之外，坚守本土的人，无时无刻不在开拓建设家园的致富之路。大房高人在广植苗木花卉的同时，且重点培育精品苗木和特色水果基地，有机地结合政府的整体布局，沿国道线两旁打造 30 公里的生态经济长廊。107 国道湖北境内的两旁绿化带被国人誉为“中华第一环”，其中江夏区的安山段竟长达 30 公里之远。

随着全球性的经济发展，绿色文明成了人类的共同主题，这不仅仅是城市的美化要求，更是广袤国土上绿色植被全面复苏的期待。近三百年来的工业文明以人类征服自然为主要特征，世界工业化的发展使征服自然的文化达到了极致。一系列的全球性生态危机警示我们，地球再也没能力支持工业文明的继续发展，急需开创一个新的文明形态来延续人类的生存，这就是生态文明。生态文明是人类文明的一种形态，它以尊重和维护自然为前提，以人与自然和谐共生为宗旨，以建立可持续的生产方式和消费方式为内涵，以引导人们走上持续、和谐的发展道路为着眼点。可以说，生态文明是人类对传统文明形态，特别是工业文明进行深刻反思的成果，是人类文明形态和文明发展理念、道路和模式的重大进步。如果说农业文明是“黄色文明”，工业文明是“黑色文明”，那么生态文明就是“绿色文明”。而绿色文明必须依靠广大的林业植被来支撑，并非路旁几排树坛中几朵花所能抵达。今天的大房高人给我们提供了很好的经验借鉴，让我们亲手触摸到了三农旧貌快速改变的希望。他们不仅在美化环境中为自己谋得利益，也为世人做出了榜样，更为子孙创造了一份不谢的基业。

在大房高人的带动下，农民被现实利益驱动，周边的涂家谢、大桥边、老屋王等湾村纷纷群起仿效，一时间竟然村村规划，人人动手。首先以大房高为轴心，迅速形成了一片几无断层的5000亩苗木圈，为后来数万亩苗木基地的建成浇铸了坚实的基座。在安山镇的苗木花卉基地中，城镇绿化苗居多，且品种前位，经过多年的培育，普遍进入销售期，时下已经成为农民致富的一大支柱产业。2006年，大房高人均收入10547元，为2003年前的3.8倍。今天的安山，何止文人笔下的千花万树，六万多亩的花木蓬蓬勃勃，风吹吹，花香彻地，浪滔滔，遍地绿海，这里已是一座博大的植物园。如夏日来此避暑，到处清凉一片，感觉就像重回春季。有时等不及天明的假日，我连夜潜回故里。第二天就有朋友撵来，首先必须为独自出行摆上一桌赔罪酒。园中的菜，塘里的鱼，笼里的鸡，清一色的农家，清一色的绿色。喝几杯自酿的米酒便诗意涌来，吃一碗柴灶烧煮的锅巴粥，中部就隐隐传来滚动的歌声。如得闲暇，携家带眷或邀朋友一起，走出都市的喧嚣来这里放飞心灵，你可以不醉在酒里，未必就不醉在花里。

二

得知我回安山探访大房高的消息，镇里的领导早在政府等候，他们决定派专人陪同。詹红运书记，程和平副书记，还有熊慧荣委员，都是多年熟悉的面孔，相逢一笑早已用不着多余的言语，唯有余镇长一人乃初识。余建平，一个身材并不高大、心中却装着乾坤的男人。他调来安山不久，却为该镇的建设倾注了应有的行政智慧，我作为安山的儿子，感激中印象自深。

从镇中到大房高湾不过两三公里的路距，为了细品路旁的名花异树，唯恐惊了林中的飞鸟，在故乡领导的陪同下，我们一行驱车在林荫下的柏油路上蜗牛般前行。林深之地静若处子，外界的嘈杂和气焰都被静静地吸纳，它以天然的浑朴迎接我们。天很高，亮亮的阳光无意减弱一分夏日的强劲。长空远不是阳光的距离，每当云朵一飘过，它即倾泻大地，不分贫贱地普照世间万物。大道从来不是清风的路标，它不问情由地自来处飘来，掠过低谷，爬过高山，不惜在南墙下撞起一个个旋涡，从不改变自定的轨迹。头上一顶蓝天，脚下一片绿野，在这片不见边际的林中穿行，酷热不知不觉地温柔了。这次来大房高，一不为看名楼，二不为追明星，只为了这海洋般的绿，东一片，西一片，南北相连地一直绿了开去，不仅将眼淹没，更将心淹没，安谧中静生极趣。虽说不是闲览，却让人兼富闲情，一切皆由静生净。林深处路无尽头只见弯道，不尽的绿色在幽静中蜿蜒，海一般地际远。车速几乎缓至停歇状态，终不想让这软缎般的绿被路隔断，姑且让我们以世俗熏染的浮浅去触摸原生态的魂灵吧。

这儿是一处树的天堂，一路数来苗木不下数百种。据陪同的领导介绍，安山地区现有苗木生产商近 300 家，仅大房高就有三家。树木品种繁多，各家均有特色，高中低档兼营。有乔木，有灌木；有常绿的，也有阔叶和彩叶的；有高大的组团景观树，也有当年出圃的色块小苗；有现代改良的第六代双面红继木和景叶白兰，也有坚挺地走过四纪冰川的水杉和银杏；有来自北方的黄金槐，也有产自南国的高杆蒲葵；有本土的马尾松，也有西班牙的加纳利海枣。但最多的还数这儿的原住民——香樟，它们像汉人一样，树树成群处处成片，连往日长在村头地边几无一用的刺槐，也成了今日的绿化树种。众多树种跨越了地域，它们带着北疆风采、南域风光和异国风情，一同在这块古老而又新潮的土地上风流。就景观树而言，常见的有柞树、榉树、朴树、合欢，还有珍稀的对节白腊等等。尤其路旁的那棵桂花，它几成林中之王，树干高达十五米以上，足有三人合抱，在那满布岁月沧桑的树身上却嫩枝新发，且枝繁叶茂树冠覆地。据说这棵树远从一个偏僻的山村移过来，初栽时不仅是本园的艺工，连临近的村民都自发地过来浇水。这样珍贵的树木，走过数百年风霜，历经移栽的风险活了过来，真值得祝福。

这儿是一处花的天堂，步步让人踩出芳香。有洛阳的牡丹，也有云南的茶花；有东方的美人蕉，也有西土的郁金香；有当地的月季，也有外来的茉莉。这里是春有杜鹃夏有荷，秋有海棠冬有梅，真可谓天天见花开，处处飘芬芳。每当中秋来临的日子，这儿的桂花遍地开放，不仅香了南来北往的路人，连满地的月光都是香的。这儿是一处鸟的天堂。举头皆见树尖上处处安家的鸟窝，有用枝条搭建的，也有用草叶垒就的，还有用细丝缠绕的。有麻雀、有斑鸠、有滴柳、有画眉……一只说不出名的长尾巴小雀在绿丛中飞来飞去，像远嫁多年的村姑回到了娘家，连阔别多年的喜鹊也成群飞舞。这儿是一处人的天堂。往日的农夫，今天大多都成了园艺工，苗木生产商已成了土地的新主人。特别是往来不断的车辆，满载一车车苗木和信誉运往全国各地，商品信息在鼠标点击中四处飞扬。随着园林规模的扩展和风景的成就，游人越来越多。有的人来此看树观花，有的人来此释放一下疲惫的心灵，有的人来此品尝亲手采摘的瓜果，有的人来此租地，享受自种自收的乐趣……

这儿的树花多有别名，任你叫出一名，即能让识者通汇。城里来的人通常爱叫书名，陌生时就翻翻《辞海》或《植物辞典》，生怕叫得外行，被人嘲弄没文化。乡民们则自由得无拘无束，他们大多喜欢叫别名，即使偶尔的品种不熟，方便时随处找人问问。还有些人以观形状而自我命名，在确切的象形中常被众人响应。每当在一个新名的诞生之初，有些专家常跟村民们解说企图纠正，总想让他们叫得科学点，但固执与洒脱的村民们一任地自管自说。比如“枸骨”（书名），村民们从来就没人叫过这样文绉绉的名字，他们一味地叫它“猫儿刺”（叶片上的几角尖刺极像猫头，村民们常将此刺挂在腊鱼腊肉的钩钩上谨防鼠偷，确有猫的功能）。无论是树是花，任人叫它什么名字，只要好听，只要大家认可就行，自古名因人起嘛。久而久之，专家们再也用不着在名字上与村民们较劲，且同流于众口如一的约定俗成。

凝望着眼前这片绿浪丛林，在舒怀无比的惊叹中，却堵不住一种痛苦的思绪倒流。曾几何时，在那铁臂扶摇，敢与天斗的自大狂妄中，人类家园以惊人的速度而面目全非。千年的大树一棵棵砰然倒下，熊熊炉火无知地燃烧，将一车车矿石炼出像小山一样耸起的铁流。江河萎缩，鸟兽逃离，村前的溪水发出微弱的潺声，古老的遗风已被无字的巨轮碾碎。美丽的江南大地愤怒地脱尽了外衣，向世人裸露着胸膛。一坎坎光秃秃的田塍地埂，像一根根被锈刀剔去肌肉的肋骨，几无遮拦地怒吼出文明的悲声。沧海桑田悉数的枯笔书写痕迹，让善良的人们茫然中挥不去胸膛深处的痛楚与无奈。我深深地吸了一口气，得幸有生之年看到家乡如此复苏的自然美景而自我抚慰。沉沉的思绪即被一块路标所牵引，“大房高湾”到了。

三

安山，一座古老而美丽的小镇，秋来一片丰收景，春来一季桃花红。时光荏苒，逝水东流，早在 4100 多年前，这里就有人类聚居的史迹。据说，牛头山上留有岳飞屯兵养马的史记，远有熊廷弼的尊师邱宗美的故居，近有张之洞开挖煤矿的竖井……是这根根文脉养足了浑厚的底气，使安山传承着岁月尘沙没不去的风流余韵。人为什么总爱挖掘历史探寻昨天？因了那缕缕不灭的文化星火与人间情怀，昨天已然月照，今天何妨不能光大，明天更有理由展望。

安山属武汉残丘性冲积平原的延伸，大部分在海拔50米以下。这里为亚热带湿润季风气候，常年雨量充沛，平均无霜期约250天以上，年均气温16.3℃，是一块植树栽花的天然宝地。从107国道驱车南巡，一过四十一（汽车站名），缕缕芳香便扑面而来，路旁的绿色宽带，两端直接临乡地界。由于地处华中，气候适宜，成千上万的奇花异草都移民至此，不断地丰富江南苗木花谱的内涵。深受楚文化的影响，安山人的性格表现得热情而刚烈，浪漫而奔放，说话掷地有声，歌声直冲穹顶，在久别重逢的相握中两股力量直像大河一样冲撞而奔腾。

为了走近大房高人，为了走进他们的家，我只身前往二访大房高。那天一清早，西边老龙角上便泛起云朵，很快铺满了天际。太阳谦卑地躲进了云层深处，阵阵清风宝贝似的吹来，一颗心被浸泡在凉爽的浪花中自我拍打，我尽情地享受着这亘古以来的巨大天惠。沿路的旱地清一色的苗木花卉，几乎难见一角半块农作物，小麦、芝麻、油菜、豆类物产渐渐退隐。只有水田依旧固守着传统的种植，绿油油的稻谷满垅直下，又长又满的谷穗尽情地书写着袁隆平的现代科学成就。村边的几块藕田连出一片湖光之景，满田的莲花白多而红少，雅气间淡去了些许艳色。几支幼小的莲蓬，像光着身子的娃娃，金色的花穗围成一圈特有的光环，抚育中美丽着生命的流程。

大房高位于安山镇东侧，毗邻107国道，一个100多人的小湾村，在册耕地面积810亩，其中水田75亩，岗坡地735亩。他们世代从事农耕，生产无一特色，产出率较低，闲置土地较多，岗坡地长期处于撂荒状态，即使种植旱地作物，也收入甚微。自建新村前，全湾仅有两家盖了楼房，大多数人住的都是土砖瓦房，生活水平低于安山地区的平均标准。大房高也许是安山镇上最早的村庄，至今没有人能说出村史的确切长度，村民们却清晰地讲述了大房高村名的由来。王家原是附近的大户人家，一直人丁兴旺，后来壮大到近千人口。也不知在什么朝代，更不知是哪位祖先发令，将王家一举分成九个湾村，就近各迁一址定居，于是就有了现在的九门王。因大房高家的人为长兄世系，属大房，也许湾村的地势较高，所以定名为大房高。由于历史变迁，代代有人外出，代代有人迁进，今天的大房高早已是一个多姓聚居的村落。虽说大房高不再统属王姓，但他们一直保持着勤劳的本色和纯朴的乡风。

一过安山镇，从107国道北下大路直前，在一处刻有“大房高湾”的路碑旁转向东走，自村头西口步入大房高，笔直东行穿越全湾。大房高并不大，三四十户人家，但住宅格局颇具现代规划建设理念。两排住房，前后毗邻，没有一家孤立于外，有点古时集镇的小街模样，只是远去了一些叫卖的商家。房屋东西相接，大门南开，朝向理想，冬背北雪雨，夏接南洋风。家与家之间并不连墙共脊，均保持一定的间距。排与排之间宽隔二三十米，既不显疏落又不显拥挤（此中格局均出自大房高人自己的建造之作，并非政府建设新村后的重新布局）。家家均建有后院，部分人家还围着前院，猪、牛、鸡等都归入后院圈养，严格与人居分离，圈舍卫生一律用自来水冲洗。房屋清一色的白墙蓝瓦，朴素美观，平房宽大敞亮，楼房高不过三层，彼此间没有太高的悬殊与压抑。假如将门窗再艺术性改造一番，直如地中海的别墅群。如此农舍，如此新村，直引人走入诗情画意：

东家小楼西家院，高低各别三两层。冬披白雪夏吹雨，暮霭牛铃踏炊烟。

湾村的所有地面均铺上了马尼拉草皮，长势良好，特别干净，没有一个烟头，也不见一片纸屑，更不见往日满地的猪粪牛粪，大房高人从此远离了雨天泥地污秽横流的日子。在村庄中部的路旁，竖立着一只蓝色的垃圾桶，它标示着大房高人拥有的现代环保意识。一只磨石的石磙孤独地躺在草坪中，它似乎带着历史的疲倦进入梦乡。随着苗木花卉业的兴起和农业机械化的推行，这只石磙掩不住一丝下岗的没落，静静地倚在屋前，寄望主人永不将它抛弃。村头的篮球场和乒乓球台，天天期盼归来的学子们给它带来投篮抢篮的冲击和乒乒乓乓的声响。

我婉谢了村民们搬过来的小木凳，只身在草坪上席地而坐，一股清凉的地气隐隐钻入体内，冲过任督两脉直达丹田，顿感万般舒泰。我与村民们从乡风民俗聊起，不改的乡音和乡味，很快拉近了相互间的距离。范文华队长漾着一脸的健康与幸福对我说，虽然祖籍不是这里，他却是土生土长的大房高人，他爱这里的每一寸土地，即使在艰难的岁月里，他也从没减少过一分对家乡的热情与希望。现在更不用说了，生活无忧无虑，家室宽敞明亮，就近打工，回家吃饭，农民不再矮人三分。特别是环境好了，湾村几乎变成了我梦想的乐园。如今，哪里都不向往，他将永远守护着他的家园，吃五月的粽子，赏中秋的圆月，守候一年一季的桃红李白……他的话似乎并非对我而言，更像是一番自我表白。说着说着，他似乎陷入了深度的沉思。如此情景牵动了我内心深处的乡村情结，实在不忍打扰，任凭他的思绪在美丽的憧憬中流淌。

待范队长在沉思中醒转，他意味深长地对我说："路真好！"是啊！路好是时代进步的标志。路好，好出好进，能车能行，步步阳光，步步风流。那些弯弯曲曲的泥泞小路，告别了悠长的历史，一条条铺满沥青的车道像血管一样，在一座座古老的墟落和新型的园林间流动。今日的农村不再是几栋灰瓦土屋，今天的农民不再是面染风霜的耕夫；一室天井中漏下的星光，再也照不透他们远大的遥想；日出而作日落而息的古训，再也承不起他们致富的产业。这一切都在于路啊！路让车走，路让人走，路更让我们的思想走。路平而稳，路宽而畅，路长而达，“要致富先修路”已成为乡村里的一句新民谣。今天的路已使新时代的农村逐步走入“无牛村”，今天的路已使大房高人一步走出一个心情。范队长说，我们感谢政府，感谢他们为湾村修路，为农民修房，给了农村诸多惠民政策，给了农业足额的扶持资金。

村前那排排楠树，每当花开一串挨着一串，像铜钱一样，无不给村民们带来一片富裕的心情。满村的枇杷正值丰收季节，村民们让我亲手采摘尝鲜。我还以他们一笑，却不由自主地走到那棵李树前，摘下几颗黄中透红的李子塞进嘴里，儿时的记忆与故乡的思恋一同在味道中涌来。虽说村民们宽厚地接受了北方的楠树和外来的枇杷，一任它们在心爱的家园里开花结果，但依然舍不去近屋千年的桃李。他们习惯地在房前屋后或田头地边，栽上几棵桃李，在享受果实的味道之外，恪守那份舍不去的流连。门前有桃，屋后有李，河边有柳，山里有松，这就是他们熟悉的家乡，这就是他们永远不变的情怀。

黄昏之后，天色渐渐地朗开了，一镰新月将银白的光辉弥漫在疏竹之间。西头那间屋里的灯光洒在草坪上，一片嫩绿，像春色一样柔和。一对中年夫妇开着29英寸的电视机，男的在世界杯的小组赛中为进球的一边鼓掌呐喊，女的拿着电话，不知是与娘家通话，还是接通了城里打工的儿女。两个老人悠闲地躺在门外的躺椅中，他们早将电风扇的插头牵到了身边。爹爹将一部MP4放在小椅上，先放了一曲《红湖水浪打浪》，接着又放了一曲《桃花盛开的地方》，随后便是一曲曲楚剧的唱段。婆婆一边进屋倒茶，一边示意爹爹将声音调小一点。路过东头的一间小屋，灯亮着，窗开着，主人似乎已走进了那本厚书里，竟充耳不闻窗外的步声。也许他聚神于对知识的渴求，也许朴实的乡村无须夜防吧。月儿静静地在空中滑行，鸟儿温存地安歇巢中，整座村庄一片祥和与温软。

天堂，并非远在九霄云外。蓬莱在胶东，观音在普陀，其实，天堂就在人间。天堂可以是一处山清水秀鸟语花香的福地，天堂也可以是一处没有贫困只有微笑的乡村。走进安山，走进大房高，看深深的园林中花红自染，草绿皆春，一切是那样的自然，一切是那样的纯清，人就像在天堂里巡游。到过安山，到过大房高，一颗焦虑的心就会得到温存，破损的神经就会得到修补，曾经的荒芜不再，内心的安慰即徜徉在这一片并非臆想的现实中。我们可以像罗马的两面门神一样，同时倾心地注视过去和未来。我的父辈本是农民，乡村是我童年的摇篮。每当踏上这块土地，我便发现，虽然久居闹市，但我的情感、习性、好恶依然没有皈依城市，而对土地，对天空，对这一张张熟悉的面孔，还原了我儿时无邪的印记。

别了安山，别了大房高！我欢呼，我期待！欢呼你们先花先果！期待在朝往中的他们还有他们的他们，明天与你们同行。

星月龙泉山

山中日月清如许，人间世道起风尘。

时空像一艘永不靠岸的巨轮，承载着一代又一代的红颜与书生，由春而夏地开往季节深处。无论是黑发转白，还是叶绿染黄，唯有乌云遮不住的星月，在自我圆缺中周而复始，用一抹清淡而柔和的光照，无私地辉映着世间的万里山河。数不尽的盛衰更迭，砍不断的逝水东流，但龙泉山却星月依然，一年又一年地唤醒冬眠复苏的绿树小草。龙泉山，一座弥漫着紫霞仙气的灵山，典藏着皇家的尊荣，平民的世俗，文人墨客的讴歌与吟诵，串联着写不尽的昨天与看不透的未来。它像巨龙般盘踞于江夏的梁子湖畔，孕育着如许精灵，立着大千世界的名篇。着墨龙泉山，不得不从明楚昭王墓说起。

朱桢，明太祖的第六子，永乐皇帝的弟弟，封号楚昭王，他的陵寝，位于今武汉市江夏区龙泉山天马峰下，踞武汉城区不出 30 公里。朱桢就藩武昌为楚王，

61岁病死于永乐年间，获谥号“昭”。他生前曾多次统兵征讨湖广、四川、广西、云贵等地的“蛮族”，既威且尊，一度是朱元璋在湖广的全权代表，地方文武皆俯首听命。直至他的四哥朱棣（永乐皇帝）登基“削藩”后，朱桢才收敛杀伐态势，转为韬光养晦，赢得了朝廷的信任，兼任皇室宗人府宗正。据《明史》记载：当年，朱元璋率军至武昌征讨陈友谅之子陈理，结果陈理兵败请降，朱桢恰好此时出生，朱元璋一时兴起，竟许诺将其封为楚王。洪武三年（1370年），6岁的朱桢被正式册封为楚王，在黄鹤楼下，蛇山之阳建筑王府，统治武昌诸地长达43年之久。

因夏日火炉炎热，朱桢每年都来灵泉山避暑，他见此地山环水绕，风光幽美，竟常常感叹道：“惜乃阳宅，若为阴宅极佳。”得知昭王对该地如此垂青，于是，跟随身边的智囊们，便暗中安排经营，遍请经卜工师勘察，将灵泉山论定为“五龙捧圣的吉地仙壤”，并镌上“龙泉特结许多年，粉黛三千云外悬”的诗碑，令朱桢开心不已。因当时“吉地”中安有汉舞阳侯樊哙、元相沈如钧、明吏张添佑等诸多高官的墓室和后裔，要想将该地据为己有确非一件易事，当时较兴旺的八大家，均对朱桢将灵泉山辟为“仙壤”的策划不服，不惜暗中与皇家较劲。在皇室文化认定的座基上，地脉的价值竟无限攀升，朱家皇室与八大家中官人，均对地权的拥有开始了诸多明争暗斗。为了将该地拥入自家之手而辟为陵寝，朱桢的心中不得不风起云涌。他要么采取以赐朱姓的皇家恩宠笼络，要么用山外三亩地置换山内一亩地的补偿方式迫其外迁。历经多年角逐，终究是皇家天下，无论情愿还是被迫，八大家族终被悉数外迁，环山一带均被圈入王陵区。从此，灵泉山便易名为“龙泉山”，以彰显皇家尊荣。

龙泉山分南北两条山脉，恰似两条巨龙横卧，两山相伴间，形成一条约7.6平方公里的幽长峡谷。汉高祖刘邦曾以武昌为樊哙封地，樊哙死后，业经他的后人迁墓于此。远从汉代起，樊、李、杜、张、沈、曾、董、邹，八大家中诸多官府中的隐逸之士，竟陆续迁此隐居，将这片昔日安静的山间盆地，逐渐繁华成闻名遐迩的“灵泉古市”。其间不乏有唐代宰相李奚所辟的“万卷书楼”，元代宰相沈如钧建筑的“万寿台”等一大批古典式建筑群，光耀着龙泉山的文化艺术历史。

据历史记载，因与八大家的地属之争未了，昭王死后一时未能顺利安葬，只能停棺于山下暗室蛰候。其间的争斗持续了较长一段岁月，多次触动皇权朱批，不惜闹得朝廷风雨满楼。终使人才如星斗、大员满朝野的八大家，不得不臣服于“普天之下莫非王土，率土之滨莫非王臣”的皇权之下以割地求安（恕本文未能详述）。自昭王入土后，此例一开，各代楚王均在此修建茔墓，这里便成为了昭、庄、宪、康、端、愍、恭、巴陵卓简九王陵寝的自然扩展。“灵泉古市”从此被蚕食为森冷的楚王茔域，形成了北京拥有十三陵，武汉拥有九王墓的奇观。

九位藩王，九座陵园，其中尤数朱桢的“昭园”规模与规格为最。昭王的王妃为安远侯王弼之女，百年之后，得与朱桢合葬。在“昭园”的城墙外，左侧建有碑亭，亭里竖有石碑一座，碑下蛰伏一樽身高1.4米的巨型石龟。石碑高5米，宽1.5米，为朱桢的孙子——楚宪王于正统十二年（公元1447年）建立。昭园的垣墙呈四方形，总长1400米，厚1米，高2.8米。墙砖为官窑特制的一色青，每块重18公斤。正门建有3个拱形圆门，左右各一侧门，均为汉白玉和白凡石浮雕砌筑。从正门直至大殿的路面，全部选材1米见方的白凡石铺陈，依次是金水拱桥、朱氏皇堂、享殿、拜台等建筑群体。如今，富丽堂皇的殿堂早已不再，但汉白玉雕刻的九龙头、玉柱、屏栏等依然保存完整。艺术不朽，皇威犹存。

脚踏龙泉山落叶的松软，任凭冷风迎面吹拂，沉静中追逐皇家远去的星月，却难以抹去八大家屈辱而退之前的家园风情。人们对于八大家的史记镌刻，不仅仅来自于书本的字里行间，而民间的口语传承，更具生动而可信的文化流淌，在龙泉山下的乡村烟火中，无不诉说着那段曾经的街市荣华。历经几代人的打造，龙泉山下遍布独具一格的建筑物体，放射着生命的光芒与文化创造。有灵泉寺、灵泉书院，李奚家中的万卷书楼等等，一长条的物象罗列，也难书尽原有的风雅。在那时的八大家中，真可谓名仕辈出，人文蔚起，从这里走出去的有唐朝的李鄘、李奚，元代的沈如筠，均官至宰相。宋朝的冯京，明代的曾泰，科举夺魁，被钦点为状元。到元代，在龙泉山一带，形成了樊、李、杜、张、沈、曾、董、邹八大望族，处处亭台楼阁，花圃莲池，好一派人间万象。于是文人墨客也纷纷前来卜居或漫游，这里遂被人视为世外桃源抑或诗乡福地。

自公元 1368—1644 年，龙泉山下共筑有九位楚藩王的陵寝（八代中的九位藩王）。楚昭王墓和妃子墓，整体构成一个偌大的陵墓群，是明代皇家仅次于京都的墓地。龙泉山下的藩王陵寝较为宽阔，各墓陵占地均在百亩以上，历经数百年的风霜雨雪和战乱烽烟，除墓冢外，原有的碑亭、茔城、大殿、配殿、祭台等一应建筑多已不存，但那些残垣断壁依然昭示着昔日皇家岁月掩不住的浩气。明朝末年，明楚王墓曾经遭遇大火焚毁，在清朝乾隆年间，得以整修复原。但数百年的风雨侵蚀和人为破坏，明楚王墓的陵园建筑依然损毁十分严重，急需抢修与维护。明楼，一座明楚王墓的标志性建筑，位于方院之后的宝城入口处，下为方形城台，属古典式的重檐歇山型建筑。楼内立有圣号碑，上刻“大明”和“武宗毅皇帝之陵”等字幅。明楼两层楼体都出现不同程度的坍塌，大木糟朽，瓦件残破，斗拱、柱、椽、檩基本破损。

为了拯救和保护历史文物，最早于 1981 年，武汉市开始对龙泉山文物古迹和梁子湖的自然景观进行有计划的综合保护和开发，对昭王陵进行了较大规模的修整，逐步恢复了一些地面建筑和重要景点，并将龙泉山和明楚王墓群辟为旅游风景区。2007 年 4 月 15 日，作为市级重点工程，明十三陵系列中的明楚王墓抢修工程正式启动。修缮工作由武汉市文物建筑保护设计所负责设计，归统于明十三陵建筑工程中心负责施工，概算总投资 3800 万元。为此，十三陵特区办事处，专门聘请了国家文物局专家组组长、著名古建专家罗哲文，国家级规划建筑专家郑孝燮，国家级建筑大师张开济，著名古建专家杜仙洲作为明楚王墓抢修工程顾问。除明楼抢修完工外，还修缮明楚王墓的登城马道，且一并完善了方城墙体的剔补。方城垛口墙、宇墙的砌筑、地面铺墁补配、方城压面石的归安与补配、马道砖礓礤制作铺墁、石礓礤补配归安等。现在建成开放的有楚天名山牌坊、远眺亭、楚昭王陵园、龟碑亭、婆娑树、樊哙雕像及樊哙墓等。在中华复兴的今天，龙泉山下，明朝的八代九王陵墓群和各种历史文化景物相安共处，在风起云涌而晴雨随心的蓝天下，那种血腥的杀伐与吞并不再，唯有在相得益彰中净化曾经的烟熏陈垢，共同构筑大中华的文明大厦。

在风水说中，有人认为，阴宅可以辟为阳宅，而阳宅并非适宜辟为阴宅，其理由支撑为，阴宅具有庇佑千秋万代的气象回流，而阳宅只徒具当代或时下的舒适与兴旺。同一块宅地屋宇，同一条血脉传承，却常常书写着一代英雄一代衰的有力佐证。而龙泉山则不然，它打破了阴宅重于阳宅的文化俗论。曾经的八大家，那么多的人才挺进朝廷阁老之列，他们的子孙在龙泉山下修筑亭台楼阁，把家园打造成一座繁华的闹市古镇，将生活蒸煮得热气腾腾。而后来的明代藩王，不惜采取万千手段侵占龙泉宝地，使得八大家营造的重镇繁华片瓦不存，大兴土木而建造陵寝，将阳宅改为阴宅，不也辉煌了明朝几百年的江山宝座吗？虽说，明代也如历史恒河中的一朵浪花转瞬即逝，但问世间，任凭哪处让人穷极向往的风水之地，又岂能供养出一个永世不灭的王朝呢？

明楚昭王墓不仅为历史铭记，却也在地方传承中口语不朽，但二妃山中的墓葬群落，却被岁月的风烟所一时淹没，乃至在后来的开发中才重新展露容颜。二妃山横亘在今天新建的湖北省体育中心网球训练基地旁，从山下往上看，山上草木丛生，墓群均藏身于茂密的灌木丛中，丝毫显不出藩王家族墓群的特征。当你走上半山腰，扒开一簇簇灌木丛，眼前豁然开朗出一片开阔之地。迈过一道高约 30 公分的石砖墙根后进入墓场，30 公分高的石砖墙根下，便是整个墓群中一个墓室的茔园。茔园比较大，东西宽 51 米，南北长 57 米。据出土的墓志记载，墓主人身份分别是明楚昭王朱桢的孙子“镇国将军”朱季X，曾孙“辅国将军”朱均钵。这个墓群共有 5 个茔园，即 5 个墓室。在抢救发掘中，两座墓葬保护情况良好，其中朱季 X 的墓最具研究价值。这是一座单室墓，整个墓室背北朝南，进入墓室之前是一条长约 3 米的斜坡墓道，然后便是一道拱形的石质墓门。据专家称，在发掘之前，拱门上面全是青砖垒成的门封。进入墓门后即是一座石质的贡台（祭祀墓主用）。紧接着贡台的是一个宽约 1 米、长约 3 米的棺床，朱季 X 的棺材就停放在棺床上。由于年代久远，加上此处土壤酸性较强，棺木和存放于里面的朱季 X 的遗体，早已完全腐化，不见一点痕迹。

由于省体育中心基础建设征用了二妃山的部分地域，研究所遂组织力量对这片区域进行抢救性考古发掘。所有的藩王墓室全部用青砖砌成，青砖相连接的缝隙是一种乳白色的土壤。这种黏合土壤均由糯米浆混合水泥和沙制成，黏性极强，即使是钢钎铁锤，也难以轻易凿开，这种材料，在那个年代是建筑上必用的上层黏合剂。其中一块青砖上面刻有“孔澧”二字，据专家介绍，古代匠师大凡喜欢将自己的名字刻于作品之上，此二字即有可能就是当时建造该墓室的工匠之名。几个墓室的结构都是夫妻合葬的墓室，男子葬在左边，女子葬在右边。由于当时薄葬已经取代了厚葬，所以并没有发现人们所期待的金银珠宝等一应贵重物品。正当大家对王墓挖掘呈现灰暗的失望之际，朱季X墓里突然传来一阵惊人的欢呼声，那些埋葬于墓室中500余年的明代中早期瓷器，朱光晓日般一一展露在人们眼前，24件瓷器相继出土。考古队员们蹲在墓室里，戴着手套用木质挖掘器，小心翼翼地逐一剔除上面的尘土。出土瓷器全部保存完好，基本没有破损，这在湖北考古史上极为少见。这批瓷器都是明朝中前期官窑烧制的作品，包括青白瓷盘、豆青釉、青白瓷碗（盘）高足碗、青白瓷盘、青白瓷盏（盖）、绿釉瓷壶、绿釉青白瓷瓶绿彩、青白瓷盒和青白瓷盅。藩王墓中挖掘出的瓷器与一并陪葬物，悉数带回研究所研究，然后送博物馆保存。

龙泉山，一个朱元璋后代的家族墓地，一段武汉两百余年的历史进程。随着流芳二妃山明楚藩王家族墓群的发现，24 件明朝中前期瓷器的出土，这段历史如同墓葬里埋藏了 500 多年的瓷器一样，散发出耀眼的光芒，让那些尘封于地下的文物，再次清晰地呈现在世人面前。1991 年湖北省考古所和武汉市考古所对昭王墓进行了抢救性发掘。不过，头北脚南、仰身直卧的朱桢早已朽于地宫棺床东侧，只剩下腰间一根金镶木腰带和旁边 318 件随葬品得以昭示如今。墓群中共出土了金册（铜质）、玉印、腰带等 100 余件文物，给中华文明的历史晒出了新的一页。对于明代陵墓而言，楚王墓群整体布局可算得上基本保存完整，这对于研究明代藩王的安葬制度和习俗，具有非常重要的学术价值。龙泉山出土的瓷器、墓志和整个墓群的结构，对明史、武汉建城史、明丧葬制度、明代瓷器有着重要的研究和解读意义。

明楚王墓包括墓穴、葬具、随葬器物和墓地。九座陵寝的建筑风格大体一致，均由荷花池、配殿、神帛炉、地宫等建筑构成群体。昭、庄、端三陵中各建有一座碑亭，由于材质优良，亭内石碑至今保存较好。在九座陵寝中，尤其昭王陵的保存最为完好，其地面建筑的台基、中央的“神道”、东西两边的“御道”几乎保持原貌，地宫几乎完好无损。庄、靖、愍三陵相对有些损毁，唯见部分建筑台基留存，是为不可挽回的惋惜。

江夏区龙泉山明楚王墓群保护规划研讨会，在龙泉山风景管理处举行，来自市文物管理办、市博物馆、市考古研究所等单位的十余名考古、文物专家们集体论证，为武汉市首次对国家重点文物保护单位制作保护规划。中华人民共和国成立后不久，政务院便发布了《古遗址和古墓葬调查发掘暂行办法》相关文件。1956 年，各省、自治区、直辖市根据国务院的通知精神，公布了一批文物保护单位，开始了对文物保护单位工作的管理。1961 年 3 月 4 日，国务院又颁布了《文物保护管理暂行条例》，规定各级文化行政管理部门必须进行经常性的文物调查，并选择相关的重要文物，根据其价值大小，报经人民政府核定公布为文物保护单位。国务院和各省、自治区、直辖市以及县（市）级人民政府，多次公布文物保护单位，使许多要地、要景与要件，成为文物管理与保护的重要内容。作为国家级重点文物保护单位保护规划的制定，须经国家文物管理局批准，将成为国家对文物保护单位维护和发展的投资依据。

龙泉山中被公布为全国重点文物保护单位的古墓葬

有55处，包括二妃山明楚王墓、帝王陵墓、名人墓等。寻根历史，中国的丧葬遗迹最早见于旧石器时代晚期的北京周口店遗址。到了新石器时代，当时已经具有了一定的葬定制，在历经上百处发掘的1.3万余座古代墓葬中，70%以上分布于黄河流域。新石器时代的墓葬，一般墓坑小而浅，墓葬排列有序，多为单人葬，基本没有发现葬具的痕迹。

从明代楚王朱桢开始，龙泉山成为从明初至明末共八代九王的茔园，它贯穿于明代始终，形成了一个完整的明代藩王葬制，为明代的藩王体制、皇家的丧葬制度及明代武汉地方的政治、经济、文化、世俗等方面的研究提供了珍贵的实物资料。早在1956年，龙泉山明楚王墓群即被省政府公布为第一批省级文物保护单位，后来又被国务院公布为第五批全国重点文物保护单位。在省文化厅、武汉市人民政府的直接领导下，由湖北省文物考古研究所主持，武汉市博物馆和武昌县博物馆参加并联合组成了考古队，1991年年初，开始对明代楚昭王朱祯墓进行了考古勘探和发掘。

为开辟旅游资源和更好地保护文物，武昌县政府曾组织专业人员，对龙泉山明代楚王墓群，进行过多次调查和勘探，经县文物学会建议，于1987年2月16日，由县政府主持召开了发掘昭王墓的第一次专家论证会。

1989 年 4 月，县政府又邀请了八名考古专家，举行了第二次专家论证会，并呈报湖北省向国家文物局书写发掘报告。为做到尽快而科学地发掘，县、市、省三级文物部门，在学术专业方面做了大量准备工作。经过多方努力，国家文物局与中国科学院考古研究所于 1990 年秋，正式批准发掘朱帧墓葬。经过多次调查勘探论证，龙泉山明代楚王墓葬，为明太祖朱元璋第六子朱桢的陵寝，由一周长 1500 米的砖砌茎垣围绕，占地约 160 亩。垣内中轴线自南而北，依次为三开式辕门、神道、金水桥及棱恩仃、棱周殿、拜台、地宫（即墓室）等。左右还分设有便道、侧门、配殿等，形成规模雄伟的陵寝——“昭王寝”（汉樊哙墓和明张添枯墓亦建在垣内），朱桢墓与其他八个楚系藩王陵寝，统称为“明楚王墓群”。该墓为一座土扩砖室墓，墓门南端有一条斜坡墓道，东南角有一条排水沟，墓顶部封土层厚约 2 公尺左右。该墓建于公元 15 世纪，至今已有数百年历史。墓室南面有墓道拜台，四周有昭园城墙保护。昭园内自北向南有牌坊、棱恩殿、东西配殿、棱恩门、金水桥、神道、正门，正门外东侧有龟碑亭等古建筑。

明代楚昭王墓群的发现，对研究与解读明史与明代丧葬制度等，均具有不可替代的重要作用。明代楚王家族，共维系了 274 年，与明王朝 276 年的历史几乎均等，我们完全有理由相信，通过对楚王家族的研究，于管中窥豹去探究整个明王朝的历史价值非凡。明朝的丧葬制度，有其严格的规范，所有墓群，严格地遵守并沿袭了“背北朝南”方向和“左昭右穆”的结构，左边墓室的主人等级，绝对高于右边墓室的主人。所以，朱季X的墓葬定在朱均钵的左边。在朱季X单室墓外，相继出现几座夫妻合葬的墓室，一律均按男左女右的次序排列安放。

根据考古专家们的定义，将墓葬分别编号，以利依次发掘与出土文物登记。他们首先清理了M2墓室，随后再清理M1墓室。于M2号墓和M1号墓，在出土的瓷器外，各有一块墓碑，根据墓碑上的墓志铭得知，M1号墓的下葬时间为明成化七年（公元1471年），M2号墓的下葬时间为明正德四年（公元1509年）。M1是明楚王朱桢的孙子朱季X的墓，他是当时的镇国将军，而M2墓则是朱季X的儿子朱均钵的墓室，他在当时是辅国将军，同属楚王朱桢的后裔第三代和第四代。从明代的官爵上讲，朱桢是朱元璋的儿子，被封楚王，是为亲王爵，而朱桢的儿子即为郡王，郡王的儿子便是将军，那时的朝廷官爵封制等级分明，除了个人于国家的特别功勋而加封外，皇帝的儿孙也得在依次中承袭。

分封制度，为我国古代传统社会的产物，从秦汉开始就不断地变化和调整，有着曲折起伏的历史演变过程。与明王朝相始终的朱姓藩王，由于对明代的政治、经济、军事各方面产生了重要影响，一直以来是学术界研究的一个重点。自明朝立国后，朱元璋为吸取历朝败亡的教训，他认为，皇族实行宗藩制度，有利于维系其政权统治，于是，便将自己的皇子分封到许多重要地区，并赋予藩王巨大的自治权力，在发展与稳定中以维护中央。朱元璋死后，藩王们却拥兵自重，形成分踞一方的形势，成为了建文帝的心腹大患，终因建文君臣缺乏相应的战略眼光和政治手腕，导致了削藩事败而政权颠覆。

当时的朱棣居藩王中实力之首，夺位之梦日渐愈浓，于是，他借北上勤王为由兵发京城，最终夺取了皇位。身在楚地的朱桢，当时为仅次于朱棣之下的藩王，实力不可小视，假如他拥兵护皇迎击朱棣，确属一支重兵，建文帝的江山是否易主？绝不为一个肯定的必然。但朱桢深知朱棣身怀大略，且对皇位志在必得，而建文帝又多情懦弱，很难与朱棣抗衡，即使是自己带兵北上，也难挽现有的皇权于既倒。为了大明朝的前途，为了自身的安危，索性观望天意使然，致使朱棣顺利地夺取了皇位。对于朱桢当时坐镇楚地按兵不动，朱棣对此心存感激，所以，在他的一生中对朱桢给予了众多的宽怀与恩宠。朱棣即位，的确给明朝带来了一段朝歌兴旺的岁月，开创了郑和七下西洋的壮举，通达了东土与西域海洋之畅的文化交流，光辉了中华文明的传播，书写了灿烂的历史。于此说，在朱桢的心中，没有留下为当时未带兵北上阻滞朱棣篡权的政治遗憾。

鉴于前朝之失，朱棣对控制藩王极为重视，他采取政治限制和经济优待并重，这一方针也被其后的洪熙、宣德诸帝继承和发展，明代藩王最终由屏藩王室的实力型贵族转化为寄生型贵族。总的来说，从洪武到永乐，明朝藩王制度多经变革，并最终稳定下来，楚昭王朱桢既是一粒暗伏不动的棋子，更是一位既得利益者。朱桢封地武昌，位于京师上游，地理位置非常险要，尽管明朝初年政治局势波谲云诡，藩王制度也发生了诸多变化，但朱桢一生却能长期地保持尊崇地位。洪武年间，朱桢作为朱元璋在湖广的全权代表，多次统率大军镇压南方民众起事反抗，为明朝西南边境的稳定立下了赫赫战功。在建文朝，朱桢虽未被列为削藩对象，军事才能却由于受到限制而失去用武之地（这也为他在“靖难之役”时坐镇武昌按兵不动，并未驰援京师，立场暗中偏向燕王而埋下不无根由的政治之怨）。到了永乐时代，朱桢收敛起杀伐态势，转为韬光养晦，从而赢得了朱棣的信任与赞许，备受朝廷恩宠，被誉为“贤王”，人们不难看出其中的历史根源。不过，朱桢对永乐皇帝虽然在政治上温文恭顺，但在其封国圈地上则疯狂兼并，强占龙泉山“灵泉古市”以为日后辟作朱家的寝山，便是其中一典型事例。

2008年，武汉市文化局在武汉博物馆召开纪念“5·18国际博物馆日”和“文化遗产日”活动新闻通气会，全面部署武汉市文博单位在节日期间所需开展的相关活动，龙泉山明楚昭王墓的相关文物，被拟题为“国宝重光——明代楚王家族墓出土文物特展”。一个明朝皇帝后代的家族墓地，一段武汉几百年的历史进程，随着流芳二妃山明楚藩王家族墓群的发现和相关文物的出土，使历史文物散发出光芒，使前人创造的精湛艺术，得以清晰地呈现，使今人在青睐与赞叹的震撼中启迪教益。

几百年的明朝，虽说没有赋予武汉都城的辉煌，却带给了江夏一分丧葬文化的哀荣，使龙泉山这块风水宝地，成了明代藩王们永久的灵魂家国。有人忌讳丧葬文化，无论怎样的荣耀，毕竟是死人学说，竟避而触动心中那块落日沉昏的山海之地。死亡是万千生命必然归属的科学规律，就像读书翻页而承上启下的连接，是人类文明不断代的永恒。墓地并非世人制造的鬼域，而是人们思绪寻归的驿站，就像一块星光坠落的陨石，更是一种独有文化见证的谱系。一个人，如能躺在坟地里在梦中与远去的英灵畅叙笑谈，那种安然的超脱，才是纯净文化的洗礼。历史本身没有迷雾，更没有诱惑的虚假包装，它像明镜一样照耀出昨天与今天的时空衔接，在借鉴与回思的引领中，加速人们前进的步伐。在时代日益繁华的旅游中，人们常说去西安看坟，众多的帝王，拥抱着历史的光辉而沉睡大地，给西安平添了无与伦比的厚重，这种文化资源可以无穷无尽地开发，却无法经济而膨胀地生产。

走进龙泉山风景区，路旁举目即见“北有十三陵，南有九王寝”的巨型条幅迎风招展，早已成为国人打捞历史特别是梳理明代岁月的文化光标。历经时代变迁与经济发展，江夏龙泉山地域，早已托管至东湖高新技术开发区名下。但文化没有界线，共有的传承与建设，使江夏与高新两区携手并进，以使龙泉山这颗文化明珠永泽光芒。

时代高尔夫

人说高尔夫与经济联姻，有高尔夫的地方就闪烁富裕之光；

人说高尔夫与贵族联姻，拿起球杆就打开了绅士的起点；

人说高尔夫与环境联姻，走进球场就走进了美丽的天堂；

我说高尔夫是魅力的磁场，只要一踏进绿茵场中，只怕终生难舍难分。

藏龙岛高尔夫球场，一座小巧玲珑的湖心岛，三面环水，一岸通陆，就像凌霄宫里落下的一团锦绣，漂流在两湖之间。杨桥湖，蓝天碧水，一湖风色半湖梦。汤孙湖，水月无边，清波粼粼船影点点。春来绿柳披堤，夏来荷花含雨，秋来落叶随波，冬来白雪填湖，大有诗不胜吟之感，即使是神仙过往，也不得不一时按落云头。

藏龙岛的湖心岛球场，不占用在耕面积，将一座小岛建成一个袖珍式九洞球场，可谓匠心独运。利用原始地貌，保持大部分原生态植被，像雕玉一样遵守自然天成，因势利导地将多起伏多障碍融合到标准里，既美化了山水，又改善了环境。这里不见炊烟瓦屋，不闻牛哞鸡鸣，恰似一处天外之天的仙壤。

岛上屋少树多，人少鸟多，一地的绿草生长着春天的故事，各色花朵绽放出美人的妩媚与妖娆。球场处处荡漾着新鲜的氧气，灿烂的微笑，清澈的流水，一切柔极美极，让人陶醉，让人忘忧。藏龙岛体育运动公园，高尔夫俱乐部，门前一块浓缩的推杆果岭，供初来球员练习之用。岭上源自美国的本特草，嫩绿得让人不忍抚摸。推草机来回推剪，光彩出一圈圈深浅有别的色带，如鸟瞰的草原，美得使人童心不泯。

一栋栋稀稀落落的别墅，掩映在花木丛中，主体的西班牙风格与中国古代建筑艺术相融合，米灰黄间或卡其的色调，典雅中凸显庄重与亲切。初入该岛探询高尔夫的文化魅力，由俱乐部一位年轻的先生陪同，我们走过一条拱形长廊，坐在具有安静色彩的茶几旁，关不住的迷人景色飘进窗来，温文尔雅的交流像微风吹起的一湖涟漪。我没打过高尔夫球，他也没打过高尔夫球，但他纯净的高尔夫情结和广博的高尔夫知识，交融在事业的爱恋之中，他那滔滔不绝的讲述，汇成了我笔下的言语。

“高尔夫”来自荷兰文 kolf 的音译——“在绿地和新鲜氧气中的美好生活”。如今，高尔夫球运动已经成为贵族运动的代名词，它却源自一群牧羊人的发明。高尔夫球，一种以棒击球入穴的球类运动，一种将享受大自然和体育锻炼及游戏乐趣集于一身的运动。为什么说高尔夫是贵族的代名词？只因为，它在高昂的会费之外，还得配备一套价值不菲的打球设备。一个球袋装着一套球杆，共计 14 支，其中 3 支木杆，10 支铁杆，1 支推杆。高尔夫球手套，一般以牛皮制作为好，小羊皮手套略显高贵，人造皮革则物美价廉。初学的男士，只需戴上一只左手手套，女士则需戴上一双，白皙的肌肤比男人更易被摩擦弄伤。高尔夫球鞋均用皮革制成，鞋底上塑有 12 个左右的胶制粗短钉，可有效地防止坡地打滑，使球手在挥杆时保持身体平衡，同时具有保护草皮的功能。

高尔夫球杆有贵有廉，从几百元到几十万元的巨额价差，给球手预留足够的等级选择。对于一些启蒙学习高尔夫球知识的人，大可在球场租杆。一般租杆，一只在 20 元左右，初学者只需租用三至四支杆即可进入正常训练，整场球下来，大约在 600 元至 700 元。一般的公众高尔夫球场，包括果岭费，一场高尔夫球的价格均在380元左右，节假日为530元，均价在450元以内，仅相当于一般高尔夫球场收费的30%，并非让人望而却步。

高尔夫球虽说并不难学，但却有一套严格的运动规则和动作规范，不得随意击打。打球时需得左手的大拇指跟食指的“V”形纹指着右眼，杆子直着压过靠掌的指节上，右手的大拇指和食指分开，拇指和食指形成“V”形纹指着下巴，右手小指应在左手中指之间的夹缝里，右脚与弹道的平行线呈90°，左脚外开1/4，如此等等。

我们走出屋外，渐向球场靠近。走出都市的喧嚣和事业的疲倦，欣慰置身于辽阔的自然与人造合一而近乎完美的环境中。放眼丘陵起伏，小河弯弯，绒绒无边的绿色，与蓝色汇合在天际。发球台直对宽阔的水塘，还有星罗棋布的白沙池，专业设置的障碍构成图画的艺术。梯台尽头的果岭（球洞附近的平整草地，打球者在此把球推进洞里）上，草皮将大地铺成绿色的地毯，两边围绕的球道集中了奇峰、怪石、流水和树林，将天地灵气融入大自然的鬼斧神工之中。白云投下的影子，在草地上轻轻地移动，零星的小人爬虫一样，在辽远的天地间蠕动挥杆。一个机灵的男孩，紧随球员近边，他背着球杆跑前跑后。球员面对一片宽敞的草地，眯起眼睛望着远方，一杆击出，看球落在远处的山坡下，脸上露出兴奋的微笑。

高尔夫球员是一个初见特殊而逐渐广阔开来的群体，他们之间不乏银发飘然的教授和专家，更有事业成功的中年商人，还有很多儒雅的闲士与阔少，也有在寂寞中寻找刺激的贵妇，最让人读出时代脉搏的，却是那些满口童声童气的少年。高尔夫球的确是一项儒雅而激情的运动，从他们的群体结构，运动员的儒雅形象，动作的优雅自信，球场上的礼仪，银球在空中飞越的美丽弧线，无一不散发出高尔夫运动的独特魅力。高尔夫球场中的 18 个洞，就像人生中的无数个阶梯，每一杆，每一洞的环境都不一样，要打出理想的好球，必须不断地通过调节与计算，否则，结果与目标大相径庭。

高尔夫的儒雅，在于它本身要求从事该项运动的人所具有的极高的综合素养。假如心无点墨，即使在一时的投机中发得一笔横财，满身的铜臭恐怕也烧不出儒雅之气。一个人的儒雅之气，来自于他的文化修养和内在的气质，单凭豪华的衣着或一掷千金的做派，难以释放出那种由内而外透视的气质。

有人认为，高尔夫属于有钱人的运动，是一项在烧钱中寻找快乐的活动。单从经济的角度来衡量，它的确与贫穷无缘，即使是对环境的要求，它只选择优雅而拒绝荒芜。跨入高尔夫球场的第一道门槛，的确需要金钱垫脚，每个拥有一定经济实力的人，只要不吝啬，都能轻而易举地购得一张高尔夫会员卡。尤其是在高尔夫球刚刚兴起的年月，往往被有些人妄以金钱势力践踏，他们以为花了钱想怎样就怎样，完全不注重礼仪。这几年让人不难看到，球手越来越注重礼仪，他们变成了英格兰式的绅士，而不是汉正街里的款爷。但你能不能从看似简单的出杆击球的一刹那间打出水准，打出风度，从而爱上高尔夫，让高尔夫成为你生活体验和与精神愉悦不可或缺的一部分，那绝非以金钱多少而论。

要做一个合格而优秀的高尔夫球手，叱咤球场风云，在文化修养的儒雅气质之外，还得具有多项学识的积累和极高的天赋与守静的耐力，比如力学和数学的精确测算，对击球全程的计划和情绪控制等。从此洞到彼洞的距离，从风力大小和方向，从击杆的数据规范要求，甚至对周边环境的布局和变化（比如某些人对某种花草味特别喜好或敏感，比如一只鸟影突然从头顶掠过）。结合自己体内所蓄积的力量和习惯，通过通盘估算和预测，再挥杆出击，打出自身能力所及的最高境界，这就是高尔夫的魅力，也是众多爱好者不惜耗费金钱和时间，来此搏击与求索人生至高品位的吸引所在。

每一个打高尔夫球的人，必须具备扭转逆境的经验和充分获胜的信心，特别是在第一杆球没打好的情况下，气馁就是埋伏于制胜路上最大的敌人，要具有不畏一切强敌而冲锋陷阵的勇气。假如中途一杆出错，你要想到人生本没有一条平坦的路，走过弯路，那边别有一番风景，用这样的理念来激发自己的斗志。在击球的全程中，除了力量和睿智之外，必须在沉着与冷静中追求远度，全神贯注于唯我必胜之道，这是每一次成功所需的健康基因。无论是英国的球场，还是日本的球场，抑或韩国的球场所具的世界影响，并非单靠高档的设备和极佳的环境所营造的效果，它必须依靠一流的球员和高超的球技打出人间气势。

两个初近谈判桌旁的商人，缺乏信任基础，于是双双走入球场，一时置于业务之外的挥杆击打，看似远离生意，却是一步一步踏在棋局之中。一场球下来，迷雾尽散，诚信顿生，他们在相互的球品中完成了人格考量，达成一笔难以求证数据天平的签约。一对热恋中的情侣，手牵手地来到绿茵场上，吐纳青春的气息与花儿染织芬芳。侧身，背杆，笑语，飞扬，一杆连着一杆的激情碰撞，燃烧生命最炽热的光芒，将爱恋打入婚姻的圣殿，用球场上的祝福去书写海枯石烂的爱情诗话。一位《湖北日报》的记者朋友，他八十多岁的父亲，在高尔夫的情结中艰难地走出了老年丧偶的悲痛，耄耋之年却能慷慨激昂，每每将通往球场的路踏出沙沙声响。父亲全神贯注地一杆击出，一团银色的幻影在空中飞驰，带着时光的弧线去寻找激情的落点，满脸的神采照亮了西天的云霞。他抓住那难忘的瞬间，为父亲拍下了生命之光的艺术。他的父亲常常站在书房里，面对那张照片而沉思良久，在我为其撰写的那行“一杆到春天”的字里行间里，提炼闯过百岁大关的精气神，他试图在生命与艺术的融合中孕育创世的神话。

在一场高尔夫球中经历 4—5 个小时的时间里，你有可能洞察到伙伴的性格，处理成功和失败的能力，还有那种珍贵的冒险精神和令人喷饭的风趣与幽默，这是一种高于寻常生活价值的收获。从近年我国发展的趋势来看，现在的高尔夫球场上，有越来越多年轻的身影，甚至几岁的小孩也来到球场，用他们稚嫩的双手握起球杆，开始了一轮致于学龄之上的运动浅尝。由此可以看出，高尔夫已经超越了作为一种运动项目所存在的意义，它已经升华到一种被大众所认同的文化形态。

高尔夫球与乒乓球一样发明于英国，但乒乓球却发达于华夏国土，今天，它已成为所有中国人的骄傲与自豪。但愿高尔夫球与乒乓球一样，在这块古老而文明的国度上打出强盛，打出智慧与威风。藏龙岛的高尔夫球场，一座奇妙的湖心岛屿，它一定会像高尔夫球的魅力一样，磁性般地吸引着每一个曾经登上此岛的人。

清逸赣州行

赣州，一座古朴而优雅的城市，在旅游开发逐渐成为主导产业的时尚疯狂中，它依旧不改本色，矜持着少女的清纯，文化与自然在相互交融中依存，一股潜在的文化呼唤，触动了一群青睐笔墨的武汉人。市作协组织赣南采风，我欣然应允。早在20世纪末，仅有的一次过境赣州，未得时间允许而匆匆飘离，种下了亲和赣州土地的企盼，这次赣南行恰好一补平生之憾。

临近赣州城邦，我净目车窗，一睹宝地芳华。典型的丹霞地貌，紫红色的尘埃，土石相混的层面结构，独特的地质，孕育出不一样的榕树和金边瑞香花，繁衍出一代又一代优秀杰出的客家儿女，谱写着赣州人文大典的巨著鸿篇。临行前开设笔记簿中赣南行目录，几次反复却未能敲打出那个模糊印象中的赣字，不得已而查阅字典。这次的赣州行之后，我再也不会为五笔中的赣字而作弄键盘了。一条章江，一条贡江，两江合流的文化，便是赣州的由来。

近来时运较好，特结天缘，几次外出，不晒不雨，凉爽宜人，时空就像诗歌一样浪漫而美丽。这次的赣州行依然天时佑我，几天来花花太阳毛毛雨，既没有强烈的光照，也没有风雨的浇淋，偶尔的一阵太阳和细雨，也被路途上的车帘挡在了外边。我买了一顶备用的布帽，又购了一把超大的雨伞，却一直被搁在车上。云层里漏下的几缕阳光，像仙女打开天窗时的嫣然一笑，洒下几片喷香的花瓣，便迅即拉上窗帘遮脸而羞。一小阵一小阵似雾似烟的雨云，丝而不滴，悄然地弥漫空际，绵绵滋润的空气像锦缎一样柔软，心灵的干果似乎浸泡在牛奶中，吸吮着生命的孕育。在参观中国风水文化第一村的那天，导游在解说中为我们祝福！他说，来我们三僚，适逢阴阳天气的游客不多，在阴阳天里阅读八卦阴阳的奥秘则事半功倍，你们真是一群有福之人。

从江边走进临近的古玩一条街，两边店铺林立，内容丰满，有象征中国文化符号的瓷器，有诸如漆器、字画、家具、奇石等众多古玩物件，甚至是皇家玉玺，也不显权力威严地陈列在玻璃柜中，真正的应有尽有，无奇不有，绝不令每一个慕名而来的淘宝人失望。远从商周时期至晚清民国的没有断代，无论真伪，亦然折射出一股浓浓的古风。曾经岁月流逝的足迹，一一在古玩成色中得以体现。虽说不在行内，也未掏钱选购，但与浏览那些百货扎堆、物欲横流的商业街相比，极欲膨胀的麻醉，无法与这无声的文化熏染相提并论。

赣州城墙，全长三千多米，是中国至今保存得最为完美且具有铭文镌刻的珍稀城堡。面对城墙，不禁让人涌思战争的勾连。远在冷兵器时代，无休无止的杀戮，摧残了无数鲜活的生命，尤其是商周战国时期，不堪回首的屠城事件，连电影导演都不忍拍摄。城墙远非堤坝，堤坝为挡水而修，城墙却为挡人而筑。虽说洪水似如猛兽，终不抵人祸于万一。走近高高的城墙，在细长的砖缝中触手千年的尘积，在厚厚的堡垒上弹指历史的回声，源源不断的赣水流走了永不回头的时光，却流不走先人的智慧与功德。为了维护城邦的冷暖安危，为了子孙的幸福安康，赣州先人思虑的白发，何止千丈之丝！

怀着城墙浏览的一丝沉甸，缓步登上八境台，眺望章江和贡江在此合流而赣的冲天气概，浪涛出自然文化的精髓。不止于修善与进取的虔城人，在两江之上灌注一个文字之顶，让后人在崇拜城名由来的文化中，千秋万代地为一个赣字付出爱的坚守。从八境台上那些先贤的诗联中饱蘸浓墨，泼开眼前的江流画卷，一水东流，涛声依旧。在两江合流之间，天然拱起一条乱石堆砌的龟尾形长堤，葱茏绿郁的灌木丛，无须人工培育地一任连绵至远，四季风景不谢。据赣人介绍，此长堤不仅拥有类似都江堰的分水功能，最为神奇的是，不论水涨水落，哪怕你洪潮如山，它亦如西湖的金山寺一样，水涨船高地驰航在浪花之上。扎根于江边的一对夫妻榕树，历经数百年的盘根错节为赣江而绿，它们枝叶凌风的诉说，恰是赣州历史的见证。

于都第一渡，红军涉水的源头，二万五千里长征的壮举，便从这里得到红色的浇灌。兴国县的将军们，用烽火浴血的奋战，创立了“共和国从这里走来”的丰功伟业。沙洲坝、叶坪，两处苏维埃根据地，当年的老百姓全体腾村，无私地给中央办公，这是何等的情怀？没有人比百姓自己体会更深。“吃水不忘挖井人，时刻想念毛主席”的少年读本早已书页发黄，但在沙洲坝井水的甘甜中，让人品读出当年课文中的文化味道。这里是红色的摇篮，这里是共和国战火纷飞的昨天，这里是一页不朽的篇章，这里是中华儿女打捞先人足迹的圣地，这里是一片永不言败的精神国土。

《清逸赣州行》，一篇简短的旅游记述，却怎么也不能将东河浮桥挤出文章之外。那是一座让人惊叹的水上黄金通道，它在跨越几个世纪的苍劲中，撰写赣州一路走来的史册。位于赣江上游的赣州城，曾经的暴雨江洪，不知多少次带来难以抗拒的灭顶之灾。智慧勤劳的赣州人，终于在江上架起一道随水升降的浮桥，从此，任你洪潮齐天，再也阻隔不了赣人的水上往来。浮桥并非木板式结构，均由一艘艘似乎战国时期的木船链接而成，厚厚的木板，坚固得不惧水流的冲击与拍打，它连接着两岸的烟火，吟唱着赣州的水谣，载着不老的传说，一步一步走向远方。为了上下船只的通航，浮桥按时松链开口，形成水陆两便的立体通道，给赣州的兴旺注入了水流的活力。桥头的船家，摆出一众即可入口的熟食小鱼小虾，色彩迷人，确令游客们难抑食欲之痒。年轻的渔家儿郎，将网络信号收入船屋之中，龙飞凤舞地敲打着像浮桥一样永不沉甸的键盘，好一派水上人家的风光。虽说浮桥已在视线中消失，我依然回首猜想，渔家儿郎的游戏是否打出了满分。

不知多少次外出游历，改不了家乡饮食的眷恋，那些大众化的团餐，常让人为了果腹而强咽，每逢外出，妻子总会给我的行李箱中装上几袋涪陵榨菜或桂林腐乳，这才得以解除在重味下填充肚腹的忧虑。这次的赣州行，我却将携带的榨菜完璧归赵。赣州的伙食好，特色多，热情的导游在反复征求意见中不断地变换花色，一餐一桌特产小吃，让人沉浸在尝鲜中不醒。那些饭食店的名称，却也平添一抹余情未了的回味。“金饭碗”

“源生堂”，尤其是灶儿巷中的“董府”。一条悠长的石板弄里，原汁原味的土木砖房，均匀隔距的大红灯笼，暖色的灯光将夜色引入前朝时代。董府，一栋两进的宅院，在苔藓隐迹的天井里，洒下星月相映的一寓天空。数百年的时光在古皮窗格中半睡半醒，特有的陈色布局，给人留下不尽的文化咀嚼。吃得最有质量的，还数小武当山下那个晚餐，两桌人都不由自主地自行加菜，喜笑颜开地吃它个席卷残云。王新民老师曾对我说过，饮食的最高境界是“吃过以后，让人拥有难忘的思念”。我一边打字，一边还在回味小武当山下的美食。

最后一程，游历上游的陡水湖，天空上积攒了几天的云层，真的洒下了雨滴。面对车外的雨幕，有人随兴聊起了“人不留客天留客，天留我不留”的断句文章。当我们念到“人不留客天留客，天留我不”时，聪明的地接导游忙爽朗地接口而答：“留！”大家竟一哄而笑，车内一时妙趣横生。陡水湖很深，自从修筑了电站拦水坝以后，湖水更深了，小小的山涧之处，据说深处竟达300多米。陡水湖常年清澈，从不混浊。经专家考证，每当暴雨之后，山洪悉数潜入湖底深流，从来色不浮面，这种自然巧夺的天工，非能人力而为。坐在机动的木船内，半小时的湖面游程，看雨水与湖水无间融汇，听雨声与风声和唱，感慨它们共守一湖的宁静。漫步在湖边植物园里的雨幕里，撑开几天闲暇的雨伞，打开心中的园林读本，乐意为同伴们解说树木花草的名称与习性：“这是槭树，这是无患子，这是珍稀的红豆杉……”幸好今天下了一场雨，才知赣州的雨声这么悦耳动听。

当今时代，快节奏的生活天天加速，有时人们不惜与时间抢道。难得的旅游外出，只望在偷闲中松弛一下紧绷的神经。众多的旅游行程，总在一景接一景中前赶，晚间直叫苦的还是那双不愿安睡的脚。这次的赣州行，一直住在龙庆围屋里，安稳中远去了旅行箱的拖累。一路的轻松舒缓，尽情尽兴的游览，景随人愿的安排，多少年旅游的难得！一周并不太短的游程，在不知不觉中收尾，一分眷恋黯然袭来。赣州的天是明的，水是清的，城是净的，人是纯的，文化是厚的，印象是深的。游历赣州，经历一次原生态的洗礼，一时远离喧嚣与浮尘，一颗负累的心得到久违的安妥。人间自有清朗处，却尽在寻觅与珍惜之中。

“他妈的”豆丝

“他妈的”，原为“她妈的”，这并非惯常的讽刺或粗口，而是一句褒扬的定语，源于年末朋友们的聚餐。

时间的脚步真快，它像极了我的小孙子，跑起来一路前冲，任奶奶呼喊也不停步，更不回头。

12 月 31 日，2015 年最后一天。下午 5 时，小孙子放园，平日均为妻子接送，今日，却遇时间有情，便主动一回去接孙子。北京师大幼儿园，与我家同一小区，出门南走一栋即是。站在自家的客厅里，透过明亮的窗户，即可用手机摄下园里一个个活泼可爱的身影。

在幼儿园门前，即遇同来接孙子的董主任，他是个有情于酒的人，很多人都称他酒师傅，有心邀他来家里喝两杯，他却摇头对我说，今天碰到你蛮好，我正想请一个人喝酒。时间已过 5 点，请人喝酒恐怕有些不及，我提议说不如改天。他却有些固执，一改天就明年了，今年的账不能等到明年去还，别人多次请我，早该回请一次。他掏出手机即拨，通话便听出是明利，熟悉的声音明晰了旁听的微弱。一向明快的他豪爽应约，迅速推却身边未完的活动，让我们在美食城二楼的“祥福源”稍候，他随后即到。

祥福源的女老板是我同乡，曾与明利一起光顾过两次，早已人熟路熟。余老板，一个唐朝美人，丰润得像块春天的绿地，自可孕育出姹紫嫣红的千花万朵，她略带靠北的乡音，显得更为亲切。那天的生意特别火，包房的门关不住那股热烘烘外扑的人气。递过两杯热茶，女老板快手快脚地进出几次，有意协调包房未果，她带着一分抹不去的歉疚说：“真不好意思，暂时只好将你们安排在外台。”我看得出，她的脸上映出一个温情的问号。要么，喝几杯茶等会翻台，要么，旁迁一家。明利还没来，老乡又面情难却，看我们坐着没有移动的意向，老板便更热情起来，她拉过椅子，陪我们攀谈些许有趣的话题。

明利一向人缘较好，尤其是他常去的几家酒店，去一家红火一家，老板都说沾他的光，无论真假，听来让人格外受用。于是，他去得较勤，老板接得更热。明利，自第一次见面就有了较深的烙印，他文化其内，质朴迎风，天天相聚而不腻，三年不见而不淡，凡是他邀请的聚会，我几乎没有失约。他不仅人年轻，且气场特别好，正如一句常话“接地气”。人气根于地而象于形，诚如接地的积雪先融，拥鸿运的人处处清风一样。

那天无雨，没有寒气袭人之感。祥福源农家菜馆，地处美食城二楼的尽头，外台十分宽敞，空气通流无阻，闻不见一丝烟熏火燎之味，令人心爽神爽。举目远眺，几点稀疏橘黄的灯光已早迎夜色，美人伴眠的感觉骤然袭上心头，不觉欣欣然自定了今日外台的心许。李白常邀月色举杯，我们不妨也将这片初夜的朦胧融入酒中，边品人生边品夜色，也不枉文化一回。新建的美食城今年逐店开业，确有相当的规模，如满城亮起营业的灯火，说不定真可烹出一城的美味来。城市渴望繁华，生活青睐食色，一座古郡江夏，倘若没有这一城美食特色，只怕逊色悠长的历史而轻慢慕名的访客，也许，更少去了那份骚人煮酒而诗的情调。

未了半盏茶工夫，明利来了，知道他从不拖沓，却不知他竟快得如此超常。人还没坐下，便反客为主地点起菜来，他坚决不让董哥做东。我劝董哥顺手送出人情，且不无调侃地笑他又节约一回。明利知道我们的口味，点菜自在行内，可见他早有准备，来时就拎着自备的酒上楼。人好，酒热，入肚便有春动，一股暖流缓缓沁入丹田。朋友相聚而酒，话语一任丰茂开来，因为常聚不必强劝，喝它个七分八分就行，自任岁月在诗意中荡漾。

虽说我们喝得有劲，话语无间，但女老板依然抹不净外台安置的愧色。在酒瓶即将亮底时，她给我们端来了一大花碗腊肉煮豆丝。豆丝为江夏特产，尤其是村民们自备的年品，那份根植于童年的味道，终生想忘也忘不了。每年冬至一过，在乡村的房前屋后，场子上处处晒满了黄中略带嫩绿的豆丝。在知识青年上山下乡的城乡交流中，豆丝逐渐进入市民生活，成了家家珍爱的乡村特产。虽说，现在的市场物质丰富，但商品豆丝却难保特色本真，味道自如隔壁传话，失真之感绝滑不过识者的舌尖。豆丝的品质好坏，涉及诸多因素，如工序到位、火候拿捏、材料精选，只要一关相差，味道则截然不同。只要是熟悉江夏的人，都啧啧称赞来自乡村的家常豆丝，特别是柴灶所煮的腊肉豆丝，吃后回到城里，嘴里还余味不尽。

自幼爱吃豆丝，相比面条，且不在同一条情感线上。那天，胃口特好，边酒边菜，胃部空间早已寥寥无几，但依然挡不住那股扑鼻而来的豆丝热味，一下筷便尝到那份乡土之情。祥福源的厨师烧得一手好菜，正宗的农家风味，来一次饱餐一回，真后悔刚才没给胃多留一点余地。我劝董哥多吃一点，我敢保证这是原汁原味的家常豆丝。其实，不用介绍，董哥也知道，一样地自乡村出来，怎能忘却那份入心的味道呢？没想到董哥还真能吃，一连三小碗，的确让人羡慕。看着我们一副满意的样子，女老板难掩深情地指着豆丝说，这是我妈昨天送来的，今天特意为你们煮了。明利同样早已尝出个中滋味，他也劝还没放碗的董哥再多吃一点，机会难得，这是她妈的豆丝。话音一落，我们不约而同地大笑起来，“这真是‘她妈的’豆丝”！笑声径直扑向远外的夜空。

渔猎文化之光

江夏渔猎博物馆，位于美丽的上涉湖畔的斧头山麓（斧头山原名青龙山，不老的水乡烟雨，孕育了众多神秘而动听的故事为世代相传），与东岸的凤凰咀隔湖相守。明代兵部尚书熊廷弼，在为故乡兴修水利的岁月里，曾来此湖边偷闲垂钓和捕捞体验。据传，上涉湖是江夏渔业的摇篮，古代先贤正是在这里收获了第一网的喜悦。如今的上涉湖，已被国家辟为湿地保护区，数万只候鸟带着季节飞翔，歌唱着自然回归的乐曲，优良的水质，是候鸟与鱼类生活的天堂。江夏渔猎博物馆创办于 2014 年春，是一座渔猎与农耕文化兼容并蓄的馆藏。走进江夏渔猎博物馆，你便惊人地发现，几千年的悠久历史，可在潜存着渔民与农夫手温的器具上，顷刻间鲜活开来，让人在一饱眼福中享乐无穷。

生命起源于海洋，随水而生，渔猎而活，这是人类生存的自然法则与最初的生活方式。自从人类脱离海洋走入丛林，在掌握了钻木取火的大化文明之后，渔猎文化依然是人类赖以生存而不可缺少的主要产业之一，即使是时至今日，渔业不仅没有远离人们的生活，而是在不断的进化中得到更新与发展。人类最古老的文化隶属于水流文化，他们随水而居，依水而发，为此，黄河与长江便成了中国两大文明的摇篮。著名的河姆渡文化，七千年的史迹，闪耀着长江流域永不覆灭的光芒。

江夏区位于湖北省东南部，简称鄂南地区，其历史悠久。追索到旧石器时代，江夏人的祖先，便在这块依附于长江流域的岸边，燃起了不灭的烟火，世世代代的延续，书写了江夏不朽的历史传奇。湖北省号称“千湖之省”，武汉则被称为“百湖之市”，而江夏则是武汉地域湖泊最多，水面最广的辖区。在这个水面占有三分之二以上的地球上，我们江夏得天独厚地生成为三山三水三分地的黄金分割胜地，渔业是江夏人永远引以为豪的产业文明。

江夏的湖泊遍布区域全境，东有梁子湖、大沟湖、牛山湖；西有张郑湖、后石湖；南有斧头湖、上涉湖、团墩湖；北有汤逊湖、杨桥湖，还有众多的小湖泊不计其数。尤其梁子湖的水质，现在依然保持全国罕见的二类水质，能让人观赏到稀有的桃花水母的游弋，深得著名文化人余秋雨赞赏。他曾为此欣然提联一副：千古江夏诗文在，梁子湖畔蟹正肥。梁子湖，枯竹海等众多神奇的传说，极大地鲜活了江夏的文化色彩。

江夏渔业兴旺，且品种丰富，梁子湖的螃蟹，历经几届文化节的传播，早已远销东南亚各地。令人无法忘怀的武昌鱼，历经几朝帝王青睐，成为千古传颂的佳话。追索历史，我们不难聆听到历朝历代大诗人为此留下的文化绝唱。唐代诗人元结、岑参，宋代诗人王安石，元代诗人马祖常，明代诗人杨基，分别留下了风格独特的诗词名篇。尤其是毛泽东“才饮长沙水，又食武昌鱼”的著名诗篇，让产自梁子湖的武昌鱼在华厦大地声名远扬。

渔，即指捕鱼的器具，猎，即指捕鱼的手段。有了优良的器具，还得要有高超的智慧猎取，唯有掌握好的器具和方法，才能事半功倍。渔猎是一门繁复而综合的学科，它涉及气象、水文、地理、哲学和力学多种学科，不同的季节、不同的水域、不同的鱼种，必须使用不同的器具和不同的捕捞手段。于是，人们在研究与熟悉水性与鱼性中，不断地改良与创造出千奇百怪的渔具。江夏渔业历来盛行不衰，渔具种类众多，虽说暂不能概全，但在江夏渔猎博物馆目前所收藏的渔具中，已经拥有如下种类：

1. 网类：龙网、撒网、绞网、合网、围网、梁网；

2. 罾类：赶罾、扳罾、船罾、瞄罾；

3. 叉类：排叉、八齿叉、五齿叉、三齿叉、双齿叉、单齿叉；

4. 卡类：各种型号的鱼卡；

5. 钩类：挡钩、沧钩、滚钩、刷钩、崩钩、拖钩、脚鱼钩、牛尿钩、丁鱼钩；

6. 罩类：麻罩、花罩、黄鳝罩；

7. 篓类：花篮篓、鳝鱼篓、地笼篓；

8. 枪类：脚鱼枪；

9. 阵类：迷魂阵、竹帘阵；

10. 鹰类：鱼鹰；

11. 其他类：搭耙、撮子、搭子。

渔具的制作品种众多，样式各一，材质各异，比如木质、竹质、线材、塑料等，随着社会进步和科学发展，渔具的样式和材质还在不断地丰富与变化，仅就江夏而言，该博物馆也一时难以收全，有待日后逐渐完善。渔猎的手段可谓千门万类，是渔民们在世代相传中不断更新的智慧演绎，古语云：近水知鱼性，近山识鸟音，没有渔民的亲身体验，实难解说于万一，在此唯有管中窥豹，仅挑选一两种方法与观者分享。比如龙网，小的需要几十人，大的需要几百人联合操作。首先得划船围湖下网，使铁脚下沉于泥，尔后用人慢慢将网拉拢近岸，少则几万斤，多则几十万斤不等，该网称得上渔猎中的霸主。比如阵类，视同诸葛八卦的原理，通过多道弯曲，使入阵的鱼儿迷失方向，最终进入阵底（因装有倒纤，进时顺畅，出时遇刺），再也出不来了。其他器具使用方法千差万别，如有心者，可随渔民去渔猎中亲身体验。

渔猎虽说永远不会消失，但在现代化的科学进程中，它在人们生活中所占有的地位，不可避免地逐渐减弱，尤其是一些古老的渔猎器具，如不尽早地加以收藏，也许，我们的后代只能在传说与辞典的翻阅中去解惑。为此，江夏渔猎博物馆的创建，不失为一件千秋功德之举。江夏渔猎博物馆，堪称一部江夏渔猎文化的经典家谱，任你用时光的键盘点击，用历史的符号解码，浪花在昔日的长江河中融冰探秘，尽情回放江夏先人亲手打捞的智慧乐章。

向女同胞学习

没有人能做到长生不老，历史上的秦始皇没做到，未来也没有人能做到。来到人间一次不容易，何止“千年等一回”呢？世界上没有人不想活得更长久，大家都熟悉一句歌词“我真的还想再活 500 年”。如果由人选择，几乎没有人愿意离开人间。皇帝最愿意听的一句话就是“万岁”，他知道千岁都难，但听了就是舒服、受用，天天听而不厌。我不知道，这是不是中国人爱说假话和爱听假话的根源。我们不一定知道确切的原因，但大家都知道一个事实，女人普遍比男人长寿，为什么？男人能不能跟女人一样长寿，女人有关长寿的秘诀，男人是否能够学习与借鉴？只要大家用心去探究，活长一点，完全可以争取。

我曾经总结过，女人比男人长寿的秘诀，其中有三点，男人完全可以学习。

第一点就是倾诉。女人在遭受委屈或灾难时，大多都会去找人倾诉。吐出心中的不快，接受对方的安抚，使自己得到全面的释放，跳出压抑状态，获得轻松。这是女人比男人聪明与真实的一点。男人却不同，面对委屈、苦难或打击，大多数人都愿意默默地承受，将那种积怨和怒火关在体内燃烧，即使有人关心询问，愿意对人言说的也很少。这是男人的一种刚性，也是一种美德，不愿意把负面传染给别人。这种韧性，同时也是男人的一种致命的缺陷，更是一种错误的方法选择，等于自残。人总会有朋友，相互之间除了分享快乐，还能共同承担苦痛，不要拒人于千里之外，不要在独自承担中将自己压垮，无偿地获取友谊外援，为什么不行呢？在倾诉与交流中，也许还会收获自己意想不到的信息和教益。

第二点就是梳头。女人天天梳头，特别是用木梳更好。梳头能使脑部的皮下血管活化，通常比按摩还有效，它能加速血液循环，有益身心健康。我是一个爱洗头的人，即使是大雪天，最多两天洗一次，洗后用梳子在头皮上反复地梳理，还要加点力度，否则就不过瘾，直梳到轻松愉快为止。这很简单，也很享受，既不多耗钱，也不多花工夫，我劝男朋友们多梳梳头。梳头，并不是女人的专利。

第三点就是流泪。女人爱哭，再大的事，一哭一闹就轻松了。哭闹能使体内的毒素及时排出，不瘀滞，又畅通。只要不是哭闹不止，流泪确是一件百利而无一害的事。现代医学家就提议，如果你的小伢不爱哭，要适当地将他弄哭几次，否则于身心健康不利。中国有一句古话“男儿有泪不轻弹”，很多人都坚守这一点。但是后面还有半句“只是未到伤心处”。当然，我不赞成男人让眼泪廉价地流淌，但该流的时候切莫强忍。我是一个感情较为脆弱的人，但这并不表示我没有坚强的一面。我经常在看电视的时候，被场面感染而泪流不止，妻子总给我递手巾，她从来没有为流泪而嘲笑我。尤其是在阅读中被文章感染流泪，那种释放后的舒泰感，足以让人感觉年轻十岁。有时一篇激情之下的作品，能使我连读几篇还不忍释手。无论是兴奋还是苦涩的泪水，在那种极度亢奋或悲情的状态下，生命的细胞得到激活，闭塞的管道得到畅通，许多潜在的功能在意想不到中被突然开发，灵魂的黑夜被智慧之光照亮。这是一个钟情文字或爱阅读之外的人难以体验和享受到的舒适与安妥。

针对以上三点，我劝所有的男同胞用心解读另一句话“男人的一半是女人”。为什么大部分男伢都像母亲？为什么，梅兰芳装扮得比女人还女人？我并非提倡男人都女性化，我最不赞成娘娘腔的人，只是建议大家不要过分地虚伪包装。你可以不放下尊严，但可以放下包袱。我是一个具备双重性格的人，细腻温柔之处绝不输于女人，大家在我的文章里不难读出那种细微的情节。但我的刚强之处，足以承受天塌之祸。历经无数的艰难与曲折，我的童年几乎是在苦难中泡大的，但我从来没有颓废。我相信母亲的一句话“是人有一运，是花有一红”，冬雪永远冰封不了春天的到来。我是一个身体处于亚健康状态的人，也许，认识和践行了以上三点，所以，一直老得较慢。大家不妨考虑一下我的观点，特别是加强对生活和文学的深层阅读，触发自己内在的情感，做到能为他人所哭而哭，为他人所笑而笑，做一个全真而善良的自己，用真情的泪水浇灌自己生命的绿洲。这并不是随风摇摆，而是一种境界。

大不了·跟着你走

这是一首曾经拯救过我生命的歌词，源于一场被疑癌症的治疗中，莫名地病倒，多种医疗方案无效，却于这首歌词诞生的第二天，奇迹般地开始好转。

癌症是一只杀戮生命的黑手，它像一道无常的催命符，令很多人听而丧魂落魄，当今的医疗技术，还不足以与其相抗衡。对于癌症病人，社会上有一种舆论，70%的人是吓死的，20%的人是在各种医疗方案的尝试中被诊死的，只有10%的人才是病死的。不管这种论调是否科学，大家都这样传播。我坚信一点，精神健康比药物还重要。于我而言，文学更是一剂灵丹妙药，比白娘子的还魂草还有效。继1999年重病康复后，当我又一次面对死神的时候，一首《大不了·跟着你走》的歌词，神奇般地又将我从阎王那里硬拉了回来。

不知道原因，半个月间突然病倒了，睡在床上拉都拉不起来，浑身无力，水米不思。因原有肺结核的底子，便去结防所复查，一直给我看病的大夫却拿不准病情，建议去武警医院做 CT。我自认是个坚强的人，只身前去武警医院检查。片子出来后，大夫望着我却不吱声，问我有没有陪伴，我对他摇摇头。知道医生的意思，我便有心哄他一回，轻轻地一笑说，我是个单身人，没有家属。不管病情如何，你可以照直跟我讲，保证不会被击倒。再说，我有知情权，你应该告诉我。医生这才告知，他怀疑我是肺癌，建议先去黄家大湾结核总院确诊，或直接去查肿瘤也行。我依然带着笑容向医生告别。

出门坐 515 去黄家大湾，拿着片子一路沉思。根据经验，凡是查出癌症的人，一般只能拖六个月左右，除了割不断的情感之外，我还有好多想做的事没做。时间不多了，必须尽快理出一个头绪，六个月还能做些什么。能做的一定要尽快去做，做不了的，只有洒脱地放下，心中确实勾勒出一套应急计划。我做好了死亡的准备，一旦想通人即放开了。在到达黄家大湾时，已经没有了癌症病人通常的萎靡状态。怕，当时我真不怕，但说不急却是假的。面对生死攸关，每一个人都会思绪万千，一旦真要离开这个世界，所有的亲情、友情、事业都会被一刀割断，心肯定会痛。

长航结核院，中午还有大夫值班，那天正好是个女大夫。我的女人缘一向特别好，因熟识一些与女性的交流技巧，并对各种女性曾有过研究，这不吹牛，恕我不能直意传播，除非有人请我喝酒。那个女大夫不仅温和，且长得格外漂亮，我乐意与其攀谈。我想请她精心帮我查证，便一直都在用心说话，一整套美丽又豪华的文学语言，让她享受着无比的滋润，她一直带着笑，一边给我诊断，一边与我交流。她说，像我这样面对死亡而谈笑自若的人，至今她还只遇到一个，非常钦佩。我问，你看我不是假装的吧。她说绝对不是，还甜甜地笑出声音来，露出几分少女的羞怯，真美！经过诊断，她建议先收院治疗半个月，如果没有好转，再转肿瘤不迟，我接受了。

入院后一周，吃什么吐什么，滴水不能进，连胆汁都吐干了，躺在床上几乎没有坐起来的力量。医院无法确诊病症，找来几个八九十岁的专家会诊，也拿不出科学的治疗方案，只能变换方案试探下药。那天，吴松林和王夫之两人来看我，分手时，夫之与我紧紧地拥抱，离别时他们竟头也不回地快步走出医院。我知道，他俩都流泪了，却不想让我看到。他们认为，这次与我相见可能是最后一别吧。

因药物不见效果，我唯有用精神强力支撑。那天傍晚，我让老婆搀着我去外面转转。面对黄昏中美丽的晚霞，对人间十分留恋。晚上睡不着，独自思考。半生来没做过一件坏事，朋友又那么多，且白发高堂健在，按理说我还不能走，也不该走。于是，心生对阎王的不满，太不公平了，为什么呢？我不是个怕死的人，也曾历经过生死的风险，要死也要死得无惧。我即拿起笔来给自己写了一首歌词，题目就叫《大不了·跟着你走》，带着一份抱怨，直接向阎王叫板：

岁月如沃野春秋/多少大树/多少小苗/洗过一次蓝天/脱掉一件皮袄/不论天气是坏是好/融化三冬冰雪/风吹又芳草/夏也好秋也好/大不了跟着你走。

人生如梦幻剧场/多少大圣/多少小猴/演活一个细节/跑好一次龙套/不问角色是大是小/走过几场低谷/情动又高潮/浓也好淡也好/大不了跟着你走。

面对死亡/逃避不了/我绝不会被你击倒/回回头/挥挥帽/把笑声洒在身后/大不了跟着你走。

这首歌词，我确实是对阎王写的，不管你有多狠，即使你能将我从人间带走，但我却不怕你，也不服你。说来也怪，第二天，病情急剧好转，十天就出院了。医生都感到神奇，后来我问他们，结论是什么病，是哪套方案起了作用。他们十分坦诚地回告，不知道。住院期间，那个漂亮的女大夫，经常去病室看我，这么多年了，我们还有来往。要说，曹植的一首《七步诗》，在皇帝面前救了自己一命。那么，我的一首歌词，却直接找阎王争取了重生。可以说，这也许是文学的神奇力量。我为文学而生，又被文学拯救，若依此说，文学即可称作我生命的还魂草。

枯竹海湿地公园

好多年没去枯竹海了，得知该地被划国家级湿地公园的消息，不由自主地勾起几分沉湎的思念。最后一次与枯竹海作别，依稀于十年前吧。枯竹海，一片生态美丽，又兼具神奇传说的地方。数千年的人间烟火与湖光山色，连接蛮荒时期的鸟类繁衍，一首五千年文明大曲之下的自然和谐，国家级湿地公园的桂冠是它的本色荣耀，理当来得更早。我按捺不住一片向往之心，我们一行打好背包随行，在一饱眼福中采撷文化之养，在洗净铅华中重拾青春的梦想之贝。

从北面的湖滨向南前行，沿途皆是原生态的草地、树林、湖泊、荷塘。远处的水，近处的山，天上的云，地上的草，山水相映，天地同转，人在其中。穿着旅游鞋，踏在柔软的草地上，起起落落间犹如踩着大地的琴键，弹奏生命的乐章，常日瘀结于心的疲惫，如涟漪般渐渐散去。牛儿啃草，白鹭觅食，各种野鸟掠过湛蓝的天空……三三两两的牛儿湖边吃，湖边睡，像亚马逊丛林的野牛一样，湖滩就是它们的家，一任狂野或悠闲的天性自由（湖村的牛，一般都野放，夜不归栏，如不耕用或遇冬雪避寒，平日主人从不伺候它们）。几只牛背鹭在飞来落去间，用一副不经意的目光望着我，不时发出一串串令人听不懂而又沉醉的鸟语，极为逗人。夏日的城区热浪滚滚，这里的湖滩却凉风习习，喧嚣不再，静谧中给人带来一片怡然的心宁。

举目远眺，前面连片的红色野草丛迎风飘荡，像火苗一样燃烧着湖滩的热情，随行的女同胞也许被这红色所激，不禁发出尖叫。这片红色湖草名为红穗苔草，眼前这一片，均在千亩以上。据专家介绍，如此广阔的红穗苔草丛，至少需要150年的生态养息才能形成，这种草为很多食草类候鸟最钟爱的食物之一。枯竹海竟然“藏”着武汉市湖域境内面积最大的野生红穗苔草群，让专家们感到无比震惊。有如此丰富的红穗苔草群，便不愁引来众多的候鸟。随着国家级湿地公园获批，地方环境保护与人文建设的加强，生态将会越来越好。枯竹海湿地具有国家Ⅰ级重点保护野生鸟类两种：东方白鹳和黑鹳；国家Ⅱ级重点保护野生鸟类11种：游隼、白琵鹭、小天鹅、灰鹤等；省级保护野生鸟类竟高达51种之多。这里生长着国家Ⅱ级重点保护植物4种：粗梗水蕨、野大豆、野菱和莲，还有近边的庙嘴遗址和新窑窑址文化，更为枯竹海湿地深厚了历史人文底蕴。

“湿地”之名，源于时代文化的加冕，“湿地”之重，源于当今环保的强化。湿地被人们称之为地球之肾、物种贮存库、气候调节器。“湿地”一词最早出现于 1956 年美国鱼和野生动物管理局《39 号通告》，它将湿地定义为“被间歇的或永久的浅水层覆盖的土地”。专家认为：“湿地是陆地生态系统和水生生态系统之间的过渡地带，该地段水位经常存在或接近地表，或者为浅水所覆盖……”1971 年在拉姆萨尔通过了《湿地公约》。我国对沼泽、滩涂等湿地研究具有丰富的经验积累，在实践中形成了具有中国特色的湿地分类系统，通常认为“湿地系统指海洋和内陆常年有浅层积水或土壤过湿的地段”是一种特殊的生态系统，该系统不同于陆地生态系统，也有别于水生生态系统，它是介于两者之间的过渡与连接。湿地兼具丰富的陆生和水生动植物资源，形成了其他任何单一生态系统都无法比拟的天然基因库和独特的生物环境，特殊的土壤和气候提供了复杂且完备的动植物群落。湿地生态系统每年平均生产蛋白质 $9g/m^2$，是陆地生态系统的 3.5 倍，对保护物种、维持生物多样性具有不可替代的生态价值。

湿地具有潜蓄水源、调节气候、净化水质、保存物种、提供野生动物栖息地，为工业、农业、能源、医疗业等提供大量生产原料的多层效益，还可作为物种研究和教育基地、提供旅游等社会效益。每当汛洪到来，众多的湿地以其自身的庞大容积、深厚疏松的底层土壤（沉积物）蓄存洪水，起到分洪削峰、调节水位、缓解堤坝压力的重要作用，如枯竹海湿地可直接为长江水系的洪汛减负。

安山枯竹海湿地被发现而得以申报，却意外缘于一起案件。前几年，一位本土渔民，浑然不知鸟类保护的他，提着两只网捕的国家一级保护鸟类“东方黑鹳”去市场兜售，当场被野生动物保护人员抓住，追问中得知这种极为珍贵的“东方黑鹳”竟然来自一个业内名不见经传的枯竹海。于是，引起了相关部门的重点关注，即派专家前往考察。当他们看到枯竹海内长满丰富的水生物，飞翔着多种珍稀鸟类，竟然还“藏”着偌大的红穗苔群落时，深感无比惊讶，他们兴奋得异口同声地欢呼说，一块天然的国家级湿地公园，何不快快申报啊！

枯竹海国家湿地公园地处安山街南部，为斧头湖的分支水域，紧邻上涉湖湿地保护区，均由原来的市级、省级而逐步升级定格，2014 年获批国家级。保护区面积为 1215.26 公顷，其中最为核心的保育区面积为

641.92公顷，占总面积的52.82%。专家认为，安山湿地胜在原生态，有一望无际的滩涂，野生动植物资源丰富，更有不少候鸟在此栖息，原生条件为同级公园不能比拟。在枯竹海核心区里，坐落着一栋乡村式屋宇，51岁的村民周香明夫妇常年生活在此。在获批国家级湿地公园后，他们的家便成了湿地的临时保护站，夫妇俩竟热情地当上了义务护鸟人。

在获批国家级湿地公园后，安山街计划重点加强生态保护和人文建设，一切以生态美为基点，以保护自然为重点，以加强人文建设为新点，在未来3—5年内，必将建成一处让游客亲近自然回归自然的美丽天堂。根据国家级湿地公园的专业性规划，枯竹海湿地公园将划分为五个功能区域：生态保育区、恢复重建区、宣教展示区、合理利用区和管理服务区。拟建一座人工生物浮岛，展示湿地对水质的净化功能；兴建珍稀水生植物园，再现湿地水生植物群落景观；搭建一座观鸟台，让游客登台观鸟，饱览湖光山色，仰看白云出岫，极目鱼翔浅底，让诗意随轻风吟唱，任心意同鸟儿一起飞翔……

不知是谁领的头，我们不约而同地仰卧于湖滩的青草上，享受着超越波斯地毯的柔软之乐，在几个翻滚间悄然涌出童年的顽性与无邪，让人情不自禁地凭生满腹遐想。我背贴青草，将手脚尽情地摊开，把人大写于乾坤之间，以抵达三元合一的道家境界，“但愿人长久，千里共婵娟”的诗句一时充溢其心。自然之美丽，自然之魅力，唯有身入其间，才能获取全真的感受。沉浮于平日繁杂的红尘中，确有疏忽天赐之怠，一梦方醒为时不晚啊，我暗暗地告诫自己。好像过了一个世纪般的长久，我轻轻地坐起，将鞋袜脱下，把一双脚伸进清澈的湖水中，一股沁凉之气自脚趾间直往上行，冲关督脉而奔涌心田，万般舒妥扩散周身，一切劳累与烦恼一时竟远得无踪无影，想要多美就有多美，即使将自己比作神仙也毫不逊色。看着一滩的绿草随斜坡式的滩涂逐渐滑入清水中，在没入深水时却突见一丛丛芦苇冲水而起，这种无缝的连接，唯有出自天工之手。阵风吹来，芦苇丛波浪连绵，迷蒙的眼色中影动着古老皇宫中的绿腰舞，耳中有似传来阵阵丝竹之声……

枯竹海湿地一片自然、古朴、野趣、原生态，犹如人间仙境。人与自然、人与动物和谐相处，天然佳景构成一幅幅如诗如画的山水图！去一趟一生不枉，不去就枉了一生。